U0575592

半亩花田，俗世人间

韩小蕙 主编

光明日报出版社

图书在版编目（CIP）数据

半亩花田，俗世人间：读人卷／韩小蕙主编. --
北京：光明日报出版社，2024.3
（四读年选）
ISBN 978-7-5194-7763-9

Ⅰ.①半… Ⅱ.①韩… Ⅲ.①散文集－中国－当代
Ⅳ.①I267

中国国家版本馆CIP数据核字(2024)第038597号

半亩花田，俗世人间——读人卷
BANMU HUATIAN，SUSHI RENJIAN —— DU REN JUAN

主　　编：韩小蕙

责任编辑：谢　香　孙　展
封面设计：李果果　　　　　　　责任校对：徐　蔚
版式设计：谭　锴　　　　　　　责任印制：曹　净

出版发行：光明日报出版社
地　　址：北京市西城区永安路106号，100050
电　　话：010-63169890（咨询），010-63131930（邮购）
传　　真：010-63131930
网　　址：http://book.gmw.cn
E - m a i l：gmrbcbs@gmw.cn
法律顾问：北京市兰台律师事务所龚柳方律师

印　　刷：河北朗祥印刷有限公司
装　　订：河北朗祥印刷有限公司
本书如有破损、缺页、装订错误，请与本社联系调换，电话：010-63131930

开　　本：145mm×210mm
字　　数：220千字　　　　　　印　　张：8.75
版　　次：2024年3月第1版　　印　　次：2024年3月第1次印刷
书　　号：ISBN 978-7-5194-7763-9
定　　价：58.00元

版权所有　　翻印必究

百年来的薪火相传

四读年选·序

韩小蕙

相比于其他门类的跌宕起伏，我认为散文这些年过的还是平实日子。

不过平实是平实，散文的写作却从来不缺乏激情，就像初春时节的枝头，看似没多大动静，却一天天在变绿、含苞，乃至于忽然一夜春风来，千树万树的花儿就竞相绽放了。特别是优秀的散文写手们，于探索创新，于拓展散文的写作手法等方面，从来就没有满足过，从未停下攀登的脚步。

古代的太遥远就不提了。自白话文时代始，一批批大家筚路蓝缕：梁启超、鲁迅、胡适、朱自清、梁实秋、沈从文，茅盾、刘白羽、杨朔、秦牧等。新时期启程后，散文和随笔像满天的彩霞，像漫山的杜鹃，像沙漠里的金沙，像大海里的浪花，有一段时期甚至几乎所有的作家、艺术家、学者、教授、工程师乃至会写字的人，都拿起笔来写散文，一大批名篇名作如银河泄水，喷涌而出，到处奔腾在报刊、广电、互联网、手机、书店、图书馆乃至所有文化场合。太阳对着散文微笑，散文对着世界微笑，轰轰烈烈的散文写作真是惊涛拍岸，卷起千堆雪；真是大海狂涛，一片汪洋知向天际线。

这滚滚滔滔的扬波中，后浪推前浪，旧浪推新浪，当然是历史的必然，社会的必然，文学发展的必然，也是人性不断求新、求变、求发展、求前进的必然。世上智者何其多，才俊何其多，每个人都在努力耕耘，争取写出别出心裁、与众不同的佳作。

于是，一代代的积累，就有了《少年中国说》（梁启超）、《野草》（鲁迅）、《背影》（朱自清），就有了《白杨礼赞》（茅盾）、《夜走灵官峡》（杜鹏程）、《茶花赋》（杨朔），就有了《赋得永久的悔》（季羡林）、《不悔少作》（金克木）、《负暄三话》（张中行），就有了《过不去的夏天》（张洁）、"燕园系列"（宗璞）、《流向远方的水》（谢冕），就有了《文化苦旅》（余秋雨）、《我与地坛》（史铁生）、《清洁的精神》（张承志）……

于是，一代代的求索，就有了"狂飙散文""革命散文""现实主义散文""浪漫主义散文""先锋实验散文""在场主义散文""非虚构散文""哲理散文""心灵散文""诗性散文"，乃至"微信散文""AI散文"……

于是，一代代的传承，就仍有着"百万雄师过大江"一般雄壮的散文队伍，仍在日日不辍、孜孜矻矻地行进在散文的康庄大道上；就仍有着热心乃至痴迷的万千读者，不离不弃地随行。

作为一个散文工作者，我是看见好文章就走不动道儿的职业病患者，老想把自己读到的一篇又一篇佳作，分享给天下所有人；并且还老想着应该为社会、历史和后人，留下这些属于我们这个时代的印记。因此，尽管自己写文章的感觉更爽，但我终究还是舍不下编辑散文集的事业——我觉得这是我自己的人生必须做、而且是必须做好的一项重要工作。

所以我就自讨苦吃，与光明日报出版社合作，每年编辑出版这套"四读年选"丛书。"四读"者，谓读风、读史、读人、读心（兼及读书）也。丛书不求字数多，但求文章好，但求记录下我们这个时代走过的脚迹。

我听见鸟儿在树上喁啾歌唱。我听见绿叶和花儿在喁喁私语。我听见麦子稻子在拔节生长。我听见牛儿羊儿在喊叫。我听见风儿在拍抚一只蝴蝶。我听见两只蚂蚁在传递消息。我听见海浪在拍打礁石。我听见太阳在驾车前行。我听见老屋在哼唱旧歌。我听见动车在急速奔跑。我听见苹果和梨子在树上荡秋千。我听见炊烟在送出红烧肉的香味儿。我听见快递小哥在紧张中喘息奔跑。我听见学子们在读写吟诵。我听见超市里的商品在轮转。我听见成千上万个二维码在快乐地蹦跶。我听见飞机在飞。我听见云儿在飘。我听见动物园里在打闪腾挪。我听见各个战线上的劳动者们在艰苦奋斗、顽韧不息、咬紧牙关、不舍不弃，豁出命来为一家老小的好日子挥汗苦干着……

这就是我们的生活。

这也是我们经历的散文。

2023.7.22 初稿，8.15 定稿

于北京西城燕草堂

目录

身 影

高 古

岁 月

摇 曳

身影

肖云儒

搂定宝塔山（节选）

几回回梦里回延安，双手搂定宝塔山。

——贺敬之

一首崇高名曲的开端
响着洪亮动人的音调

30年前，1991年秋冬之交，为给6集电视文化片《长青的五月》撰写解说词，我和摄制组在北京、上海、杭州、广州、西安采访了50多位当时还健在的延安时期老文艺家和他们的家人。其中有30多位参加了1942年5月的延安文艺座谈会，当场听过毛泽东在座谈会上的讲话。我们给每一位被访者提出的第一个问题是共同的：

"当年，您是怎样去的延安？"

1935年金秋，工农红军的镰刀斧头旗帜由南而北在中国的腹地画出一个力的弧度，最后插在了延河岸边的宝塔山上，无数渴望光明的心便朝着那个聚光点飞去。几年中，三四万名青年，包括上千名文艺青年，如浪如潮涌进了陕北如旋如律的峰峦沟壑。蹬皮鞋的、着布履的、穿军靴的、系草履的脚，年轻的脚，在苍凉萧索的黄土地上踏下富有弹性的印痕，扬起像安塞腰鼓队那样的烟尘。这足迹从多难的祖国四面八方向延安宝塔聚集，六七年后，又从延安宝塔向解放了的中国四面八方辐射。

冼星海坐陈嘉庚送给毛泽东的车到达鲁艺
桥儿沟窑洞里卷起黄河的怒涛

"星海和我是 1937 年 11 月去的延安。"1990 年代初冬，在浙江医院的一个病房，冼星海夫人钱韵铃对我们说。窗外，初冬的西子湖雾色迷蒙，仍有绿意渗化在濡湿的空气中。"我们是在去延安的路上结合的。"

1937 年 4 月，冼星海到达武汉，参与郭沫若领导的政治部三厅的进步文艺工作。他带领歌咏队在街头宣传，搞火炬游行，教民众唱抗日救亡歌曲。嗓子唱哑了，便用钢琴教。有次举行江心歌咏大会，星海站在船上通宵达旦地指挥。休息时，周恩来走过来与他握手，问：是冼先生吗？辛苦了。俩人现场促膝聊起天来。又有一次，周恩来问他，头发这么长了怎么不理？冼答：顾不上呀！周便找来理发员，指着星海说：看，我给你找了个多好的主顾。

钱韵铃毕业于上海新华艺专，送母亲去武汉时，参加了当地的星海歌咏队。当时星海已经提出要去延安，但田汉不愿让这位合作者走，便又待了半年。到秋天，他接到朋友的来信和电报，说延安成立了鲁迅艺术文学院，邀请他任教。他便找周恩来，让武汉八路军办事处办了手续。

这时，冼星海和钱韵铃已经由相识到相爱，并在 7 月份订了婚。10 月 1 号，两人摆脱特务的跟踪，在一个小站登上了武汉失守前的最后一班北行列车。一路上日寇飞机追击轰炸，时走时停。有时还得下车疏散，星海便一手拉着钱韵铃，一手提着法国老师送给他的提琴，在山野间飞跑。

到西安后，有人劝他俩不要去延安，并以每月百元的高薪相聘。星海说，我不是钱可以收买的。在西安八路军办事处的安排下，他俩化装成华侨夫妇，坐着爱国华侨陈嘉庚送给毛泽东的汽车，到达宝塔山下，受到沙可夫、吕骥、林默涵等人的迎接。

1938 年春天，冼星海去延安医院看望受伤的光未然（张光年），那次他是在山西受伤，部队用担架抬了 700 里来延安的。为了给他拍 X 光、做手术，延安局部停电。

这两位多次合作词曲的老朋友，而今聚首在宝塔山下，都希望能够给延安献上一部新作品。三月末的一个晚上，光未然躺在病床上开始口授，友人笔录，五天完成了《黄河大合唱》的全部歌词，立即请来星海听朗诵。听完最后一句，星海呼地站起来，一把抓过稿纸说：我有把握把它写好！

延安的春天，寒气袭人。冼星海在屋子里还穿着棉大衣、毡靴，腰里扎根皮带，心却在激昂的旋律中飞扬、燃烧。烟嘴断了，用毛笔杆代用。星海一边写一边唱，不时用手打着节拍。那时延安没有钢琴，有时用提琴奏，有时就让妻子唱。第一曲写完，星海冲动地站起来吼着"划哟，冲上前，划哟，冲上前，哈哈哈哈……"窑洞沉浸在一片昂奋的春意中。

每天早晨，演剧三队来人取走新谱好的曲子。根据大家的意见，他曾将《黄河颂》《黄河怨》重写了一遍。

1939 年 4 月 13 日，《黄河大合唱》由抗战演剧三队和鲁艺联合公演。李焕之、李鹰航、王元方这几位以后成为大音乐家的"鲁艺人"，都参加了演出。大提琴用煤油桶改制，二胡音箱以炮弹壳作原料。观众沸腾了。人群中的毛泽东连声道"好、好、好。"冼星海满脸泪光。

47 次风险送出的盘查
艾青、张仃扑倒在黄土地上

1940 年，艾青应陶行知先生之邀，带着厚厚的一叠诗作，从湖南乡下来到重庆育才学校任教，同时写作、编辑《文艺阵地》，参加各种社会文化活动。经过郭沫若的介绍，他认识了周恩来，多次去过曾家岩八路军重庆办事处。有次周恩来在讲话中特地提到"像艾青先生这样的人，到我们延安可以安心写作，不愁生活问题。"诗人心头掠过一阵暖意，希望能够到"山那边去"。

1941 年初，皖南事变爆发，国共关系紧张，为了避免各种麻烦，艾青让妻子和几位八路军家属搭乘董必武的吉普车先走一步。到了二月，早春的山城已经遍地绿意，他和东北籍画家张仃、作家罗烽一道启程北上了。

他们是蹲过国民党江苏反省院狱的难友。"九·一八"事变后逃出狱中流浪于大江南北的张仃，曾于 1938 年以抗日艺术队队长的身份去过陕北，并由毛泽东亲自介绍到鲁艺工作过一段，后又被派回内地。

这次，张仃搞到一张绥蒙自治指导委员会长官公署高级参谋的身份证。身材稍高的艾青乔装为高级参谋，熟悉陕北绥蒙情况的张仃当秘书，罗烽自告奋勇担任勤务兵。

出发前周恩来送来 1000 元盘缠，叮咛他们要走大路，不要抄小路，免得引起怀疑。万一被扣，立即电告郭沫若，这边可以利用《新华日报》平台，通过舆论揭露当局。

一行三人登上国民党中央政府盐务局的汽车，由重庆颠簸到宝鸡，遇上了正在筹款去延安的作家严辰夫妇，便将证件上的三人改成五人，结伴同行。先坐火车到耀县，然后转乘驴车。一路经过了47次盘查，道不尽的跌宕起伏、风险迭出。"勤务兵"罗烽每到一处，便忙着搬东西、打洗脸水。

他们来到耀县城外，天已擦黑。军警开箱检查，并用手电直射他们，一个个"验明正身"。进城刚在旅店睡下，又来收查证件，声称要由局长亲阅后发还。五人一夜未能合眼，四更便套好驴车，以赶路为由去警察局催要证件。罗烽口气很是凌厉："一个证件审了一夜，办事如此拖沓！长官发脾气了，要向上峰报告。"军警慌了，只好告以实情："局长搓了一夜麻将，我有啥办法？"赶紧将证件还给了他们。驴车驮着五颗急切的心，消失在曙色之中。

过了铜川，盘查更紧。还有一些可疑的人要求搭车同行。他们挑选了一位姓牛的国民党杂牌军官做伴，以为掩护，从此才稍稍安宁。熟悉之后，这位饱受嫡系部队歧视的军官还向他们倾吐对蒋委员长的不满呢。

延安早已收到周恩来的电报，边境上准备好了武装护送。1941年3月8日，五个人终于来到了宝塔山下，时任张闻天和凯丰设宴洗尘。艾青被分配到边区文协，不久又被选为边区参议员。他还记得，动手收拾新居时，彭真跑过来说："你要干什么，我手下有一连人，可以帮忙。"

伊文思用中文说"延安！八路！"
吴印咸在镜头里看到了崭新的天地

声名卓著的老摄影家吴印咸是世纪同龄人1992年我们采访他时，

正好 92 岁。他拍摄的《白求恩大夫》等许多照片和纪录片，让延安岁月在几代人心中得以永存。

老人高大、健朗，整个冬天都在北京小汤山疗养——不是因为身体，而是为了工作。住在远郊可以躲开各种各样的来访者，安静地写自己的文字，编自己的作品。说到身体，老人不无自豪地拿出一幅威海市全景照告诉我们，这是他当年夏天亲自爬上威海市郊的山巅拍的。去年还上了一次泰山哩。

"要问我怎样去的延安，"老人带一点笑意，"和别人不太一样。我本不想在延安长待，后来却不想离开边区了。"

说来话长。1937 年上海失守后，电影界的进步人士纷纷转到内地从事抗日救亡活动。著名的左翼电影家袁牧之、陈波儿、钱筱章在武汉会合了。袁牧之为八路军深入华北敌后开展游击战争的爱国精神所激发，产生了拍摄一部纪录片的想法。只是苦于没有门路进入敌后根据地，也缺乏必要的电影器材。已经是共产党员的陈波儿向党组织汇报了这个设想。

周恩来非常重视，经与中央商议，亲约袁牧之面谈。他高瞻远瞩地指出：我们应该有自己的电影。不只是一部纪录片，而且应由此着手建立起党的电影事业。大家开始积极筹备起来。最重要的是业务骨干。袁牧之特邀当时在上海的吴印咸来承担。吴印咸答应了，打算拍完就回沪。同时，从香港买来了 16 毫米轻便摄影机和少量胶片。在极为困难的条件下，党组织能挤出这么一点经费谈何容易。

事有凑巧，世界纪录片大师伊文思这时也来到中国，拍摄反映全民抗战的《四万万人民》。其中有一段专门反映中国共产党领导的敌后根据地抗日运动。但国民党当局千方百计阻挠伊文思的敌后之行，几次据理力争，仍不予批准。伊文思与武汉八路军办事处联系，决定将他使用的 35 毫米单镜头"埃姆"摄影机及一些胶片，赠送给延安的电影工作者，希望他们能够拍下八路军和根据地的资料，向国外广做宣传。出于安全的考虑，组织决定委托刚到武汉、还未引起当局注意的吴印咸出面接受这批器材。

两人在一个秘密接头的地点见面了，伊文思将器材交给他时，连连用中国话说："延安！八路！"

1938 年 8 月，吴印咸随袁牧之悄悄离开武汉去了延安。本以为完成片子就能回来，走时连家人也没有告诉。

10 月 1 日，根据地的第一部电影《延安与八路军》在陕西中部轩辕黄帝陵正式开拍。担任主摄影的吴老在此后一年半的时间里，历尽千辛万苦，走遍了陕甘宁边区和各敌后根据地。他通过高精度的镜头看到了一个和内地迥然相异的新天地。他拍下了毛泽东在延河岸边和老乡聊天，拍下了进步青年络绎不绝奔赴陕北、"双手搂定宝塔山"，拍下了坚持敌后抗战的八路军与日寇的殊死肉搏，拍下了行军夜宿的战士们为了不惊扰群众，卸下门板露宿村道……

一切都见所未见，闻所未闻，一切都和他 30 多年的国统区生活形成鲜明的反差，一切都集聚为这位严肃的艺术家对国家命运和人生追求的深沉思考。这次非比寻常的采访拍摄，促成了吴印咸重新选择自己的人生道路。他郑重地交上了入党申请书，要求长期在根据地待下来。此后，吴印咸成为中国革命摄影和电影事业最早的创建者之一，用大量的作品，给历史留下珍贵的纪录。

原载 2021 年 5 月 21 日《光明日报》

许谋清

无缘之缘，不凡之凡（节选）

无缘之缘

由于种种特殊的原因，我结识了几位大诗人。

给刘少奇平反那一年，我是《连环画报》编辑。那时，主编决定那一期的封面登刘少奇的画像，再配一首诗，想请艾青写。我是文编，就派我去找艾青约稿。艾青也刚回北京，住在一家宾馆，我在那里找到了他。我把约稿意图说了，艾青没有马上答应我。我说，我到北京上大学，只带一本书，就是《艾青诗选》。我能背诵他的诗句："为什么我的眼里常含泪水，因为我对这片土地爱得深沉。""智慧的人站在水边，于是产生了桥。"艾青终于同意给我诗稿。那时他的一只眼睛闹毛病，他就从这里写起。诗稿拿回来，主编却含糊了，不敢用，又让我去退稿。艾青并不太在意，还和我长谈，让我受益匪浅，受到诗的启蒙——"蚕吐丝没想到吐出一条丝绸之路。"艾青的那首诗后来发在《人民日报》。

在认识艾青之前，先认识了张志民，先从一册《朗诵诗选》里喜欢了《小姑的亲事》，再认识他本人。那时我是一个业余作者，他是《北京文学》的主编。几次听他谈文学。他对我有好感，给我指点迷津，怎么选择就职单位。那时，我对社会的认识还很浅，没有听懂他的话，错失良机。后来，我调到人民美术出版社，在北总布胡同，又调《中国作家》编辑部，住处没变。他住小羊宜宾胡同，又成邻居，他那时是《诗刊》主编。我死心眼地写小说，几次去拜访他，他也送我书。

我住北总布胡同，有一位白发女同事徐竞辞住雅宝路，她收藏贝壳，我到她家去看贝壳。时隔多年，我才知道她是故乡大诗人蔡其矫的爱人。我在北京没有见过蔡其矫。我是在晋江认识的蔡其矫。晋江有晋江诗群，我不会写诗，没有参加他们的活动。晋江诗人曾阅和蔡其矫私交甚笃，作《蔡其矫年谱》，几次见蔡其矫都是和曾阅一起。很喜欢蔡其矫的《祈求》《波浪》。参加在晋江召开的蔡其矫研讨会。

我的长篇小说《世纪预言》开篇有《致读者》：

但丁被称为旧时代最后一个诗人和新时代的第一个诗人。您是幸运的，因为您现在也处在这样一个时代，一脚在昨天，一脚已经伸向明天。您听到来自两边的声音，一边是晚钟，一边是晨钟。但丁在《神曲》里边，有一个人在引导他往前走，他是古诗人维吉尔。现在也有一个人引导您走进这部生活故事。但很遗憾，他已经被生活撕裂成两半，撕裂成许谋清和我，自己争论不休，这无疑让您莫衷一是。道路自然是有些崎岖，那就请您拿自己的眼睛看，并带着自己的脑袋……

生活画卷并不色彩单调，诗人"维吉尔"还是出现了。我们两度丢失诗歌，一个是极"左"年代，灵魂进了牢笼，一个是这刚刚富起来的年代，金钱太耀眼了，诗歌在边缘浪漫。这里，久穷乍富，物欲横流，难以控制，百万婚宴，百万寿宴，百万舞象宴，百万周岁宴。但，晋江真的是太幸运，这土地孕育的诗人举着订盟的酒杯，向我们走来，他在极"左"年代的激情短诗，在长空吟唱："太阳万岁！月亮万岁！星辰万岁！少女万岁！爱情和青春万岁！"

这就是诗人蔡其矫，祖籍晋江。

当然，正在数钱和豪饮的晋江人没有看到他，但他在这土地上留下了闪光的脚印。

我在晋江挂职体验生活，创作精神接受他的引导。

我在 2006 年见他最后一面，他在一册留言簿上给我写了几个字："谋清老友、同乡，你永远关心家乡，谢谢！蔡其矫二〇〇六.五.十四.晋江。"这是我在晋江挂职得到的最高褒奖。

诗是所有的文字中最真诚的倾吐，凡成大诗人都是至真至诚的人。

人的一生要遇到一位能说心里话的人不容易，诗人，还是大诗人，更不容易。我遇到多位，这三位是倍受尊敬的老诗人。全是良师益友。可惜，基本上说，都只是和他们擦肩而过。

人生旅程，是什么叫我们一次一次地回望？我们不断捡回那些不经意丢失的宝贵的东西。

不凡之凡

可能是久居北京的原因，接触很多不凡之人。不凡之人之不凡，早就让人抢先写了，于是，我就想起他们平凡的几件小事。

记得我还是一个习作者时，有一次去《北京文学》编辑部。那时的《北京文学》编辑部在长安街边上往里走一小段路的一幢老式的楼房里，灰色的砖墙上有爬山虎。上了几级台阶，门敞开着，穿过过道，进入大厅。地上是让当时的人有几分陌生的木地板，加上旧了，颜色灰黑，露出一道道木纹，踩上去，吱吱响，它让我对这文学殿堂增添了敬畏心理。一个大厅，依次摆着一个个写字台，上面是一沓沓稿件，却一个人也没有。我有点儿不知所措。这时，突然，一个人从背后拦腰抱住我。在这种地方，会是谁？回头一看，竟然是大作家浩然。他总是这样，拿习作者当朋友，当兄弟。

浩然主要作品：《艳阳天》《金光大道》《苍生》。

有一次，和儿童文学作家刘厚明跟大表演艺术家于是之，三个人一块吃过一顿饭。不是在北京人艺，不是看舞台上的于是之，而是面对面坐着。他说，想念小时候吃过的东西。什么？他说，就烙一张饼，而后把炒好的蚂蚱卷起来吃，那叫香。他说得那个香呀。他真真切切记着小时候好的这一口。

于是之主要作品：《龙须沟》《茶馆》《洋麻将》。

吃过汪曾祺亲自做的饭。时代真真变了，20世纪90年代初，北京人还经常在家里请客，而不是上饭店。汪老的夫人是翻译家，也是福建老乡。她告诉我们，汪老做菜，她要帮他买菜，但汪老不让，他要自己买。为什么？因为买菜就是构思的过程。

汪曾祺主要作品：《受戒》《大淖纪事》《沙家浜》。

这些年里，我生活在两地，北京、晋江。我在北京，心里有一个晋江，我在晋江，心里有一个北京。当然，经常出现在我的脑海里的是我在这两地的有血有肉的朋友们。生活使然，日月匆匆，我没能坐下来，静下心来想一个人。常是触景生情，想起一个人。或是话引话，说起一个人。或是一个电话，冒出一个人。我的记忆尚好，马上在脑子里看到那个人的音容笑貌。不过，记忆是有选择的，当然各人有各人的选择，该记的记住，该忘的忘掉。但不是所有应该记住的都能记住，甚至很多大事甚至非常重要的事也会模糊。要问我，那一天去《北京文学》并不是找浩然去的，我去干什么？记不得了。那天，跟于是之吃了什么菜？记不得了。那一天，在汪老家，喝了什么酒？记不得了。现在，记忆增加很多手段，但记在心里的才是它的生命活力。

让我记住他的平凡小事的人，往往是让我感觉亲切的人。

一个动作，一句话，却终生难忘。记忆不是完全个人化的，有的是对方用一种特殊的方式刻在你的脑海里。

平凡的极致是不凡，不凡的极致反过来还是平凡。

没有拜访冰心

福建作家到北京，有机会定去拜访冰心。我可能是福建籍长住北京的作家唯一没有登门拜访冰心老人的一个。

青年时代，读冰心的散文就读出味来，就喜欢。自然渴望见到冰心，当然也没机会。

20 世纪 70 年代末，在《北京文学》当业余编辑，编辑部让我去找冰心，去干什么，现在已经忘了。我坐车直接去了冰心家，碰巧，冰心出门了。我居然没有先打一个电话，为什么，也说不清了。

90 年代初，编撰《晋江人》，和我共同主编《晋江人》的王永志，他是《侨声报》记者，他说应该请福建籍的冰心老人题书名。这事不必两个人挤着去，就由他去办。冰心拨冗题了"晋江人"三个字，还盖了章。

90 年代末北京少儿出版社请我当"自画青春"丛书的编委，第一辑有我儿子许言的长篇小说《黑白诱惑》，这套书获第 8 届冰心图书奖大奖。现在，冰心签名的奖状还摆在我们家书柜上。

后来，倒是有机会，我仍然没有去看冰心。福建建冰心文学馆，冰心研究会的王炳根到北京看望冰心，常住我家附近的赵家楼饭店，他从那里去冰心家。回来后，总到我家坐坐，自然要说说冰心。那时冰心已经九十高龄。王炳根说，她对往事总记得很清楚，仿佛历历在目；近期的事却记不住，连昨天谁来了也往往想不起来，去看她的人又太多。我想想，还是不去打扰她老人家为好。

刘震云有篇散文《背后相见》，有一层意思是，朋友多时不见，但读到他的文章，也算见面了。

不过，我总觉得冰心离我们很近，离我们很近的是她的作品。直至她的晚年，就是几个字，总是有味。记得在哪儿见过她的一则短文。大意是，皇帝称天子，天子听谁的？听上天的。天子怎么能听到上天的声音？在皇宫门口立两根华表。老百姓有什么话要说，就写了贴在华表上。皇帝派人收进去，他就听到天了。文章很平易很亲切。

一天，突然想重读她的《说几句爱海的孩气话》，翻家里的书柜没找着，又去翻朋友家的书柜还没找着，连找几家，硬是把它找到了。出了几脑门子汗，但心里很高兴。我关上门，一句一句地读，慢慢地读。

所有的葬礼都是相似的，百岁老人冰心的葬礼是唯一的。没有哀乐，播放的是大海的声音，冰心爱海。所有去和冰心告别的人都把一支玫瑰花放在她的遗体上。

没有拜访冰心就是没有让冰心感觉到我，但我不遗憾，我能感觉到冰心。冰心是一部永远的书。

和上帝合作

30 年前，有一位艺术大师，他来到野藤攀爬的崇武石头古城下边。面对大海礁石，他不是像后来突然涌进这片海滨的各种民间石刻工艺家那样来征服这块圣地，而是恰恰相反，他深深地被这里的一切征服了。正是这样的艺术心胸，他才开始了他让四海皆惊的非凡创作。这就是我们现在得以在狂涛声中、在雪浪碎落中观赏到的崇武岩雕。

崇武岩雕，在鱼龙窟里，一条条"鱼"，没有一条是着意雕琢，摆给人看的，全都随了自然，让你在自然中去发现。或在岩石间，或在崖壁上，或潜入沙滩，或为石上石。朴拙天然，极少人工匠味。没强拗，得自天趣。洪世清说，三分之一取岩石天然态势，三分之一由人工雕琢，三分之一让时间去再创作。一个经常缩着身子闭着一只眼睛的老艺术家，把话说得这般惊世骇俗。钱君匋有《崇武岩雕铭》："白沙海涛，崇武奇礁，世清开凿，石窟拔高，鳞介为材，残缺美娇，贺画霍雕，唯此独豪。"我斗胆评说，这是大自然画龙，洪世清点睛。

假如只有岩雕，几乎也少了点什么，这里好就好在又有名家书法石刻和岩雕相映成趣。全是耄耋老人。朱屺瞻 102 岁。刘海粟 98 岁。邓白 92 岁。石伽 91 岁。钱君匋 88 岁。朱屺瞻的字迎面而来，"天趣"若带仙气。刘海粟"天风海涛"四个大字在开阔的石壁上横向展开，正是饱满老辣，"百岁挂帅"。钱、邓二老亦是仙风道骨，落拓大方。石伽悄然隐退，"神龟戏水"淡入沙滩。这是众位老神仙在为洪大画家捧场。

中国石雕，秦汉粗犷苍劲，后不见来者，明清线条软化。千年梦醒，才有洪世清的崇武。崇武，这是你的珍宝。

众石龟应是洪世清的得意之作，尤其是那只大海龟，就在"天风海涛"中向我们游来。

2002 年，突然有了灵感，要写一篇《与上帝合作》，可惜，和洪世清擦肩而过，错失良机，如今悔之莫及。洪世清走了，但天地有情，上帝继续在完成洪世清的杰作。

原载《福建文学》2021 年第 4 期

程绍国

逍遥游

　　1991 年秋，1995 年秋，林斤澜两次组织北京作家采风温州。前一回是永嘉县委副书记代表永嘉，到北京登门拜访，向林斤澜要求的。作家有林斤澜、汪曾祺、邵燕祥、从维熙、刘心武、郑万隆、母国政、陈惠方等。我没有相随。后一回是瓯海县邀请的，县委书记和宣传部长很是重视这次活动，取名"金秋文化节"。那时我兼任瓯海文联副主席，参加了接待。这回除了林斤澜、汪曾祺、邵燕祥、母国政外，还有唐达成、蓝翎、姜德明、赵大年、陈建功、陈世崇等人。瓯海七天之后，这班人又到洞头县过了两天。我记得那时洞头县的县长是姜嘉锋（歌唱家姜嘉锵胞弟），他向瓯海县的书记把这些"圣人"（当时，书记致的欢迎词中有"你们都是圣人"的话）给"借"来的。

　　两茬人中，从维熙、刘心武读者应该非常熟悉。蓝翎的人生经历太丰富了。他曾是当年领袖欣赏的红学界中"两个小人物"之一，后来倒了不少的霉，他担任过中国红楼梦学会秘书长、《人民日报》文艺部主任，杂文集《了了录》和回忆录《龙卷风》等很有影响。姜德明是藏书家，又被称为中国书话第一人，他出版"书话集"有十二种，学界几乎没有一人不知道他的。他又是中国散文学会的副会长，著有散文集《南亚风情》《绿窗集》《清泉集》《寻找樱花》《雨声集》《流水集》《与巴金闻谈》《相思一片》等。他是人民日报出版社社长。蓝翎和姜德明是内敛的人，当时在温州，默不作声。赵大年可不是内敛的人，音频很高，笑声朗朗，诙谐得很。他的散文随笔很棒。他是满族人，和老舍家有亲戚关系。他曾"抗美援朝"，和罗盛教同在一个班，他的成名作就是一篇通讯，报道罗盛教救崔莹而牺牲的事迹。

那时林斤澜和汪曾祺各带夫人，好像邵燕祥还没有这个资格。大家住在瓯昌饭店，邵燕祥和赵大年同为一室，蓝翎和姜德明同为一室。其他人怎么住的我已经忘记了。

林斤澜、汪曾祺、邵燕祥我都写过。温籍作家林斤澜是匠心独绝的作家，他的小说、散文、文论品格高卓，很多人看不懂。与林斤澜相反，汪曾祺却是人人能懂的作家，他把白话文写到极致。他俩是最要好的朋友，但风格迥异。评论大家程德培认为，林斤澜的文学成就比汪曾祺高，刘心武也认为，汪曾祺是延续着沈从文的写作，而林斤澜是前无古人的。我则认为林是追求极致，汪是追求精致，汪是审美，表现美，林是审丑，是批判。孰高孰低，不大好比。邵燕祥11岁即发表散文，后来以诗歌、散文、杂文名世，他有强大的思想力量。这一点非常要紧。他曾是《诗刊》管发稿的副主编，他推出了舒婷、北岛、顾城等一大批新人，推动了新诗改革，为中国广大作家所敬仰。

唐达成是文学评论家、杂文家，还是书法家。主要的，他是中国作家协会第四届党组书记。他的传记上，任职影印件，赫然是"中国共产党中央委员会"。林斤澜曾经对我说："唐达成初当书记的时候，组织部找他谈话，他主动提出把自己的正部级降为副部级，据说有人不满。他想得不周全，书生一个。"

这些"大咖"抵达瓯海县政府大院，欢迎仪式非常隆重。大院红地毯铺出来，那是崭新的红地毯！县委书记致欢迎词。作家一方讲话的是唐达成。林斤澜、邵燕祥都戏称唐达成是"团长"。当时我心想，林斤澜不善于做头面人物，在这样的小地方，把唐达成推出了。后来了解到，唐达成是习惯做"团长"的。邵燕祥说："唐达成，是作家协会的美男子。八十年代，到菲律宾去访问，同时去的还有云南的晓雪，晓雪是白族的一个诗人，高高的个子，也很漂亮，这样，中国作家代表团一下子集中了两个美男子了。弄得马科斯夫人接见了他们两次，欢迎接见了一次，欢送又接见了一次……"还有，他的官话说得好，而且声音洪亮，招人疼爱。

唐达成说："今天我是回到故乡。老乡见老乡，两眼泪汪汪……"我想虚情假意了，你怎么是温州人呢？

后来林斤澜告诉我，唐达成少年时多年在温州，曾在温州中学读书，是他温州中学的校友。1940年，唐达成重庆的家被日军炸毁，辗转抵温，先在瑞安落脚，1941年迁居温州市区柴桥头，便在温州中学上学，直到抗战结束。唐达成父亲叫唐醉石，乃中国数一数二的金石大家，故宫博物院顾问，"中华民国政府"的印章就出自他之手。

话说"大咖"们到了瓯海泽雅。泽雅风景区那时初创，大名叫"西雁荡山"。作家们从最下面的深箩漈慢慢爬上去。那时汪曾祺已经75岁，脸色灰黑，走路有些晃。在宾馆下楼梯时，他一手扶栏杆，我搀着他另一胳膊，不想他在我一脚提空的时候打个趔趄，我立马踏好步，赶紧扶住。真把我吓苦了。我不是相师，但几天后我对林斤澜说："汪先生的寿命不会超过三年。"林斤澜无言，似乎同意。食间，林斤澜悄悄用温州话对我说："你给汪倒半杯啤酒。"医生有吩咐，汪不能喝酒了，他的夫人施松卿严格管着他。汪曾对林说，不让我喝酒是破坏我的生态平衡。半杯啤酒很快就喝光了，后来我又给他倒了半杯。

那一天，林斤澜叫汪曾祺夫妇留在深箩漈，他带领作家们爬山。林斤澜那时也是 72 岁的人了，其他作家年岁也大，唐达成、赵大年、姜德明都是二十年代生人。林斤澜一 1962 年曾经心冠病发，休克过去。医生认为他不宜做爬山之类的活动。他说："我是主人，我得爬上去。"于是他们都爬上去了。风景很好，但那条岭直上直下的石阶太多，中间还有一架八九十度的木梯。赵大年患"三高"，忽然出冷汗，眼前发黑，好不容易爬到山顶，坐在树下打哆嗦。林斤澜赶紧把随身携带的硝酸甘油、速效救心丸塞进赵大年的嘴，赵大年夺过一个作家的半瓶可口可乐喝下，几分钟后，脸色转红。

汪曾祺坐在深箩漈边上的竹楼里，看白练瀑布，看翡翠潭水。或在周边踱动，总有女记者追随提问。有个女记者不懂文学，也不懂艺术，天一句地一句瞎问，他也极有耐心，不厌其烦，似乎也谈得非常快乐。本地有一位十八九岁的少女，五官和身材都极漂亮，搀着汪先生走路，无微不至。汪先生显出兴奋的样子，听凭指引。夫人说："老汪这个人啊，就喜欢女孩子。不过我不嫉妒。"汪先生念叨着两句话，说要写给这位姑娘："住在翠竹边上，梦里常流绿色。"晚上写下来，已是这样两句："家居绿竹丛中，人在明月光里。"少女家有一个小酒店，汪曾祺给起了名字：春来饭店。写字落款，钤上章。

爬了山，那一天晚餐，作家们吃得特别多，也特别好。邵燕祥叫我把菜单收拾一下，给他有用。

后来是游三垟水乡。三垟水乡地带呈水网状。河流交错如织，所谓"岸"，就是一个个小岛，本地叫"水墩墩"（多水灵的名字）。水墩墩上全是瓯柑，温州的瓯柑出产于此。史载孙权曾献瓯柑于曹操，就在这儿摘下。河道产菱角，很多的菱角，熟了供全温州的人吃。汪曾祺游三垟，半躺在一只小船上。小船无篷，方头，可三四个人半躺。汪曾祺和夫人一船，林斤澜和夫人一船，并行徐进。阳光温暖而柔和，是老年人感觉很好的那种阳光。没有风。水面平静。时有浮萍和菱角后走。有白鹭在近处闲飞。大罗山呈永远的青黛色。汪曾祺似乎特别开心，我在随后的船上见他总是微笑，还不时和林斤澜打趣。25 年过去了，他们在小船上的情景我总是常常记起，那情景似乎不在凡间而像仙境，似有佛光闪闪，道气袅袅。

而后走了永强堤坝，这条堤坝 19 公里，用石头砌成，以拦东海。作家们非常感叹。

在洞头，坐船游看半屏山。女导游总是说这个像什么，那个像什么。作家们默不作声。女导游说："半屏山，半屏山，一半在洞头，一半在台湾。"女导游大约觉得有意思，或者有意义，重复超过四五次，作家们也都装出欣赏的样子。后来上岸，见到一处景观，两个巨石孤零零叠在东海边的悬崖上。究其成因，林斤澜说是石头没变，而大浪把它周边的泥土碎石淘走了。赵大年的意见则不同，说是大海大浪把海里的巨石抛上去的。各执一词，最终林斤澜说："嘻，可能你是对的，我当时还确实不在这儿。"

在洞头，我还记得赵大年对林斤澜说："你的北京话只是勉强及格，普通话可以得 70 分。"还说他写的罗盛教事迹有出入，以后自己还要重新写过。

这一次到温州采风，给我留下记忆深刻的，还有汪曾祺作字画。唐达成也写了不少。他的字见童子功，是科班，有章法，圆浑体润，凝重骨健。而汪曾祺是文人字，苍劲，有自己的面目。其实，邵燕祥的字也很棒，可是一般人不知道，他也把自己藏匿了。汪曾祺他要露一手，他认为自己的散文比小说好，自己的书画比散文好，自己的烹钰比书画好。所以他觉得温州人是真正出于尊敬，接待是真正的热情，他不能白吃白玩。他几乎是有求必应。可是索求的人真是多啊，有的是真正了解汪曾祺的，有的是转折听说的，有的是别人要他也要的，有的是先拿来再说，反正并不烫手。

温州书法家一沙索字，汪曾祺写下"恒河沙一粒"；有个当官的向他索字，他把南朝陶弘景的名句给了去："山中何所有？岭上多白云。只可自怡悦，不堪持赠君。"他是经过思索的。可是哪有那么多人懂呢？一天在小岛灵昆，汪曾祺画了一只像是灵昆地图的螺，边上题字："东海灵螺"。岛上几个干部齐声叫道："先生错了，先生错了，应该是'东海灵昆'。"先生难过起来，脸一沉，指着墙上的地图，说："灵昆不像螺吗！"几个干部眨了眨眼。

汪老先是写字，绝句为多。写字要想词，够麻烦的，后来便画画。石头和竹，居多是菊花、兰草。一天夜十时许，来了一个穿制服的一身酒气的人，板着脸说："给我一张吧！"汪曾祺瞥了他一眼，说："我不认识你。"来人说："我刚才不是给你拉纸了吗！"汪曾祺看看我，看看坐在身边的夫人。夫人觉得尴尬，笑中显出无奈。汪曾祺最后还是给他画了一张兰花，此人拉过就走，什么话都没有说。我便叫二位快快回去休息。汪曾祺对我说："我给你画一张。"我说："不用不用。"他坚持说："画一张。"我说："我到北京你家的时候，再给我画一张吧。"他认真地说："你不要到我家，我不欢迎。"没有法子。他给我画了一幅菊画，题字道："为绍国画"。

一位友善的主任过来，手拿一张单子，他受托要汪曾祺给一串头头脑脑写字画画。原先头头脑脑已约法三章，不得个人索字，现在情况又发生变化。汪曾祺说："拿到我的卧室里去吧。"第二天，听夫人说，主任坐在汪曾祺卧室睡着了，倒是汪曾祺站着一直画到了子夜！

当然，汪曾祺也有拒绝的。比如你自作主张叫他按你的"词"写，你的"词"不合他的脾性，他不会给写，即使是经典诗词他也不会给写。有个部门头头叫汪曾祺给写四个字："清正廉洁"，汪曾祺虎着脸说："我不写，我不知道你们清正廉洁不！"终于没有给写。

作家和明星们绝然不同。明星们过来一站台，拿走几十万元或者上百万元。林斤澜组织的两批作家，没有拿一分钱。不仅没有拿钱，回到北京他们还要劳动，还要写温州还不是敷衍着写，他们认认真真，一丝不苟写作品。1991年，汪曾祺写下《初识楠溪江》，是他的散文代表作之一。林斤澜写了两篇《山水之"寓"》《生命的水和船》。邵燕祥写了诗歌，还写了散文《永嘉四记》。刘心武写了两篇：《秋水筏如梦中过》和《只恐楠溪舴艋舟》。母国政也是两篇：《楠溪江静趣》《南溪江畔》。郑万隆写了《且说山水》……

1995年这一回，作家们回去都写了文章。邵燕祥把我提供的菜单写进了《"后花园"的后花园》，这一篇和《永嘉四记》一样，是他的散文名篇。林斤澜写了四篇散文：《山头》《山海》《石头》《鱼伤》。林斤澜留下十卷本文集，散文占三，人民文学出版社选编出版了一本《林斤澜散文》，这四篇连同前一回写的《山水之"寓"》都收在内。汪曾祺回京，写了散文《月亮》，还写了《瓯海修堤记》的铭文。他对林斤澜说，夜两点多睡下，忽然觉得还有两字不妥，遂又披衣改定。他还说，现在只剩下几句无关紧要的序言了，得找资料，反倒麻烦。林斤澜说，那就由我代写序言吧。

序和铭合拢后，林斤澜把它寄给了我：

一九九四年十七号台风袭瓯海，肆虐为百年来所仅见。计死人一百七十五，坏屋一九五四五间，农田受淹十四万亩。风过，瓯海人无意逃灾外流，共商修治海堤事。不作修修补补，不作小打小闹；

集资彻底修建，一劳永逸。投入土石三百多万方，技工民工六十多万人次，耗资超亿元。至一九九五年十月竣工，阅十一个月。顶宽六米，高九米多，长近二十公里的石头堤，如奇迹出现。温州人皆曰：如此壮举，合当勒石记铭，以勖后来者，众口同声，曰："然！"乃为之铭曰：

> 峨峨大堤，南天一柱。伊谁之力？瓯之百户。
>
> 温人重商，无往不赴。不靡国力，同心自助。
>
> 大堤之兴，速如飞渡。凿石移山，淘土为路。
>
> 茵茵草绿，群莺栖树。人鱼同乐，仓廪足富。
>
> 峨峨大堤，长安永固。前既彪炳，后当更著。

这种一韵到底的铭文，这种完美合作的作品，真是不易。拿到稿件时，我已调到《温州晚报》，即把《瓯海修堤记》发出，标明"汪曾祺铭，林斤澜序"。林斤澜来电，要我更正，作者应为汪曾祺一人。我说明明是两人嘛，笔迹都清清楚楚，这是事实。林斤澜别的不说，坚持要我更正，态度坚决。我只得做了更正声明，向作者读者致歉云云。

林斤澜组织的两回采风，我见作家们自己非常高兴。毕竟不是会议，轻轻松松，闲话笑话加酒话，难得一聚十来天。另外一方面，中间名家，许多人是请不到的。他们的人品和文格，一般的作家也达不到。他们发表文章，全中国读者都能看得到，名人效应也不可小觑。汪曾祺《初识楠溪江》，写得那么美，结尾说："我可以负责地向全世界宣告：楠溪江是很美的。"

两次作家写温州，丰厚了温州的文化底蕴。后来我编辑副刊二十来年，即向熟悉了的这一群作家约稿，林斤澜、邵燕祥、唐达成、刘心武、从维熙、赵大年、姜德明、蓝翎，陆续来稿。后来我也组织几批作家到温州采风，叶兆言、何立伟、阿成等也加盟了我的副刊版面。

有人看重名家效应，也看重名家文章怎么写。我认为重要的还不是这个，重要的是杰出作家的思想。他们阅历、经历，凝结成对世界、对历史、对社会、对人生的正确看法，以他们正确而重要的思想影响人们，特别是有些钱的温州人，这才是最最重要的。人活着只是吃饭、数钱，那是很可悲的。

惜两次采风的作家，大部分已经作古。按顺序是，汪曾祺、唐达成、蓝翎、林斤澜、从维熙、赵大年、邵燕祥。汪曾祺逝世后，我即拜望了他的夫人施松卿，还拜望了病中的唐达成先生。去年，我参加了从维熙先生的遗体告别。林斤澜就不用说了，遗体告别和安葬仪式我都在。他是 2009 年 4 月 11 日去世的，终年 86 岁。今年（2020 年）8 月 1 日，比林斤澜小十岁的邵燕祥睡去不醒，像是"坐化"了。丧事简到极处。都算喜丧。

原载《文学自由谈》2021 年第 1 期

陈喜儒

我珍藏的光未然手迹

　　在我珍藏的中外名作家手迹中，光未然（张光年）的不算多，但种类较全，有信札、条幅、赠书、题词、批示、在我文稿上的修改，还有一条足可以假乱真的木版水印横幅《黄河颂》。

　　我从小就崇拜光未然。远在中小学时代，就多次参加学校合唱团，演出《黄河大合唱》。那雄健激昂的旋律和歌词，如电闪雷鸣，震撼人心。尤其是那惊天地泣鬼神的《黄河颂》，不管是独自吟诵，还是放声歌唱，都使我心潮澎湃，热血沸腾。记得在一次五四青年节诗歌朗诵会上，我朗诵的《黄河颂》荣获一等奖。其实，我的语音语调、动作姿态、服饰仪表、配乐灯光等未必有可圈可点之处，可能是我那从心底喷涌而出的滚烫的激情，打动了评委，产生了共鸣。

　　我调到中国作家协会工作时，光年是作协副主席、党组书记，主持工作，但大家都称他为"光年同志"，没有叫"未然同志"的。而且我发现，他写诗、出诗集用笔名"光未然"，而写散文、随笔、理论学术文章、批阅文件，则用本名张光年。

　　他身体不好，不坐班，偶尔来机关开会、做报告、传达文件、参加外事活动。他个子不高，面容清瘦严肃，不苟言笑，与我们这些年轻人，中间还隔着好几层领导，接触不多。直到 1985 年春天，他率领从维熙、邓刚、陈祖芬和我（秘书兼译员）到日本访问，大家朝夕相处，形影相随，谈诗论文，很快相熟起来。

本来，他年纪最大、级别最高（持外交护照），身体瘦弱，是全团重点保护对象，但他是团长，且声名显赫，宴会座谈，拜会家访，记者采访，若不出场，人家会认为被轻视慢待。再者，他 1965 年曾随老舍访问过日本，旧地重游，老友重逢，有说不完的话，不能尽兴时，还要挑灯来一场东京夜话。这样一来，他成为全团最忙最苦最累的人。出发前，有关领导就一再叮嘱，光年同志患过肠癌，动过两次大手术，虽然痊愈，但千万注意，不能太累。我劝他精简日程，他苦笑道：朋友们都上了年纪，今后是否还有机会见面，都很难说了，我这个人念旧，有求必应，否则心里不安啊！为了保护团长健康，我与邓刚、祖芬商量，推举从维熙为"常务副团长"，在座谈、宴会、采访时间过长时，或光年感到身体不适时，由老从出面代行团长职务。老从是个厚道人，我们一通"狂轰滥炸围追堵截"，他无可奈何，只好少数服从多数，勉为其难。

我孤陋寡闻，不知道光年是书家，更没想到名声在外，有那么多人求字，幸好他早有准备，随身带着文房四宝，有人请他写诗题词时，他仰头略微思索，之后笔走龙蛇一挥而就。我特别注意他手里举着毛笔，审视写好的字，轻轻摇头，表示不太满意，或者稍稍点头，表示尚可，或者觉得词字俱佳，颇为得意时的神情举止。我觉得此刻，只有此刻，一个大诗人的气质才华和激情胸怀，才纤毫毕现。在福井县大饭町访问水上勉的一滴水文库（文学资料馆）时，朝日新闻社记者要采访他，他说不谈了，拿纸笔来，当场挥毫泼墨："一滴见大海，文库发文光。"巧用文库之名，赢得一片喝彩。在松山市，松山市长举行盛大午宴，发表热情讲话，并备好笔砚，请光年题词，以记其盛，光年题句曰："松山松海多诗意，春风春雨引客来。"松山市是日本著名诗人作家正冈子规的故乡，素有诗城之称，而恰巧那天又是春雨霏霏，光年的题词正好对时对景对情，情景交融。我当场翻译朗诵后，宴会厅里掌声雷动。

光年去拜访日本著名剧作家木下顺二时，正在排戏的表演艺术家山本岸英也赶来参加。木下拿出了珍藏几十年的斗方，上面有巴金、冰心、曹禺、严文井、于伶、杜宣、马烽等人的题词赋诗签名。纸面虽已发黄，但字迹清晰，神韵依旧。其中有一幅是老舍遗墨：

小院春风木下家，

长街短巷插樱花。

十杯清酒千般意，

笔墨相期流锦霞。

木下大作家先生教正，老舍 1965 年春

当年，光年与老舍一起到木下府上拜访，也即兴留句：

桶里剑菱无限好，

座上东风脸上春。

木下顺二先生指正　张光年　一九六五年春于东京

我问光年，剑菱是什么？他说是日本有名的清酒，大家开怀畅饮，说戏论文，尽兴而别。木下笑道："那时年轻，酒喝得多。但我听说光年先生旅途劳顿，身体微恙，不宜豪饮，所以没备剑菱，而买了比较柔和的法国葡萄酒小酌。"

光年看着自己二十年前写的斗方，抚今思昔，感慨万端，欣然

命笔:《夕鹤赞——祝贺山本安英主演的木下顺二名剧〈夕鹤〉上演一千回》:

> 风雨沧桑二十年,
>
> 重来执手问平安。
>
> 樱花时节春光好,
>
> 夕鹤长鸣唳九天。

从四国回到东京后,光年将沿途所得八首绝句写成斗方,赠送日本朋友,其中有两首赏樱绝句书赠日中文化交流协会。其一《樱之桥——献给为中日文化交流搭桥铺路的人们》:

> 一岛樱花一夜迸,
>
> 两京四国彩云新。
>
> 霞光铺就银河路,
>
> 牵动牛郎织女心。
>
> 自注:两京,指东京和京都。四国,指日本南部四国岛。

其二《樱之魂》:

> 风横雨扫紫云岛,
>
> 满树繁星忽断魂!
>
> 莫道红颜多薄命,
>
> 年年此日笑迎春。

更使我意外和惊喜的是,一路走来,光年不仅为日本朋友写诗题词,也为我们四个团员每人写了一首,后以赠访日四团友为题收入《惜春集》中。他说;"这四首绝句,都是在东京期间,凌晨醒来,枕上所得。回国后，我再写成条幅送给你们。"

赠从维熙同志：

> 心驰雪落黄河处，
>
> 每忆血喷白玉兰。
>
> 东来访友成良友，
>
> 正字敲诗谈笑间。

前二句，指从氏小说《雪落黄河静无声》《大墙下的白玉兰》。

赠邓刚同志：

> 倒海翻江龙兵过，
>
> 人迷大海海迷人，
>
> 邓刚跨海东游日，
>
> 不忘下海多捞珍。

诗中的《龙兵过》《迷人的海》，都是邓刚小说名。邓是海碰子出身，看见鱼虾，手痒难耐。在京都游览二条城时，护城河中有许多龟、鱼，邓摩拳擦掌，跃跃欲试说：给我个鱼叉，用不了多少工夫，我就能收拾干净。故有"不忘下海多捞珍"句。

赠陈祖芬同志：

> 占得奔波命不差，
>
> 为描春意走天涯。
>
> 只听喜鹊喳喳叫，
>
> 笑来一处报春花。

祖芬在某寺戏抽一签，占得"奔波命"，她自喜应验不差，故有首句。

赠陈喜儒同志：

> 代人提问代人答，
>
> 既当向导又管家，
>
> 东海两岸传高谊，
>
> 中日作家谢谢他。
>
> 一九八五年五月书

喜儒同志正之光　未然

给我的这首诗写于 1985 年 4 月 15 日清晨，5 月初写成条幅。短短四句，清新朴素，明白如话，浑然天成，却又道尽译员的酸甜苦辣。我曾多次与翻译界朋友说起这首诗，他们都很感动，说翻译历来不受重视，刘禹锡就说"勿为翻译徒，不为文雅雄"，但光年这首诗概括、肯定、赞扬了翻译工作的作用价值和意义，使人感到振奋和温暖。

回国后不久，光年就写了一篇五千多字的文章，名为《樱花阵里访中岛》（后收入评论集《惜春文谈》中），回忆与日本朋友中岛健藏先生的交往与友谊。记得那是到东京的第二天，雨过天晴，蓝天如洗，光年率全团去豪德寺为中岛健藏扫墓，心情激动，一进寺门，就口占一首：

> 东瀛春来早，
>
> 樱花阵里访中岛。
>
> 破冰跨海搭鹊桥，
>
> 此老永不老。

　　文章送《人民文学》发表前，光年叫我看看，人名地名是否有误？受光年激励，我将陪他拜访日本著名作家野间宏的谈话，整理为《坐拥书城，心怀天下——访日本作家野间宏》，约六千余字，呈光年审阅指教，并附了一封信。

光年同志：

　　试着写了一篇短文，不知是否可用，我没有信心，今呈上，请您斧正。

　　我还准备试写三篇：访松本清张，箱根夜话，新宿漫步，但不知能否写成。

　　您的文章，我拜读后已退给周明同志了。

　　祝您身康笔健。

小陈

1985 年 5 月 7 日

　　我 5 月 7 日送去，光年 5 月 10 日改毕。我数了数，修改三十余处，短处增删三五字，长处修改百余字。比如光年当时已经积极考虑中国文学如何走出去的问题，与日本作家野间宏会谈时，初步达成由中国作家协会提供优秀作品文本，由野间宏牵头成立编委会，负责翻译出版现代中国文学选集五十卷，以期达到全面系统及时地介绍中国当代文学的最新成就的目的。我就此事写了一大段，光年可能认为这只是计划，尚未落实，不宜过细，改为：野间先生考虑的问题，正是我们中国作家经常谈论的话题。他感谢野间先生对我国当代作家和作品的厚意，表示中国作协愿意通力协作。

　　他圈阅了我的信后在上批示：

小陈同志：长文阅过。写得好。我顺手作了一些修改，请考虑定稿。建议交文艺报考虑，看他们六月号是否发齐了（当时《文艺报》是月刊——作者注）？否则看新观察，上海文学如何？光年 5.10

在信的下面，又写了一段：

小陈同志：提议请你将野间宏写的欢迎中国作家代表团的那篇文章（刊在《日中文化交流》上的）翻译出来，准备出小册子时利用，你看如何？光年 5.11。

这篇经光年修改的文章发表于《新观察》1985 年第 13 期。后来我在光年日记中看到了有关记录："1985 年 5 月 10 日，今天上下午其余时间，都在帮小陈（喜儒）改《访野间宏》文。"为我这篇文章，光年花费了一整天时间，不仅在政治上把关，文字上修改，连在何处发表，都想好了。他对身边年轻人的关怀提携帮助和爱护，由此也可见一斑。

光年知道我爱读书，每有新作，都不忘送我，且有题字签名：

《风雨文谈》陈喜儒同志惠存　张光年　85.4.20；

《惜春时》喜儒同志存正　张光年　一九九二年春；

《惜春文谈》喜儒同志留念　光年　1994 年 2.5；

《文坛回春纪事》（上、下）喜儒同志惠存　一九九九年一月　张光年赠；

《骈体语译文心雕龙》喜儒同志阅正　张光年　2001 年 6 月。

　　记得还有若干信件，谈一些对日工作的事，可惜没有保存，如今手边只有一通。

喜儒同志：

　　长久不见，念念。

　　今接日本学者京都大学兴膳宏（他说我同老舍先生 1964 年访日时，他在京都听过我发言）等三位先生来信，大意可以猜出，但不很懂。谨拜托你译为汉语，以便考虑是否函复。

　　谢谢。近好。

光年　1988.12.9

　　信中所说与老舍先生访日的时间有误，应为 1965。另，兴膳宏为中国文学研究家，曾任日本京都大学教授、京都国立博物馆馆长、京都大学名誉教授，对《文心雕龙》研究卓有建树。

　　还有一条横幅，是光年手书的《黄河颂》木版水印件。这是光年为庆祝由巴金任会长的上海文学发展基金会成立而写的。全文 200 余字，一气呵成，篇尾注明：右应邀抄录旧作黄河颂歌词一九九一年十二月光未然。有书法家说，这是他历年所见光年书法中最好的一幅，笔笔苍劲雄健，力透纸背，字字笔酣墨饱，神采飞扬，气势豪放，如黄河之水，汹涌澎湃，惊涛万丈。

　　2002 年 1 月 28 日，张光年逝世。上海文学发展基金会将《黄河颂》木版水印一百张，以缅怀逝者，寄托哀思。我有幸得到一张，如获至宝，精心收藏，不时拿出展开，细细观赏，仿佛能听到黄河的涛声。好友来访，也忍不住显摆一番。见者无不惊叹：你要不说这是复制品，我们还以为是真迹原作呢！我笑道：以假乱真，欺世盗名，必遭天谴。

顺便说一句,我一直不知"光未然"三个字为何意,因为在中国典籍中,对未然有多种解释,如没有成为事实、并非如此、不正确等等,虽请教过多人,但不得要领。最近有一位资深学者说,据曾在汉口编过《大公报》的陈纪滢回忆,当年光未然是他的作者,曾亲口对他说,光未然者,尚未燃烧发光之谓也。

这是我目前听到的最权威的解释。

原载《北京青年报》2021 年 10 月 3 日

赵丽宏

岁月深处的暖灯

　　我走上文学创作之路，已经有五十多年，在我的记忆中，最难忘记的，是曾经鼓励、指点、帮助过我的那些文学编辑。他们分布在全国各地，在上海，在北京，在广州，在天津，在南昌，在成都，在南京……和这些城市联系在一起的，是一个个亲切的名字，想起他们，我的心里会感到温暖。其中一位，便是徐开垒先生。

　　20世纪70年代初，我还是崇明岛上的一个插队知青，在艰困孤独的环境中，读书和写作成为我生活的动力。我把自己的习作寄给了《文汇报》，但没有信心。《文汇报》的副刊，是明星荟萃之地，会容纳我这样默默无闻的投稿者吗？出乎意料的是，我的一篇短文，竟然很快就发表了。发表之前我并没有收到通知，以为稿件已石沉大海，或许被扔进了哪个废纸篓。样报寄来时，附着一封简短的信，我至今还清楚地记着信的内容："大作今日已见报，寄上样报，请查收。欢迎你以后经常来稿，可以直接寄给我。期待读到你的新作。"信后的落款是"徐开垒"。

　　读着这封短信，我的激动是难以言喻的。虽然只是寥寥几十字，但对于一个初学写作的年轻人，是多么大的鼓舞。徐开垒这个名字，我并不陌生，我读过他不少散文。他的《雕塑家传奇》《竞赛》和《垦区随笔》，曾经打动少年时的我。在此之前，我并不知道是开垦先生在主编《文汇报》副刊。对我这样一个还没有步入文坛的初学者，开垦先生不摆一点架子。此后，只要我寄去稿子，他都很快回信。在信里他没有空洞的客套话，总是给我真诚热情的鼓励。如果对我的新作有什么看法，他会一二三四地谈好几点意见，密密麻麻的蝇头小字，写满几张信笺。即便退稿，也退得我心悦诚服。他曾经这样对我说："因为我觉得你起点不低，可以在文学创作这条路上走下去，所以对你要求高一点。如果批评你，你不要介意。"我怎么会介意呢，我知道这是一位前辈对我的挚切期望。

开垦先生是一个忠厚善良的人，对朋友，对同事，对作者，对所有认识和不认识的读者，都一样诚恳。记得一年春节前，我去看望他，手里提着一篓苹果。那时食品供应紧张，这一篓黄蕉苹果，是我排很长时间的队，花三元钱买的。我觉得第一次去看望老师，不能空着手。到了开垦先生家里，他开始执意不收这篓苹果，后来见我忐忑尴尬的狼狈相，才收下。我现在还记得他说的话："以后不要送东西，我们之间，不需要这个，你又没有工资。我希望的是不断能读到你的好文章。"这样一句朴素实在的话，说得我眼睛发热。春节过后，开垦先生突然到我家来，走进我那间没有窗户的小房间。他说："我知道你在一间没有阳光的屋子里写作，我想来看看。"先生的来访，让我感动得不知说什么才好。走的时候，开垦先生从包里拿出一大袋咖啡粉，放在我的书桌上。那时，还看不到"雀巢"之类的外国品牌咖啡，这包咖啡粉，是他从海南岛带回来的。此后，开垦先生多次来访问我的"小黑屋"，和我谈文章的修改，有时还送书给我。开垦先生不是一个健谈的人，我也不善言辞，面对自己尊敬的前辈，我总是说不出几句话。有时，我们两个人就在台灯昏暗的光线中对坐着，相视而笑。在他的微笑中，我能感受到他对年轻后辈深挚的关切。他是黑暗中的访客，给我送来人间的光明和温暖。

1977 年 5 月，上海召开迎接春天的第一次文艺座谈会，一大批"失踪"很久的老作家又出现在人们面前。那天去开会，我在上海展览馆门口遇到开垒先生，他兴奋地对我说："巴金来了！"他还告诉我，《文汇报》这两天要发表巴金的《一封信》，是巴金复出后第一次亮相，是很重要的文章，要我仔细读。在那次座谈会上，我第一次见到了巴金和很多著名的老作家。座谈会结束的那天下午，在上海展览馆门前的广场上，巴金和几位老作家一起站着说话，其中有柯灵、吴强、黄佐临、王西彦、草婴、黄裳等人，他们都显得很兴奋，谈笑风生。我也看见了开垒先生，他站在巴金的身边，脸上含着欣慰的笑，默默地听他们说话。

开垒先生约巴金写的《一封信》发表在《文汇报》，是当年文坛的一件大事，可以说是举世瞩目。《文汇报》的文艺副刊，在开垒先生的主持下，从此进入一段辉煌的时期。很多作家复出后的第一篇文章，都是发在《文汇报》的副刊上。副刊恢复了"笔会"的名字，成了中国文学界一块引人瞩目的园地。

1977 年恢复高考，我曾犹豫要不要报考大学，觉得自己走文学创作的路，不上大学也没关系。我找开垒先生商量，他说："有机会上大学，就不应该放弃。"他告诉我，他当年考入暨南大学中文系，是在抗战时期，大学生活开阔了他的眼界。他还对我说，大学毕业后，可以到《文汇报》来编副刊。开垒先生的意见促使我决定参加高考。不久后，我成为华东师大中文系的学生。进大学后，我常常寄新作给开垒先生，他一如既往地鼓励我。记得读大二时，我写了一首长诗《春天啊，请在中国落户》，表达了对中国刚开始的改革开放的欢欣和期待。诗稿寄去不久，就在《笔会》副刊上以很大的篇幅发表，在校园里引起不小的轰动。当时的华东师大中文系主任徐中玉教授看到这首诗后，专门找我谈了一次话，为我发表诗作而高兴，并告诉我，这首诗也写出了他的心情。经开垒先生发出的这首诗，如今还经常在全国各地被人们朗诵。

1982 年初我大学毕业，开垒先生曾力荐我去《文汇报》工作，最后我选择去了上海市作家协会。虽然有点遗憾，开垒先生还是为我高兴，他说："也好，这样你的时间多一些，可以多写一点作品。"1983 年，出版社要出版我的第一本散文集，开垒先生知道后，比自己出书还要高兴。他说："第一本散文集，对一个散文写作者来说，是一件大事情，你要认真编好。"我请开垒先生为我作序，他慨然允诺。他很细致地分析我的作品，谈生活和散文创作的关系，还特别提到了我的"小黑屋"。每次，我翻开我的第一本散文集《生命草》，读序文中那些真挚深沉的文字，就感觉开垒先生坐在我的对面，在一盏白炽灯的微光中娓娓而谈，我默默倾听，推心置腹之语，如醍醐灌顶。

1998 年，文汇出版社要出版开垒先生的散文自选集，这是总结他散文创作成就的一本大书。开垒先生来找我，请我写序。我说："我是学生，怎么能给老师写序？应该请巴金写，请柯灵写，这是你最尊敬的两位前辈。"开垒先生说："我想好了，一定要你来写，这也是为我们的友情留一个纪念。"恩师的要求，我无法推辞。为了作序，我比较系统地读了他的散文，从 20 世纪 30 年代开始，一直到八九十年代，跨度大半个世纪，他的人生履痕，他的心路历程，他在黑暗年代的憧憬和抗争，他对朋友的真挚，对生活的热爱，对理想的追求，都浸透在朴实的文字中。读开垒先生的文章时，我想到了他的人品。在生活中，他是一位忠厚的长者，对朋友的真挚在文学圈内有口皆碑。他一辈子诚挚处世，认真做事，低调做人，从来不炫耀自己。只有在自己的文章中，他才会敞开心扉，袒露灵魂，有时也发出激愤的呐喊。他的为文和他的为人一样认真，文品和人品，在他身上是高度统一的。开垒先生的沉稳、执着，和文坛上某些急功近利、朝秦暮楚的现象形成极鲜明的对照。他后来撰写的影响巨大的《巴金传》，是他一生创作的高峰，他用朴素的语言、深挚的感情，叙写了巴金漫长曲折的一生，表达了对这位文学大师的爱戴和敬重，也将自己对文学的理想，对真理的追求熔铸其中。

人生的机缘，蕴涵着很多因素，言语说不清。开垒先生曾经告诉我，如果没有叶圣陶、王统照先生的指引，如果没有柯灵先生的提携和栽培，如果没有巴金、冰心等文学大师的关心和影响，他也许不会有这一生的作为。在我身上，其实也一样，如果没有开垒先生和很多前辈当初对我的鼓励和帮助，我大概不会有今天。《笔会》于我，并非发表作品的唯一园地，而开垒先生在黑暗中对我的引领，在艰困中对我的帮助，却是谁也难以替代的唯一。

原载 2021 年 12 月 3 日《光明日报》

甘以雯

谢晋的胸襟

谢晋导演逝世整整 12 年了。20 世纪 90 年代初，我有幸与这位大师短暂合作了一段时间，他的音容笑貌，至今还经常在我眼前浮现。

1991 年，我参加慈善电视系列剧《启明星》（原名为《暖流》）剧组，担任文学编辑。这部剧由天津市政府出资支持，可在导演问题上斟酌不定。考虑到是描写残疾儿童生活的题材，考虑到谢导是两个智障孩子的父亲，我建议邀请谢晋执导。剧本作家兼剧组负责人航鹰委派我写信邀请。幸运的是，谢导接受了我们的邀请，同意出任导演。这部剧最终剪辑成电影，我也有机会接触到这位驰名中外的导演大师。

大师的握手

初春三月，为参加《启明星》开机式，谢导来到了天津。谢导永远是那么忙，来也匆匆，去也匆匆。临别时，我送给谢导两本书，其中一本是孙犁先生的《耕堂读书记》。没想到，就是这本小小的图书，引起了一段佳话。

不久，谢导参加全国政协会议，住在北京京丰宾馆，我和航鹰去看望他，他房间的桌子上就放着那本《耕堂读书记》。"这本书写得很好，我正在读。"谢导说。

紧接着，谢导去日本拍摄影片《清凉寺钟声》，《耕堂读书记》又与他相伴，一有时间，他便认真阅读。

再一次见到谢导，是在上海。临别时，我问他在天津还有什么要办的事情。谢导略一思索，郑重地说："我生平最佩服的作家是孙犁，我虽然没有见过他，但神交已久。请代我向他问好，有机会我去看他。我送你两本书，也请你给孙犁和航鹰带两本去。"这两本书均为谢导所著，一本是《谢晋谈艺录》，一本是《我对导演艺术的追求》。送孙犁先生书的扉页上工工整整地写着：孙犁老师教正。

孙犁先生自春节前夕患病，一直不大会客。当我登门送上那两本书时，孙犁先生说："我对谢晋也仰慕已久。请你告诉他，我欢迎他来。不用提前约，我24小时都在家，只是我身体不好，有严重的心脏病，不能激动。"

过了几日，谢导给我打来电话，告知我马上要来天津。听说孙犁有心脏病，他马上说："我不会让他激动，我能控制自己……"

7月27日，我陪同谢导来到孙犁先生家，孙犁先生的气色比上次强了许多。一见面，便热情地对谢导说："久仰，久仰。"刚刚落座，孙老便拿出早已准备好的两本书，诚挚地对谢导说："你送了我两本书，我也送你两本书。"其一便是《耕堂读书记》，上面写好了题款。

谢导说："《牧马人》首映式时我来过天津，市委书记问我与天津的谁熟。我说天津我最佩服的是孙犁。他说孙犁的名气这么大，连谢晋都佩服他，可他的房子还没解决。"谢导看着这套新房子笑着说。

孙犁先生说："你的两本书我看了，你是根据中国国情搞电影的，所以有成就。我以前很爱看电影，现在大概有几十年不看了，可情况是知道的。我看报纸和刊物，对你很了解。"

"我搞的电影经常是有争论的，《芙蓉镇》《天云山传奇》《牧马人》，好几个都是几上几下……"谢导无可奈何地笑着说。

"毕竟不是那些年了，不要管它，一点反应没有也不好。我搞文学一直是在风雨飘摇中搞的。"孙犁先生沉思着说道。

时间很短，聊的内容却很丰富，政治、文学、电影、交友，什么都谈；一会儿叙旧，一会儿话今，两人就像久别重逢的老友。最后，谢导高声念起悬挂于白墙上孙老亲笔书写的诗：

> 不自修饰不自哀，
> 不信人间有蓬莱。
> 阴晴冷暖随日过，
> 此生只待化尘埃。

一位 78 岁的文学大师；一位 68 岁的电影艺术大师。一位足不出户，终日与书相伴，在文学之路上踽踽前行；一位整日乘飞机东奔西跑，足迹遍及海内外，为中国的电影事业身体力行。几十年的艺海生涯，对人生与艺术的执着追求，使两位大师神交已久；两本小小的书籍，蕴满了深情，使两位大师的手紧紧地握在了一起……

沉重的生活变得楚楚有情

"我叫阿四，爸爸叫谢晋，住在……请给我家打电话。"谢导的儿子要到残疾人工厂上班，谢导担心他走失，便为他做了个小牌牌带在身上。这么简单的几句话，一遍又一遍，一天又一天，已经教过上百遍，阿四有时还说不上来。谢导很有耐心，由于自己耳背，他嗓音很大，浑厚的声音在不大的房间里嗡嗡作响。

谁能想到，这就是一位驰名中外的大导演如火如荼生活的一个侧面。作为两个智障孩子的父亲，他要承受多么大的精神压力！

"文革"中，批斗会上遭受精神和肉体的折磨，谢导没有落一滴眼泪；而回家的路上，看见自己的两个孩子被人塞进了垃圾桶，他心如刀绞，泪水潸然而下。在牛棚里，他几次想到以死来解脱苦难和屈辱，但抚养孩子的责任和义务支撑着他，终于挺了过来。

从牛棚出来，补发了几年的工资，他全部存在了银行，告诉长女，待他死后，作为两个弟弟的抚养金。

在两个智障孩子的身上，他倾注了满腔的心血，满腔的爱。孩子虽然智力残缺，却能够感受到他的爱心，也以自己的方式默默地回报着父亲。

浩劫中，阿四待父亲依然如故，每当父亲拖着疲惫的身躯回到家时，阿四总是眼巴巴地守在门口等候；父亲刚刚坐下，便忙不迭地拿出拖鞋为他换上，尽管分不清哪是左哪是右；接着便急慌慌往茶杯里放茶叶，尽管有时多有时少……每当这时，谢导的心头便涌上一股暖流。

孩子的残疾，对一个家庭，是沉重的负担。可由于有了爱，家庭成员的感情得以沟通，共同担起了生活的重担，使他那有缺憾的家庭，充满了温馨；使他那沉重的生活，变得楚楚有情。

谢导在美国工作的长子谢衍，才学出众，仪表堂堂，可一生未婚。他每交女友，总是提前讲清：我有两个残疾弟弟，将来我要抚养他们。他不仅继承了父亲的电影事业，而且继承了父亲的爱心和担当精神。

1991年11月初，谢导带队赴韩国参加国际电影节期间，阿三又一次病危住院。返沪一下飞机，谢导直奔医院，阿三紧紧拉住父亲的手不肯放开。第二天，阿三病逝。谢导号啕大哭，年近七旬的老人，淌着热泪为儿子理了最后一次发，刮了最后一次胡须。

闻听噩耗，谢导夫人和长子谢衍从美国匆匆返沪。到了医院，谢衍将罩在弟弟身上的被单轻轻地打开，轻轻地抚摸了弟弟的全身。当谢衍独自返回美国时，沉浸在悲痛中的阿四坚持要送长兄到机场，兄弟二人挥泪而别。谁能想到，后来谢衍也因病早逝。

以善良和真情聚集人才

谢导待人，宽容大度，绝不嫉贤妒能，绝不持门户之见。对待像张艺谋这样风格流派不同于己而又成就斐然的年轻导演，他总是赞不绝口并为之呼吁，大艺术家的胸怀溢于言表。

作为导演，他善于发现并大胆使用演员。早在20世纪50年代拍摄的《女篮5号》，他大胆使用了向梅，这位名牌大学的工科生，从此跨入影视界门槛；拍摄《红色娘子军》，他发现并起用了祝希娟，使其成为首届电影"百花奖"最佳女主角；陈冲和张瑜在荧幕上露面，是在谢导导演的《青春》中扮演哑妹和阿燕；年仅19岁的表演系一年级学生丛珊，在《牧马人》中，成功地塑造了一位农村妇女形象；在《启明星》中，他大胆使用了16个智障儿童，并让九岁的智障儿童刘洋担任主演，这些孩子以他们独有的魅力，为片子增添了光彩。

谢导总是那么忙，来去匆匆，但似乎是在不经意间，他一下子就抓住了你的特点，并巧妙地帮助你发挥出自己的优势。从讨论剧本、挑选演员，到拍摄、剪辑、后期制作，他总是用人所长。他的老搭档、摄影师卢俊福，在他不在场的情况下，可以代行导演之责。谢导会鼓励演员自己去设计片中的细节。每逢"大战"前夕，他更珍视"大将"的情绪，吃饭时，会亲自为"大将"斟酒夹菜，此时，不用谢导说话，"大将"便会士气倍增，倾心倾力把戏拍好。拍摄《启明星》高潮戏的前一天晚上，谢导为主演刘子枫斟了酒。晚上我去看刘子枫时，他正在屋内来回徘徊，一步一步精心地设计着戏，第二天的戏拍得很成功。

对待工作人员，即便只合作过一两次的人，谢导也会铭记在心，十分诚恳地关心和帮助他们。还是在拍摄《春苗》时合作过的照明组长王多根，经谢导的帮助刚调回上影厂，便突患脑溢血。闻听此讯，谢导即刻赶了过去，那时，王多根的眼睛尚未阖闭，谢导用手为他阖上了双目。在《启明星》审片期间，剧组的一个配角演员病危，时间那么紧，事情那么多，于登机返沪前，谢导还是挤出半个小时去家里看望了那个老演员，还带上了一兜苹果。病床上的老演员激动万分，紧紧握住谢导的手，不知如何是好。最后，他让家人拿出几幅自己的画作，挑出一幅送给谢导作为纪念。

谢导以自己的善良和真情，诚恳待人，更赢得了大家的尊重和拥戴。他的周围聚集了一批人才，这也是他事业成功的一个原因。

为了心爱的电影艺术

谢导总是以敏锐的洞察力和高超的学识去捕捉机遇，亲自阅读、筛选文学作品，亲自组织剧本，一旦确定拍摄，就百折不挠。执着的追求，决定了他的艺途会坎坎坷坷，也奠定了他艺术之树硕果累累的根基。

在《红色娘子军》中，他执意拍了一大段吴琼花和洪常青的爱情戏，反映了他们对人情人性的追求，但引起异议，在审片时被砍掉，给他留下终身的遗憾。《天云山传奇》从一开拍就有人盯着不放，谢导硬是顶着风浪拍了出来。至于《芙蓉镇》，更是几上几下。那时只要一沾人情人性人道主义，就会有人议论纷纷，谢导拍片子，又偏偏长于描绘美好的人情人性，这就免不了进入漩涡里。为了心爱的电影艺术，他披荆斩棘，终于闯出了自己的路子。

1982 年年底，小说《高山下的花环》风靡全国，谢导看了这部"写大事、抒大情"的作品后，激动不已，产生了强烈的创作冲动。他当即给作者李存葆发了一份 200 多字的电报，约定了剧本。可是不久，广播剧、歌剧、话剧、电视连续剧纷纷出台，许多人顾虑影片出来没有人看。谢导铁下心，宣告："没有退路了，拍不好《高山下的花环》，我和电影界告别！"他观看了多部战争大片，受美国越战片《现代启示录》的启发，他不惜花巨资采用三部摄影机拍摄，拍出了高质量的影片，卖出的拷贝数量达到了当时国产影片的最高峰，而且捧回了"金鸡""百花"双项大奖。

谢导对电影，真到了痴迷的程度，一旦接下剧本，就全身心投入。在《启明星》拍摄现场，他头戴遮阳帽，脚蹬旅游鞋，无论严冬还是盛夏，衣服外面总要套上一件缝着十几个大口袋的工作坎肩。大口袋时常被撑得满满的，里面有他随手用的物品：香烟、打火机、水杯、剧本、工作笔记本、笔、手帕，有时还要装上瓶酒……由于他高高的个子、挺拔的身躯，再加上快捷的步履、抖擞的精神，这些鼓鼓囊囊的口袋不仅没有使他显得臃肿，反而显出了大帅风度。拍摄场上，谁也没有他精神，谁也无法与他身上焕发的朝气和蓬勃的生命力相比。用一个不一定恰当的比喻，此时的谢导，仿佛是恋爱中的年轻人，激情澎湃、热血沸腾，完全沉浸于艺术中了。是啊，电影的的确确是谢导一生为之奋斗、为之奉献的恋人。

谢导生命不朽，精神永恒。

原载 2020 年 12 月 11 日《光明日报》

想起诗人苏金伞

1

郑州一夜春雨。经七路三十四号，著名的河南省文联家属院内，李凖、南丁、张一弓、杨兰春、段荃法等作家，大概都没有睡好。

雨，打在窗外梧桐树、白杨树、槐树叶子上。树叶大小厚薄不同，雨声就有了明亮或暗哑的区别。窗内人，像杜甫在成都的雨声里一样辗转反侧。往事和未来，似乎都能在雨声里显影沉淀。他们构思着、斟酌着各自的句子和细节。起身走到书房，打开台灯，摊开稿纸……

诗人苏金伞坐在书桌前，抬头，墙壁上悬挂的叶圣陶木刻头像在看着他。20 世纪 50 年代初，他的诗《犁耙地》在《河南文艺》创刊号发表，引起轩然大波。批评者认为这首诗"并非真正歌颂农民和解放，而是在宣扬一种资产阶级化的农民"。人民教育出版社社长、国家出版总署副署长叶圣陶，读到这首诗，喜欢，把它更名为《三黑与土地》，选入中学教材，确立了苏金伞作为新中国歌手这一形象。对苏金伞的非议偃旗息鼓，像一场草率的演习。这一夜，雨声里，苏金伞想起三黑，想起三黑所热爱的土地，想起一生中经历过的农事、节气，捏起钢笔……

《春宵伴着细雨》，在天亮前完成了——

> 寂寂的春宵伴着细雨，
> 没有停止也没有声息，
> 却又滴滴透入人们的耳膜，
> 就像枕边的微语。
> ……
> 野外响着蚯蚓的长吟，
> 还是蝼蛄擦着羽翅？
> 是蛙足蹬着池水，
> 还是树根吸着新泥？
> ……
> 雨声织成农民的梦，
> 在梦中又时时清醒；
> 感到夜长不能马上起身，
> 又怕夜短不够墒深。

显然，这字里行间的春雨，是中原乡村里的春雨。在夜长与夜短之间，充满农民的喜悦和惆怅。

这也是中国 1979 年的春雨，新时期的雨。

苏金伞，1906 年出生，河南省文联首任主席，《奔流》前身《河南文艺》的创办者。50 年代末，苏金伞以"胡风分子"之名而受冲击。相继被下放到信阳山区、南阳农村劳动。新时期到来，晚年的苏金伞却像凤凰浴火而重生，以一系列佳作重建起一个似乎空缺的壮年：73 岁作《春宵伴着细雨》，75 岁作《山口》，81 岁写《早晨与孩子》，84 岁写《小轿和村庄》，86 岁写《被埋葬的爱情》。1997 年 1 月，平静离世，91 岁。

历经磨难而终享天年、留下佳作，苏金伞是一个奇迹，端赖于春宵细雨始终浸润于心田。

2

2019 年秋，我在商丘参加"黄河诗会"，才知道，苏金伞的故乡睢县在这里。

诗会当晚，举办诗歌朗诵会，当地政府邀请的若干朗诵艺术家，以夸张的声调和手势，演绎苏金伞一系列名作。诗人们沉默着坐在舞台下，接受摇臂摄像机的审视与俯冲。诗人们有各自的声腔面目，做不到字正腔圆，不宜于在电视中发声。但苏金伞的故乡在这里，那些沾染泥土气息的句子，就能迅速脱离剧场，带我进入平原与黄河。

黄河是一道悬河，屡屡泛滥决堤。蒋介石为阻挡日军，掘开河堤……河边人民，受惠也受害于这一条河流，怀着复杂的情感来看待它的不断改道、改道、改道……

诗会第二日，我们去黄河故道上的树林和玉米地漫游，感慨万千。中原，所有中国人的故乡。庄子出生的地方，孔子避雨沉思的地方，一代代英雄逐鹿争霸的地方，悲歌马嘶声声起。北朝叙事诗《木兰辞》生发于此，"但闻黄河流水鸣溅溅"。眼下，庄稼像河水一样势不可挡，随风涌向天尽头。一轮太阳从我头顶匆匆走过，像年轻汉子，捏着黄昏这一枚巨大无边的金戒指，向夜晚求婚……

我和友人自然谈起诗人苏金伞。走在一个诗人反复写到的土地上，能更深切地感受一颗炙热灼烫的心。《三黑与土地》一诗中的句子尤为素朴动人：

农民一有了土地，

就把整个生命投入了土地。

活像旱天的鹅，

一见了水就连头带尾巴钻进水里。

恨不能把每一块土，

都送到舌头上，

是咸是甜，

自己先来尝一尝。

恨不得自己变成一粒种子，

躺在土里试一试，

看温暖不温暖，

合适不合适。

……

喜欢这样的表达。我的祖辈也是这样在土地上生死劳作。牛奶、面包，也都来自土地和种子，而非超市、外卖和快餐店。

我未曾与苏金伞这一位同乡前辈晤面。站在黄河走过的古老道路上，周围田野、虫鸣和晚霞，都是苏金伞爱过写过的事物，我就与他有了共同的视野和立场。树上的老鸹窝、鹁鸪鸟，庄稼地里狐狸的一闪，秋风阵阵，都在传递着前人后人之间的消息和情感。面对同一条河流、同一个国度，一代代诗人持续爱着写着。剧变正在发生。城镇化在推进。远远近近的村庄，依然很静，不是因为"人们到外乡挖河去了"，而是进城打工或移居郑州、北京。如果碰见"一支娶亲的队伍"，也是一系列豪华轿车在公路上掠过，不再是"一乘小轿，颤悠悠地跳动着"。

苏金伞《小轿与村庄》中的细节，在现实中不复存在。它保留了轿车出现之前的中原情感，让我知道体内血液的上游及其流速。类似于黄河故道，保留一条河流从前的方向、气息和力量。它就是一座贴着地面建立的纪念碑，路上的车痕兽迹、野草水洼，就是碑文，写着落寞与狂想。

3

五四运动前后，河南出现了徐玉诺、苏金伞、于赓虞等等白话诗人，引起鲁迅、郑振铎、闻一多的关注。一片苦难的土地，一个阵痛的时代，是诗人的母腹、产床和助产士。

1949 年之后，台湾诗人在孤岛上继续探索新诗文体，苏金伞作品为他们带来重要启示。20 世纪 80 年代，诗人痖弦自台湾还乡探亲，手拿一本《窗外》作为相认标志，在郑州机场，与前来迎接的苏金伞紧紧拥抱在一起。那是一本苏金伞的诗集，痖弦 1949 年自南阳去台湾途中所买，珍藏三十余年，纸页泛黄。余光中编选《新诗三百首》时，在序言中致敬苏金伞："撼人的强烈不输于鲁迅的小说。"

这种"撼人的强烈"，我以为，源于诗人深沉的底层经验。

抗战期间，苏金伞从开封来到南阳西部伏牛山中避难，在乡村学校里当体育教师，带领孩子们建篮球场，制作乒乓球台，沿着小溪、山坡修出跑道。"身体壮，中国强，打日本，保家乡！"他带领学生们边跑边喊口号。一个身材高大的人，眼神像身边那些孩子一样干净。1959 年，苏金伞从郑州来到信阳新县五马公社劳动，春节，作家南丁来给他拜年，看见门上贴着诗人自撰自书的春联："门前流水皆珠玑，屋后青山尽宝藏。"一个诗人离乱动乱中的心身，在流水青山间获得安定。

苏金伞被视为乡土诗人，诗歌中密集出现村野意象，乃命运使然，亦经验使然。他让我想起美国诗人弗洛斯特，一个同样在乡村里寄托自我的人——

随雨来吧，哦，喧闹的西南风！
请带来歌手，带来筑巢者。
给掩埋的花儿一个梦。
使冻住的雪堆冒气。
把玻璃融化留下窗棂
如隐士的十字架。
闯入我狭窄的隔间。
摇动墙上的画。
哗啦啦地翻卷书页。
把诗乱扔在地。
把诗人赶出房门。

弗洛斯特像是在用这首《致解冻的风》，回应苏金伞的《春宵伴着细雨》。我不知道苏金伞是否读过这个美国诗人。弗洛斯特买过 7 个农场，扛着斧头、提着水桶走来走去，想写诗了，坐在田埂上，把鞋子脱下来，鞋底就成了小书桌。捏着铅笔写诗的手指，泥痕斑斑。苏金伞应该也喜欢弗洛斯特。

1981 年，苏金伞得了气管瘤。外科手术后，伤口一直愈合不好，接受中医大夫的诊治调理。大夫亲手配制药物，去郑州郊外沙丘，寻找到一种名字叫"倒退"的昆虫。用手拍拍沙子，这虫子就从沙子里退出来，像倒车一样。制成一种名为"倒退散"药面，可愈合伤口。大夫还用白杨树皮熬成药膏，敷在伤口上，效果显著。调理一年，痊愈。

昆虫与白杨树组成的土地，一路追随，爱抚一个中原之子，从喜悦，到创伤。

4

十年政治创伤，用十年治愈。省文联大院里，作家、艺术家们成立起各种战斗队，举起一面红旗就像举起盾牌、护身符。甚至有作家独自成立一个战斗队。在进攻中防卫，每个人都活得像一支自我冲突的足球队，阴郁、痴狂、迷茫……

苏金伞怕斗争。被下放农村劳动，他松一口气，从悬空中下放到大地上，踏实了。

在南阳社旗的埂里村，苏金伞一家人住在村口废弃的磨坊里。地面有一个圆，微微凹下去，是蒙着眼睛的驴埋头拉动石磨时走出来的。苏金伞低头看这个圆，笑了，似乎闻见粮食粉碎时散发在空气中的清香，听见驴子打出的响鼻。磨坊隔壁，是一排村里的牛屋，乡村夜晚最热闹的地方。马灯高悬，牛粪味荡漾。男女老少团聚着，聊天、讲鬼故事，或者听过路的盲艺人拉大弦、说书。苏金伞坐在农民中间听着说着笑着，相互递烟，像一颗红薯挨着另一颗红薯，亲密，踏实。

乡村里也有斗争，检举批判偷红薯、偷情、偷听台湾广播等等。但村人们偶尔为之，有一种即兴般的娱乐色彩。比起省城里的政治压强，小了许多。毕竟，一个村庄里的人，相互有着亲情血脉的关联。

3年后，苏金伞回郑州，又被派到黄泛区农场"五七"干校劳动。干校墙壁上刷着标语："滚一身泥巴，炼一颗红心！"干校学员都是河南文艺界的知名艺术家，常香玉、阎立品、于黑丁、谢瑞阶等等，五十余人。

常香玉10岁开始在家乡巩县登台演出，13岁进入省城开封一唱成名。抗美援朝，她用义演所得捐献"香玉"号战斗机。作为"黑戏霸"遭受批斗后，来到"五七"干校，锣鼓声口号声消失了，她松一口气。在果园看护、修剪苹果树。周围是青枝绿叶、麻雀、蜜蜂、螳螂，比在人群里愉快安全。每天劳动十小时，一身土，两脚泥，饭量很大。四顾无人时，偷偷练声，喊几嗓子：

> 刘大哥讲话理太偏，
> 谁说女子享清闲。
> 男子打仗到边关，女子纺织在家园……

苏金伞扛着铁锹走过苹果园。听见常香玉的低沉咏叹，就止步。听完了，咳嗽几声，走过来，和常香玉打招呼、说几句闲话，再走过去。他不提唱戏的事情，免得常香玉心酸。在开封教书时，他就是常香玉的戏迷，是粉丝团"闻香社"的一员。当时开封作为省城，有"狮吼""豫声""醒豫"三个戏班，分别对应三个红角：陈素真，司凤英，常香玉。常香玉唱腔多哀音，擅长哭戏，如《秦雪梅吊孝》。后兼容并蓄，成为"豫剧皇后"。

豫剧《花木兰》的剧本，出自常香玉丈夫陈宪章之手，创作于1951年，是常香玉演出最多的剧目。陈宪章为写作这一剧本，反复研读《木兰辞》，在黄河边走来走去。他为妻子所作剧本，还有《红娘》《白蛇传》等等。

2000年，临终时分，陈宪章对常香玉说："有你，我一生无憾。"常香玉大放悲声。

5

1992，离世前五年，苏金伞想起早年在家乡爱过的一个女孩。

> 那时我们爱得正苦
> 常常一同到城外沙丘中漫步
> 她用手拢起了一个小小的坟茔
> 插上几根枯草，说
> 这里埋葬了我们的爱情
> ……

《被埋葬的爱情》，是苏金伞最后的诗。用一首情诗收束一生，多么美好。在这首诗的结尾处，诗人再次去凭吊这一坟茔，发现风抹去一切，"沙地里已经钻出几粒草芽"，"这是我们埋在地下的爱情生了根"。我想起那一种名为"倒退"的昆虫。一首情诗，能够倒退进少年时代，去医治一个爱的伤口吗？

苏金伞大约也喜欢弗洛斯特的那个句子："给掩埋的花儿一个梦"。

诗人蓝蓝与苏金伞是忘年交。她捧着一束鲜花，去医院看望病重的苏金伞。谈到《被埋葬的爱情》，老人哭了，像少年一样哭了。他后悔自己因为羞怯没有亲过那个女孩。他为伤了女孩的心而哭。干净的泪水像春雨。这样的羞怯与后悔，多么动人。

苏金伞给蓝蓝的小笔记本上题词留念："诗抒情，不言志。"道出了诗的发生学秘密：一直推动这位老人、这一列火车持续前进的内燃机里，是火焰熊熊的情感。

某年春，一群作家去伏牛山中的老界岭山口晃荡。那里就是苏金伞早年避开战乱的地方。当地小说家乔典运患了口腔癌，声带切掉一部分，沉默着看周围景象，与我们合影，像一种永别仪式。身后山口，是南阳与洛阳分界处，像生与死的分界处，吞吐车流与大风。那一天，我想起苏金伞的代表作《山口》，就读给朋友们听：

> 一座小桥横在山口，连着山里山外的阴晴
>
> 站在山口，调整一下呼吸
>
> 试一试想象力是否丰富
>
> 快些进山去吧
>
> 山口不过是春天的咽喉

乔典运一边听着一边点头，眼睛里似乎含了泪水。作家南丁 20世纪 70 年代初期下放到西峡蛇尾公社小水村，位于附近。他曾经穿过这一山口，到洛阳那边去看朋友。

山口，是春天的咽喉，也像是往事里的一个伤口、借口、入口。

大多数作家在晚年偃旗息鼓，依靠早年光荣所产生的利息，维持存在感。诗人苏金伞却在高龄保持旺盛创造力，写出传世之作，是一个奇迹。"暮年诗赋动江关"。一种苏金伞式的晚期写作，是我的追求。摒弃一切概念化的空泛表达，从心所欲，像老界岭山口处的云朵，一团又一团，随风、随着爱意与美意涌动，拒绝气象台播报员指出的云图路径。

不久前，在上海某家医院的口腔科住院部，陪护一个亲人做完口腔手术。顺利，松了一口气。病区里的人都入睡了。我独自站在散发来苏水气味的走廊尽头，在二十一层楼高度，俯瞰玻璃窗外，满城灯火如山花灿烂。一瞬间想起苏金伞。

街口不过是春天的咽喉。

原载《西部》2021 年第 5 期

韩
小
蕙

美的使者叶廷芳

　　"十一"前的那个周末，心里突然觉得有点空，好像世界过于寂静了似的。不安时不时袭上心头：给叶廷芳先生陆陆续续发微信，已有半个月了吧，却一直未收到他的回信。怎么回事呢？还是在 7 月底的时候，他告诉我说住了几天院又回家了，我便与几位文友相约，准备去看望他，他回复说"好呀，最好再过几天"，于是这事就拖了下来——现在的日子过得太匆忙，想干什么事必须马上落实，否则很容易错过，这是人类的毛病，也是我的毛病。

　　中秋节前，我们又商议去看叶先生，约好等去过外地的两位完成 14 天居家隔离就去，却万没想到，等来的是叶先生西去的消息！虽然这一年几次传来他的病危通知，因而是有心理准备的，但还是非常难过，几天来叶先生的音容笑貌一直在脑海里浮现，种种接触，件件交往，不断涌上心头。说来，叶廷芳先生真是老朋友了，相识将近 40 年，尤其是这几年接触越发多了，我们几人差不多成为他人生夕阳阶段最亲密的朋友。最后一次进入北京劲松他的家中，是 2020 年 1 月 18 日，当时武汉的新冠肺炎疫情已经暴发，但还没传到北京，所以我们幸运地成为叶先生家的座上宾。那时，先生在又一次受到死神叨扰后，身体恢复得不错，精神和情绪都好，脸上甚至没有了病容，他不断地招呼我们喝咖啡，吃点心和水果，还给我们讲述他家里那些精美小摆件的来历，分别属于哪个国家、出自哪种文明体系，这种文化熏陶是每次接触叶先生都能得到的。

作为德语文学研究专家和热心向社会进言的知识分子，叶廷芳先生一辈子在《光明日报》发表的文章多多，仅我在职的32年间就有60来篇。其中最重要、影响最大的三篇，都是有关"废墟美"的。第一篇是《废墟也是一种美》，1988年3月13日在《文荟》副刊整版发表，这是在"圆明园遗址要不要重建"的激烈争论中被推上风口浪尖的。叶先生顶着大量群众、某些专家、几位财大气粗的开发商所形成的巨大的压力，不屈不挠地大声呼吁，一定要保护住这块"侵略者的作案现场"和"民族苦难的大地纪念碑"，一定要懂得"记住耻辱比怀念辉煌更有意义"，因此被新闻界称为"废墟派"的代表。这场争论持续了二十余年，主张复建者从多数逐渐变为少数，最后随着2010年国家文物局将圆明园遗址列入第一批国家考古遗址公园而告终。叶先生功绩大焉！

然而此事还远远没有结束。随着中国文物保护工作的逐步开展，不少地方在对某些废墟遗址进行保护性维修的过程中，存在大量违背常识的操作，造成了对重要文物遗址的破坏。这又使叶先生焦灼万分，究其原因，他认为这与社会上缺乏"废墟审美意识"有关，故而再次、多次写出长文、短文，普及如何看待和认识"废墟美"的问题。2013年12月20日，他在《文荟》副刊上整版发表的《保护废墟，欣赏废墟之美》一文，全面梳理了西方"废墟审美意识"形成的几个历史节点，归纳了废墟的几大美学价值，并在此基础上呼吁国人培养对废墟的审美意识，积极保护中国的废墟遗址。这篇具有独创学术观点的文章，引起各方关注，翌年成为北京市高考语文试卷阅读理解题的考试内容。2017 年 7 月 21 日，叶廷芳又一次在《文荟》副刊上发表整版长文《再谈废墟之美》，进一步提出了"发展废墟美学，培育废墟文化"的主张。这一年叶先生已经 81 岁高龄了，而且动了两次大手术，这种为中国文化鞠躬尽瘁的精神让人敬重。

在我的印象里，叶先生虽然说话温文尔雅，待人文质彬彬，但其实是非常特立独行的，他每天思索很多问题，而且敢于独立发声，对丑行和不美的现象提出修正。比如，当年很多人都在鹦鹉学舌地说"越是民族的才越是世界的"，叶先生给我们写文章，明确提出"只有世界的，才是中国的"，这句话曾得到吴冠中大师的激赏。作为全国政协委员，叶廷芳在两届任期里提出了很多非常有意义的提案，最著名的即对独生子女政策的质疑。他竟然"冒天下之大不韪"，勇敢疾呼应该废止只允许生一个孩子的政策，举座皆惊，这是反对国策啊！记得当年他也跟我说过此事，我确实不敢苟同，因为中国人口太多了，再这样无限制地生下去，一定会造成这片土地的不可承受之重。但叶先生想得更高更远，刚开始他可能是从人文主义的角度，指出一个孩子没有兄弟姐妹，缺乏人间基本的亲情，这样对整个民族的精神、心理、文化发展都非常不利；后来他借鉴欧洲的教训，提出中国将会出现劳动力短缺的人口老龄化问题。可想而知，这样的文章在当时肯定是不能发表的，也得不到很多政协委员的支持，叶先生就一个一个耐心地做说服工作，从数据、从人文情感、从中华传统文化的薪火相传等各个角度去说服。叶先生就有这个本事，他并不把观点强加于人，但他会慢慢地、温和地把他的观点渗透给你，循循善诱，让你思考。现在事实证明他是对的，这跟他的国际视野与文化、文明的高度有关系，他走在了国人的前面。最难能可贵的是他具有斗士精神，一旦认准了真理，就不管别人异样的眼光，一定要旗帜鲜明地说出自己的观点。他敢，这是因为，他是有热血、有担当、有风骨的民族脊梁，他对国家和人民充满爱，总在鞭策自己助力国家的腾飞，希望见证国家健康地、不走弯路地向前进。

叶廷芳一生都在追求美，极为执着。在他眼里，生活是诗，做学问是诗，大自然是诗，一切美好的事物皆是诗。众所周知，他的专业水准庶几达到中国当代的最高水平，他亦爱好广泛：音乐、美术、建筑、文学、戏剧、电影……凡是美的事物，他都有浓厚的学习兴趣。他不断地研究和积累，从中发现人类文化的大美。

我眼前始终晃动着这样一幕：2000 年盛夏的某一天，叶先生突然出现在我居住的北京协和大院里，当时我正好出门，在大门口的甬道碰上他。他说听说我病了，特意来看看我。他是骑车来的，单手臂居然也能上自行车！我非常感动，一位大翻译家大作家大学者，来看望我这个小辈的文学编辑，这就是他的内心，具有大慈大爱的人文情怀，对所有朋友都敞开温暖的胸怀，这对当时罹患重病的我，无疑是巨大的精神慰藉。看着身边一栋栋欧美式别墅洋楼，叶先生如数家珍地谈到它们的建筑构件，显示出他在建筑美学方面的修养。

说来，叶廷芳对中国的建筑美也曾起到很大的推动作用。1993年他作为核心成员，搭建起中国文学界与建筑界的桥梁，邀请了一大批文学界人士到江西，参加中国第一届"建筑与文学"研讨会。

那可真是盛会，应邀到会的有马识途、公刘、林斤澜、邵燕祥、黄宗江、叶楠、邵大箴、张抗抗、赵丽宏、谢大光等，还有歌唱家姜嘉锵夫妇，一共 60 多人，热热闹闹的好几辆大轿子车，看南昌滕王阁，看庐山上的建筑，还专题研讨了中国建筑与西洋建筑的优劣、如何避免千篇一律的城市欧式化、怎样保存和发扬光大中华建筑传统等问题。

叶先生对音乐情有所钟，年轻时曾对着家乡的旷野练声，后来常当众引吭高歌。他对话剧也热爱，曾翻译迪伦马特的四部话剧《贵妇还乡》《物理学家》《天使来到巴比伦》和《罗慕路斯大帝》，全部被搬上了中国舞台。很多次，某些中外话剧公演时，我都在剧场遇到叶先生，他不会放弃任何一场美的观摩——尽管因为残疾，他从小饱受凌辱与欺负，但他那伤痕累累的内心，从不曾失去热爱生命、拥抱生活的明亮的光芒！

叶先生去世，大家已经写了很多回忆文章，称颂他在各个方面取得了惊人的、不可思议的成就。然而他给我印象最深的，还是那天在协和大院说的一句话，他指着大门口的一株大银杏树，由衷赞道："这就是一首诗啊！"

那是大院里最漂亮的一株古树，已有一百多岁，却依然年轻挺拔，郁郁青青，单人环抱不过来的树干在离地面一米处分成两枝，激情地伸向苍穹，就像两只大凤凰在空中对舞；树冠合拢成一柄绿意葳蕤的大伞，宽阔得亚赛南方大榕树的一木成林，从树伞下走过，清凉满怀，美不胜收。可惜我太木然了，白白从它身下走过了几十年，而叶先生在惊鸿一瞥后便道出它的诗意，可见，还是罗丹大师说得深刻："世界上并不缺少美，而是缺少发现美的眼睛。"

叶廷芳先生曾说他是大自然之子，我认定，他也是大自然派到人世间的美的使者。现在，他乘风归去了，"夜来幽梦忽还乡"。衷心祝福他在天堂里，能享受到比人间更为广阔无垠的大美！

原载 2021 年 10 月 15 日《光明日报》

舒晋瑜

许渊冲：不到绝顶永远不停

许渊冲 1921 年生于江西南昌。1938 年考入国立西南联合大学外文系，师从钱锺书、闻一多、冯友兰、柳无忌、吴宓等学术大家。1944 年考入清华大学外国文学研究所，后赴法国巴黎大学留学。他是能在古典诗词和英法韵文之间进行互译的专家，被誉为"诗译英法唯一人"，已出版译著 120 余本。

2010 年，继季羡林、杨宪益之后，许渊冲获"中国翻译文化终身成就奖"，2014 年获国际翻译界最高奖项——"北极光"杰出文学翻译奖，也是首位获此殊荣的亚洲翻译家。

在许渊冲的印象中，小学的国语课本里的外国故事，都是选自莎士比亚戏剧。国语课课外要写日记，课内还要写作文。许渊冲记得自己写过两篇习作，得到老师好评。一篇是四年级写的旅行记，一篇是五年级写的论说文。

旅行记是模仿课文《中山陵游记》写的。老师说他前后左右次序分明。小时受父亲爱好整洁的影响，已在许渊冲早期的作文中体现出来，这也是后来翻译文学作品时要把"最好的文字放在最好的地方"的先声。

论说文的题目大得吓人：《求己说》。许渊冲自然只会说，做什么事都要靠自己。老师认为许渊冲作文写得简单清楚，要他去全校大会上演说。许渊冲个子小，声音大，刚一开口，就引起了哄堂大笑。但是许渊冲没有被笑声吓倒吓退，反而用大嗓门压倒了笑声。这是许渊冲教学生涯的第一炮。

1938年刚考上西南联大时，有同学曾问许渊冲的梦想是什么，当时他表叔熊适逸翻译的《王宝钏》《西厢记》在美国演出，引起轰动。他就回答说："想做像表叔那样的著译家。"

他最早的翻译，却是因喜欢上班里的女生周颜玉。1939年7月12日，将林徽因的《别丢掉》、徐志摩的《偶然》两首译诗及一封英文信投进了女生宿舍信箱。无奈周颜玉已经订婚，他只能作罢。50年后，当许渊冲获得国际大奖的消息传出后，这位远在台湾的女同学寄来了信。后来，《别丢掉》发表在《文学翻译报》上，这是许渊冲最早发表的一篇诗译作。

在西南联大，许渊冲读到了柯尔律治的名言"散文是编排得最好的文字，诗是编排得最好的绝妙好辞"。这一"把最美的表达方式放在最好的地方"的观念，对许渊冲影响至深，后来甚至发展成情趣"三部曲"。

当然，追本求源，最初的影响应该来自许渊冲父亲爱好整洁的生活方式。"他教我从小就要将文房四宝放在最方便取用的地方。后来我写字的时候，把文房四宝扩大到文字，也就是最好的表达方式，最方便取用的地方也可以概括为最好的位置。这样日积月累，哪怕一天只碰到一个，如果能够放在最恰当的地方，一年就有三百，十年就有三千，有这么多得意之笔，那还能不中状元吗？"父亲只是在生活上这样要求自己、要求子女，培养了许渊冲对秩序的爱好。许渊冲却因此养成了把最好的文字放在最恰当的地方的习惯。

父亲用行动教许渊冲要爱秩序，对他进行"礼"或"善"的教育。母亲生前爱好图画，给予许渊冲的是对"美"或"乐"的爱好和教育。母亲去世的时候，许渊冲还不到四周岁，只记得她留下的遗物中，有两本图画、一本作文。图画中的花木鸟兽对许渊冲的吸引力不大，却引起了他对"美"的爱好。

许渊冲的诸多得意译作之一，是对毛泽东诗词"不爱红装爱武装"的翻译。按照字面意思，英美翻译家将它翻译为 They like uniforms, not gay dresses.（她们喜欢军装，不喜欢花哨的衣服）。许渊冲认为这种译法走了样，于是翻译为"To face the powder and not to powder the face"。这就有让女民兵面对硝烟的意味。"如果仅仅按字面翻译意思不错，但原文中的对称美全无。外国人一看这样的译句，会说原来伟大领袖毛泽东的诗也就是这点水平嘛。我的译文就把原诗中的韵律美展现出来，而又没有脱离原文的意思。"

许渊冲认同冯友兰所说：我国古代"礼乐之治"的"礼"就是模仿自然界外在的秩序，"乐"就是模仿自然界内在的和谐。如果说"礼"是"善"的外化，那么，"乐"就是"美"的外化。

20 世纪 80 年代开始，许渊冲开始致力于把唐诗、宋词、元曲翻译为英法韵文，既要工整押韵，又要境界全出。他的老同学杨振宁说："他特别尽力使译出的诗句富有音韵美和节奏感，从本质上说，这几乎是一件不可能做到的事，但他并没有打退堂鼓。"

世界是幸运的，正因如此，许渊冲的法文版《唐宋词选一百首》《中国古诗词三百首》、英文版《西厢记》《诗经》《新编千家诗》等绝妙作品才能问世，其中有 30 首译诗被国外的大学选作教材。他对于翻译的坚持和坚守，体现在持续了近八十年的翻译之路。

　　他认为，文学翻译是两种文化的竞赛，而四字成语是中国文化的优势所在。中国读者深受"硬译"之害，因此走入歧途，误以为"洋泾浜中文"或者"翻译腔"才叫精确。好的翻译，"不逾矩"只是起点，"从心所欲"才是高标准。他借用画家吴冠中的话说，风筝不断线，飞得越高越好。

　　译诗的时候，他总会自问，译文中能否看得见无色的画，听得见无声的音乐？他说：人生最大的乐趣，就是和喜欢的在一起，做喜欢的事，把一个国家创造的美转化为全世界的美。他总是在改，因为"完美没有底"，所以他拿出的译本，总是他自认为最好的。按他的说法，"我的考虑是，胜过自己，每个人要发挥自己的力量，不到绝顶永远不停。"

原载 2021 年 6 月 17 日《新民晚报》

朱
鸿

陈忠实的道德文章

　　辛弃疾称颂余伯熙曰："道德文章传几世，到君合上三台位。"从道德和文章两个方面褒扬其朋友，显然颇为得力。

　　不过我的关于陈忠实的道德文章，别有意思，这便是：陈忠实的道德要求及其道德体验有益于他的文学创作。不管是小说还是散文，之所以产生强劲的吸引力和浓郁的感染力，惊心催泪，多是因为他的句子充盈着道德的润泽。实际上我也曾经再三赞叹陈忠实的道德文章，推崇他的道德好，文章好。然而陈忠实的道德要求和道德体验如何使他的文章更具欣赏性，属于另外一个问题。尽管我也是偶然得之，不过这个问题显然还是有价值的，且不失其现实性和普遍性的意义。

　　文学创作毕竟是一种精神活动，作家自己的道德操守无论如何也会反映在作品之中，这仿佛日月投射下的树影，树高影长，树低影短，谁也没有办法。一个人初搞文学创作，且具才情，之后混迹官场或商场，满足其欲之后再进行文学创作，已经不能，往往是因为他的道德破碎，或道德丧失了，尽管他的才情仍在。反之，一个作家若有道德要求且有道德体验，便必然能进行文学创作，而且作品的格调不会浊，不会俗，更不会恶劣。当我这样想的时候，蓦地觉得孔子正是这样告诫其弟子的，遂不禁莞尔。

我和陈忠实交游几十年，有过出版之合作，有过文化之争论。虽然他长我近乎二十，不过我与他目光平等，从来不违心，不曲意。我肯定，他是一个道德性很强的人。社会广泛认为陈忠实诚恳，厚道，洋溢着儒家气息。这是对的，也颇为难得，不过如此优点并非一般人不能具备。如果陈忠实还有如此优点之上的道德表现，似乎才呈卓越之姿。他有吗？当然有。作家之于陈忠实，是一个跟灵魂打交道的人，他的意识、思维和心理必须处于活跃状态，他的道德操守当然会有努力向正、向洁和向雅的表现，否则何以有言！

仔细分析，陈忠实的诚恳与厚道应该属于性格的方面。性格使然，还比较轻松，但道德却涉及选择，是非常艰难的。我相信陈忠实是一个道德性很强的人，是因为他能自觉遵循道德律，并坚持让自己的生活不逾道德要求。孔子告诉其弟子说："己所不欲，勿施于人。"这是道德。耶稣教训信徒说："你们愿意人怎样待你们，你们也要怎样待人。"这是道德。道德是存在的，而且是人所固有的。所谓道德律就是一种规范人的行为的命令，也可以执行，也可以违抗，而违抗则使道德玷污，而执行则使道德坚挺，道德光荣。圣多玛斯认为，道德律最原始和最基本的准则是行善避恶。我认为陈忠实执行了这个命令，他有这个道德要求，并积累了丰富的道德体验，虽然他未必读过某些哲学家的书。

那么道德律是如何作用于陈忠实的呢？他的道德要求和道德体验又是如何有益于他的创作的呢？

陈忠实年轻时候当民办教师，有一天，他的后脑勺出了一个痤疮，遂自己给自己涂抹四环素软膏。一位年轻的女教师从窗口看见了，就说："忠实，我帮你擦药吧！"便进来，半掩了门，给陈忠实擦药。他忽然感到女教师的乳房顶他，初以为无意，少挪开了一点，接着女教师又顶他，遂发现是有意的。多年以后，有朋友问他："难道你不冲动？"陈忠实说："咋不冲动？"不过想到自己是教师，就规矩了，而且他一直都规矩着。朋友问："没有遗憾过吗？"陈忠实说："不遗憾是假的，然而没有发生什么事才是正确的。"以理性抑制自己的冲动，这便是道德上的节制。

大约是 2007 年，陈忠实接受陕西师范大学文学院的聘请做写作中心主任，然而不想拿报酬。他向我透露，因为文学创作方面的工作，其报酬，西安石油大学给了一份，西安工业大学给了一份，西安思源学院给了一份，这就够了。他说："这种事我不敢过分！"这也是道德上的节制。

陈忠实在 1991 年很是烦恼，先是小道消息，再是正式音讯，称要提拔他至陕西省文学艺术界联合会任党组书记。虽然是他的高升，不过这并非他之所欲。当时陈忠实已经任陕西省作家协会副主席，为副厅级，一旦任党组书记便是正厅级了。官大一级，谁不高兴，然而陈忠实早就决定以文学创作为专业，如此，在省作家协会当然合适之至。提拔他并调动他，是省文学艺术界联合会和省作家协会换届工作的组成部分。盛传路遥会当省作家协会主席，若是这样，路遥管一摊，陈忠实管一摊，贾平凹在西安市文学艺术界联合会管一摊，将成三足鼎立之势。可惜陈忠实不愿意离开省作家协会，遂向宣传部长王巨才一投书，二投书，郑重声明，只要不开除党籍，他不会接受调动。他懂得，论搞创作，省作家协会比任何单位都合适。他就是要在省作家协会搞创作，只要能有这个阵地，他不当省作家协会副主席也行。只要能保留专业创作之位，他可以放弃副主席之职。这是道德上的勇气，有此勇气的人并不多。

在 20 世纪与 21 世纪之交，小寨西北一带开了一家杂粮食府，生意兴旺，也引来衮衮乞丐。中国人不吃杂粮才几十年，便又想吃杂粮了，乞丐也未必是由于穷，才会讨钱，思之皆有趣味。一个夏日的晚上，陈忠实和几位朋友在此用餐结束，愉快出门。他为长者，当然是排头。不料刚下台阶，一群乞丐就围住他，向他要钱。骤然之间，他的胸前尽是手。他知道有假学者，也有假乞丐，遂勃然作色，突围而去。在众目睽睽之下，拒绝讨钱致富的人，这也是道德上的勇气，有此勇气的人也并不多。

凡作家都是陈忠实的同类，也都是同道，或在艺术上互相切磋，或在生活上互相帮助，合乎情理。他任省作家协会主席和中国作家协会副主席以后，虽然权力有限，不过腾声云霄，遂能把信誉转化为权力，以解决一些作家朋友的困难。陈忠实介绍张敏加入省作家协会，随之以作家职称的途径设法使他进入体制，张敏便可以得到一份工资了。陈忠实携冯积岐见省人事厅厅长，恳请为冯转户口，调动冯进入省作家协会，以使其能专心创作。王宝成染疾住院，陈忠实便去看望，半年没有聚首，王宝成已经形销骨立。"你咋瘦成这样了！"陈忠实一声叹惋，抓住王宝成的手，泪水就流了出来。接着，他遂为王宝成小说的出版找编辑，找经费。这是道德上的仁和义！此乃孔子教导的："己欲立而立人，己欲达而达人。"

王晓新想挂职副县长，以了解农村生活，事不成，抱怨陈忠实对他用力不足。两个人在办公室你一言，我一语，声音越来越高，便吵起来，骂起来，拿起椅子和热水瓶，差一点打起来。王晓新恼怒至极，竟卸下省作家协会的门牌摔到地上。是可忍，孰不可忍！然而陈忠实并未针锋相对，反之，他尽量理解王晓新，过去怎么对待他，以后还怎么对待他，终于和解。陈忠实对朋友说："认识几十年了，不容易，我跟这货计较个啥呢？"推己及人，这是道德上的恕！

陈忠实有为其作枕的小说，这是天下之士都知道的。他写了数年，至1992年1月或2月，这部小说将会杀青。他一直在西蒋村的祖屋进行创作，其妻每隔几天会从城里来，给他送一些面条和馍。此日，其妻照旧送了食物，并简要作了安排，准备返至城里。陈忠实知道自己的作品已经进入了尾声，送其妻走出院门的时候，他说："不用再送了，这些面条和馍吃完，就写完了。"其妻突然住脚问："要是发表不了咋办？"陈忠实脱口而出："我就去养鸡。"其妻转身便向城里走了。这有什么蕴含呢？陈忠实当专业作家足有十年，人也就五十岁了，当此之际，这部长篇若不能成功出版，他便决定不再当专业作家，尤其是不担虚名，不能混世。他打算彻底调整，以养鸡为专业，并以此为家庭尽力，改变经济拮据的局面。若有余力，就以文学创作为乐。这蕴含着一个人的自尊、本分和责任，如此，不正是一种君子之风吗？

我不可以穷尽陈忠实的日常行为，不过我所知道的这些点滴确实表现了他的道德操守。他是一个道德性很强的人，这些点滴便是见证。规范自己行为的命令时时发出，处处发出，他听见了，也执行了。命令是他发出的，他频频发出命令，并能执行自己的命令。这个过程产生了丰富的道德体验，它将必然影响他的文学创作，影响他的小说和散文。

作家的艺术实践显示，思想性强，作品便复杂、深刻，增加吸引力，道德性强，作品便积极、温暖，增加感染力。思想性强，不必然减弱道德性，道德性强，也不必然减弱思想性。然而文学创作到底是奇妙的精神活动，难免千变万化，所以也存在这样一种可能：有的作品复杂、深刻，但它却不积极、不温暖，有的作品尽管不复杂、不深刻，不过它有积极、有温暖，有的作品假装积极和温暖，从而缺乏真正的积极和温暖，当然它也并不复杂、不深刻。以小说论，曹雪芹、川端康成和马尔克斯的，无不复杂、深刻，可惜略输积极和温暖；陀思妥耶夫斯基和托尔斯泰的，是既有复杂和深刻，也有积极和温暖。以散文论，司马迁不失复杂和深刻，也不失积极，唯稍逊温暖；所谓的唐宋八大家，有积极，也有一些温暖，然而复杂和深刻不足。范仲淹固然不在唐宋八大家之中，不过他有积极，也有温暖，他说："先天下之忧而忧，后天下之乐而乐。"鲁迅复杂、深刻，有一些温暖；周作人积极，有一点复杂和深刻，朱自清温暖，冰心也温暖。凡文学作品的格调有积极、有温暖的，都以道德性所反映，并渗透着道德体验。作品既能复杂、深刻，又能积极、温暖，似乎出于信仰，而信仰则必有道德激情。

从生活体验到生命体验，是陈忠实文学创作的一个飞跃。他的道德体验，使其作品荡漾着一种可贵的道德力量。实际上道德体验也属于生命体验的范畴，虽然陈忠实并没有明确地意识到这一点。他的作品多不失复杂和深刻，也不失积极和温暖。以小说论，不具其名，一般文士都知道他的垫棺之作是什么。白嘉轩是一位族长，他的竞争者和对头子是鹿子霖。白鹿原立有一个民约，其本质是儒家文化，来自孔子，来自张载，来自蓝田吕氏兄弟，来自朱先生。它就是一些道德律，白家轩服从，鹿子霖违背。白嘉轩奉行仁义礼智信，尽管这不能保证他一切顺利和圆满，然而可以保证投向他的目光是敬畏的，钦佩的。鹿子霖践踏仁义礼智信，甚至无所不用其极地满足其私，其下场是死在污秽之中。这是一个象征，一个隐喻，表达了陈忠实的道德倾向：人啊，你当行善避恶！以散文论，陈忠实的作品是朴素的，质直的，不过它也更能折射陈忠实的道德要求和道德体验。他的散文多能触及灵魂，令人喟叹、动容、唏嘘，形成吸引力和感染力，就是因为这些作品多涉及道德的公平、正义、诚实、忠信、同情，自强不息，内省不疚，耻躬之不逮。散文难以作伪，所以陈忠实固有的积极和温暖之色，尽在他的句子之中。

偶尔我会想，也许是受到了翻译小说的熏染，陈忠实的语言显得长了。主要是反复修饰，叠加其词汇。他的散文语言，也许应该更精致，更简省。不过即使瑕疵存焉，我以为陈忠实的散文也比汪曾祺的散文富于道德力量。汪曾祺的语言妙，遗憾他的作品总体上缺乏风骨，境界比较平，也许这是他的散文缺乏道德力量的原因吧！陈忠实的散文属于馒头，属于面包，汪曾祺的散文属于甜点，彼此还是不同的。若论审美，精神之壮是胜于精神之弱的，这仿佛馒头和面包比甜点有用一样。

原载《读书》2021 年第 10 期

杜卫东

你是排长我是兵

　　总是想起老韩，就是韩作荣。《人民文学》的同事私下里也叫他"韩排"，因为他在部队当过排长。

　　我当兵那年，老韩已经是排长了。我的排长是山东人，和老韩很是相像：皮肤黝黑，身量高挑，话不多，烟瘾很大，一根儿接一根儿。不过，我的排长是"卷大炮"，老韩抽的则是带过滤嘴的香烟。排长是兵头将尾的官儿，日常和兵住一起，如果是大通铺，会睡在炕头或炕尾。和兵比起来，排长又有两点不同：一是上衣比兵多两个兜，别小看这两个兜，那时，从军区司令到普通士兵的军装都一样，唯一的区别就是排长以上的军官四个兜；二是我的排长平常会斜挎一支带皮套的五四式手枪，在兵眼里，非常威风。我对排长由衷的敬慕，和他的这一英姿极为有关。晚上，他会把手枪挂在炕头的挂钩上，我几次想把玩一下这支令我神往的手枪，只因排长不怒自威，没敢。

　　怎么认识老韩的，记不清了，应该是20世纪80年代，在徐刚兄或柳萌先生组的饭局上。反正，一聊天就有几分敬畏。他年长我七岁，军龄、年龄和我当兵时的排长一样，而且两人都姓韩，神情举止又十分酷似，于是，就像玩旋转木马，在我心里，一种距离一下子定格了：他是排长我是兵。

那时，老韩是《人民文学》二编室主任，已是极有名的诗人。其实不光诗，他的散文也超级棒，我曾读过一篇他写长沙的散文，洋洋几十万言，说是字字珠玑未免过誉，但确是文采飞扬、大气磅礴。老韩不太爱说话，即便是聚会时也很少见他滔滔不绝，一般作"嗯""啊"的点头状，间或搭搭茬，发几句宏论，顾盼自雄，自带气场，总是一副很深沉的样子。但是只要徐刚兄在场，俩人你踢我一脚，我骂你一句，嘻嘻哈哈，让我感受到了他性情中率真的一面。

调入中国作协前，我在一家刊物主事，当时刊物发行只有两三千册，眼瞅着要黄摊儿。为了扭转被动局面，我策划了一个营销计划，要做一个电视专题片，需请一位在文学界有影响的作家出镜，说几句刊物的好话。我想到了老韩。他听说一大早就要赶到我们杂志社，在电话里不由噘了噘牙花子。我也很不好意思，此事一分钱劳务费都没有，加之老韩性格一向高傲，而这次出镜多少有点"托儿"的嫌疑，他不情愿也是正常的。可急着录制，便向他讲了杂志社的窘迫状况和这个专题片对我们打翻身仗的重要性。在话筒里我听到"噗"一声，估计是老韩点着了一支烟，在喷云吐雾："得，别说了，我去。"第二天他很早就来到杂志社，录制完已经快中午了。我十分过意不去，说："老韩，中午请你吃个饭吧。"老韩一笑，不大的眼睛里闪出戏谑的光："穷得都叮当响了，请我吃什么饭呀，给你们杂志社省俩钱吧！"说完，一偏腿，飞身跨上自行车，颠儿了。

其实老韩牛得很。他有两句"名言"：一句是"××刊发一百万册也是小刊，《人民文学》发一本也是大刊"；还有一句是"我从不约稿，愿意写就给我，不愿意写决不强求"。1997年我调入《人民文学》杂志社，和他、肖复兴在一个办公室，更是有机会领略到了老韩的磊落和风骨。一次他接电话，只是简短的几句对话，听得出对方是因为一篇稿子和他套磁。老韩表情有些不耐烦，应付了几句，见对方仍不挂电话，脸一下拉下来："稿子用不用有标准，质量不行，你说出大天也没用。"挂断电话他"嘁"了一声，有点不屑："不把精力用在写稿上，总想走关系。"说着坐下来点燃一支烟，深吸一口，烟一下去掉少半截，他摇摇头，又使劲把烟蒂摁灭。还有一次，编辑向他汇报，说一位极有来头的作家，拿来一部长篇报告文学，希望一次刊出。老韩听后没动声色，抽出一支烟点燃，这是他的习惯，每逢思考问题需要做出决断时必须有烟相伴。他问了问稿件的质量情况，然后吐出一口烟雾，注视着烟雾在空中消弭于无形，眉峰一挑，说："一切以质量说话。行，发；不行，天王老子来了也白搭。"

和老韩在一个办公室坐了六年，每天一上班，他会朝我和老肖点点头，然后沏好一杯茶，掏出一盒烟，开始伏案看稿。他从来不八卦社会新闻，也不议论文坛是非，绝对是一个敬职敬业的好编辑。但是如果你因此以为他是一个缺少情趣的人，就错了。有一次我和他去南方出差，吃过晚饭，当地的作家请我们到量贩式KTV唱歌。我本来以为他不长于此道，便想出他洋相，说："老韩，唱什么？我给你点一首。"老韩一笑，也不扭捏，起身径自来到点歌机前按出一首歌，清清喉咙唱起来。我立马石化，对天发誓，我没有想到老韩的嗓音如此浑厚，居然把一首《流浪者之歌》演绎得那么深情、动人、情绪饱满。和老韩做同事八年，我一直对他敬重有加，只有一次，两人都放开了性情。那是程树臻、肖复兴、老韩和我一起去遵义驻京办事处，看望时任遵义市副市长的作家石邦定，感谢他对《人民文学》工作的支持。晚上，石市长备了酒招待我们，程老师和老肖滴酒不沾，我和老韩那一晚放开了，喝得云里雾里时，头顶着头说了很多话，说的什么记不清了，总之，掏心掏肺。

我对老韩之所以特别敬重，除了他与我的排长在形象上重叠，让我有一种先入为主的印象外，还有一个原因。那是 1995 年初冬的一天，《人民文学》的两位编辑突然来到我所在的杂志社，说编辑部开会研究确定了一个选题，老韩认为我有能力完成，于是奉命向我约稿。我自然不能辜负老韩的信任，立马投入采访。这篇五六万字的报告文学《世纪之泣》在 1996 年 7 月的《人民文学》发表后不久，我接到老韩电话，告诉我作品获奖了，不日在人民大会堂举行颁奖仪式。那次的颁奖仪式十分盛大，我印象中获奖的作家有荆歌、周涛等名家。过后和老韩闲聊，我说我有一个"世纪三部曲"写作计划，老韩听了点点头，风轻云淡道："你写吧，我都用。"当时，我并没有特别在意，觉得就像是在连队当兵，排长在晚点名时肯定了我两句，一切都波澜不惊。这前后，给过老韩几篇稿件，也无一退稿，有的题材还涉及具体的人和事，在当时比较敏感。现在回想起来，20 世纪 90 年代，是文学的黄金时代，各大名刊更是文学爱好者心中的圣地。对于一个没什么名气的文学写作者来说，有"国刊"之誉的《人民文学》会派编辑上门约稿，几次投稿都被采用，该是一份多么厚重的信任和荣幸！联想到老韩的那两句"名言"，百感交集。

离开《人民文学》后，我调任《小说选刊》主编。知道老韩患了糖尿病，看到一些偏方还不忘转给他。退休后，老韩依然风风火火，从媒体上经常看到他出席各种活动的信息，似乎比在任时更忙了。他就像一瓶陈年的拉菲，岁月没有影响它的品质，反而越来越显珍贵。得知他猝然离世，我仿佛被人当面击一闷棍。天妒英才，老韩刚 66 岁，才华横溢，生命对于他如同一本翻到一半的大书，更为精彩的篇章还在后面呢！我知道，老韩一向廉洁自律，从不染指广告文学一类的文字，家境并非像一些讨巧的文人那般宽裕，于是给家人送去一笔钱作为挽金。

我和老韩虽然不在一个部队服役，但在我的潜意识中，一直视他为我的排长。我忘不了排长晚上为我盖被，白天带我训练的情景；忘不了排长在我苦闷时鼓励的目光，在我疲惫时暖心的话语。老韩是我的同事、兄长，更是我的战友。

在我心里，有一种关系永远不会改变：你是排长我是兵。

原载 2022 年 5 月 13 日《光明日报》

祝
勇

我读苇岸

　　苇岸对世界的要求并不多。他住在乡下，对物质的需求几乎降至最低——就像他所崇拜的梭罗；他吃素食，粗茶淡饭，朋友也不多；他的节俭甚至体现在他的创作上，读得多而写得少，谨于言而慎于行，这么多年，我只读到过他一本散文集子，就是 1995 年由中国对外翻译出版公司印行的《大地上的事情》。几乎没有人关注他的存在，如同没有人在意原野上一只羚羊的存在。可上帝还是收走了他。上帝是如此刻薄。

　　我是关注他的为数不多的人之一，尽管我们从未见过面。几年中我们只通过有限的几次电话。1997 年 1 月 24 日，他给我写了一封信，表示希望有机会与我坐在一起交谈。但是他住得太远，我这个人又一向比较懒，一直没去找他，想必他也不善交际，故而我也从未在饭局上与他不期而遇。今年新生代散文界在楼肇明先生的策动下搞了一个散文朗诵会，但我没有参加，不知苇岸去了没有——我想他是应该去的。总之我不知道自己和苇岸之间算不算是朋友，但这种不需时时提起却又彼此挂记的情感却令我感到温暖。

　　苇岸在那封信中还说："你具有一种我不具备的（亦是令我钦慕的）

快速运用文字的能力，这与思维的敏捷相关。我则迟讷得多，故我有些反现代（它的效率和竞争）。"与他相比，我自然写得多、写得快，奔忙的岁月中，效率成为我保持创作状态的唯一途径；而苇岸则从容悠缓得多。他热爱他的文字，他说："作家应该是文字的母亲，她熟悉她所有的儿女，他们每个人的技能和特长，当她坐在案前感到孤单，她只要轻轻呼唤，孩子们便从四方欢叫着跑来，簇拥在她的身边。"

他的素食主义不仅仅是出于一种个人的癖好，而是得之于一种自觉的认识，那就是通过对物欲的节制完成精神的自我完善。他并非主张禁欲，但他号召节制，不应该破坏自然的法度。"文革"岁月里曾经盛行的禁欲主义是物质生活贫乏的结果，是被迫的，而时下我们却从一个极端走向另一个极端。物质进步的同时，潘多拉的盒子也被打开，欲望与邪恶没有限度地泛滥，精神却日趋沉沦。所以，后工业时代里苇岸的抉择同工业时代里梭罗的抉择有着相同的价值，他们都是"把思想与行为完美地结为一体的人"。苇岸说："土地借助利奥波德之口，向忘形于主人幻象中的人类，发出最后呼声。这呼声包含一个内容：'征服者最终都将祸及自身。'对此，阅尽人间的土地，充满信心。"这种感悟可能是他长期与自然、与土地对话的结果。在这个时代里，节制，无疑成了最高贵的品德。他写道：

《历史研究》的著者汤因比即认为，工业革命以来被刺激的人类贪欲和消费主义，短短二三百年间，便导致了地球资源趋于枯竭和全面污染。面对未来，人类不能再心存科学无敌的幻觉，科学虽有消除灾害的一面，但（现实已经表明）一种新的科学本身又构成了一种新灾害的起因。人类长久生存下去的曙光在于：实现每一个人内心的革命性变革，即厉行节俭，抑制贪欲。

而在自律方面，曾严厉抨击西方社会的实利主义的索尔仁尼琴，反对"贪婪的文明"和"无限的进步"，提出应把"悔过和自我克制"作为国家生活的准则。因为纯洁的社会气氛要靠道德的自我完善来造成，稳定的社会只能在人人自觉地进行自我克制的基础上建立。托尔斯泰也曾讲过，人类不容置疑的进步只有一个，这就是精神上的进步，就是每个人的自我完善，人类如果没有内心精神上的提高，那么徒有外部体制上的改革，也是枉然的。

他对奉行素食主义的梭罗、列夫·托尔斯泰和萧伯纳推崇备至。素食主义在苇岸的生命中不是最重要的内容，但他至少以此表达了他与物质对峙的决心。这是他所选择的自我救赎之路，让我肃然起敬。

我觉得他的生命中没有时间的概念。他居住在钟表发明之前的年代里，通过自然的变化感受四时的变化，他说："望着越江而过的一只鸟或一块云，我很自卑。我想得很远，我相信像人类的许多梦想在漫长的历史上逐渐实现那样，总有一天人类会共同拥有一个北方和南方，共同拥有一个东方和西方。那时人们走在大陆上，如同走在自己的院子里一样。"土地是人类的母亲，让我们安详地梦想。屠格涅夫在巴黎病逝前，他在庄园门口留下了一句话："只有在俄罗斯乡村中才能写得好。"

苇岸最后也把这句话留了下来，留给我们。我们都是小人物，苇岸也是。但苇岸与我们的不同在于他是个伟大的小人物，他对自己的生命有所要求并付诸实践——尽管它很短暂。他生存的自觉意识值得我们学习。在这样一个时代里，苇岸的存在仿佛一段难以置信的传奇。他死后，这样的传奇不再有了。所以他的死不仅是他个人的宿命，更是我们这个时代的悲剧。

选自祝勇《万卷如雪》一书，中国工人出版社 2021 年版

高古

陆
春
祥

况钟的笔

1

明洪武十六年（1383）八月初六，南昌府靖安县龙冈崖口村的大户黄仲谦家，传出了男婴响亮的哭声。中秋佳节即将来临，儿子降生，中年黄仲谦脸上充满了喜悦。或许是受孩子哭声的启发，黄父将儿子取名为钟，钟鼎之家，富贵宦达，钟鸣鼎列，官高位重，黄钟，庄严、高妙，寓意更吉祥。不过，黄父此刻想着的是自己的原姓况，他原名况仲谦，时机成熟，一定要恢复况姓，振兴祖业。

眼前的喜悦，串起了长长的伤痛。仲谦六岁时，因况家帮助过红巾军，遭到赶来镇压的元军屠杀，全家除他躲过外，均被害。小仲谦被同是富户且与况家关系较好的黄胜祖收养，黄家视他如己出，因黄无儿，况仲谦被改姓为黄。黄仲谦长大娶妻，继承黄家家业，在崖口生活得一帆风顺。

江南一带都流行孩子"抓周"，孩子周岁时，在他眼前放一堆东西，那些东西基本象征着职业，主要有笔、墨、纸、砚、算盘、钱币、书籍、印章、吃食等，黄仲谦的大儿子黄钟前面，也放着这么一堆东西，一群人都在旁边紧张地等待着，小黄钟玩够了，牢牢地抓住一支笔，朝他娘爬去，黄母眼里笑出了花：这孩子，日后靠笔吃饭，读书写字，考功名当官，一定有出息！

小黄钟果然有出息，通读经史子集，为文作诗均佳，尤其写得一手好字，楷隶行都见功力，四里八乡皆称其为"龙冈神童"。传来传去，名声传到新任县令俞益的耳朵中，二十四岁的黄钟，被选为县衙礼曹，他的书吏生涯开始了。长长的九年历练，京城吏部考核优等，再加上礼部尚书吕震的推荐，朱棣亲自面试，授予黄钟礼部仪制司主事，正六品，一个没有品级的小书吏，一下子被皇帝任命为这么高品级的官员，朝野轰动。仪制司负责朝廷日常事务，制定和布置一切重大典礼的仪式，工作烦琐、复杂，但是，黄钟在任主事期间，先后得朱棣嘉奖三十一次，可以想见，他出众的办事能力。主事任满，考绩又是特别优秀，新皇帝朱高炽越级提拔，升黄钟为仪制司郎中，正四品。有一件小事可见黄钟之笔精练：午门大鼓敲破，需要有关部门制作，一些人怎么也拟不好公文，太监向黄钟求救，黄钟只写了八个字："紧绷密钉，晴雨同声"。鼓皮要绷得紧，钉子要钉得密，不管天晴下雨，声音都要响亮。方法，步骤，质量，清清楚楚，要言不烦，众人佩服得五体投地。

黄仲谦有两个儿子：黄钟、黄镛，临去世前，他将两个儿子叫到跟前，详细讲述了那段血泪史，并吩咐道：大儿黄钟日后有机会改回况姓，小儿黄镛继续姓黄，以报黄家恩情。宣德四年（1429）五月，礼部郎中黄钟想起了二十九岁以前的范仲淹原名叫朱说，觉得自己恢复况姓的时机已经成熟，就给皇帝写了一份请复姓奏，说明其中原委。这自然是高尚的敬祖行为，皇帝立即准许，黄钟于是成了况钟，这一年，况钟已经四十七岁，不仅如此，皇帝还一并批准将况钟父亲恢复况姓，况钟父母均追赠封号。

作诗作文，礼制规章，就业务能力来说，况钟的笔已经炉火纯青，接下来，他要奔赴更重要的岗位，任苏州知府去了。

2

苏州知府并不好做，赋役繁重，豪强猾吏互相勾结，问题成堆，"中使、织造、采办及购花木禽鸟者踵至，郡佐以下，动遭笞缚"（《明史·况钟传》），这些来苏州的宦官，一不满意，还要打苏州府及所属各县的官员，嚣张得很。皇帝大费周章选况钟，还特别给了敕令，允他随时紧急处置问题。

我细读《况太守集》，薄薄的两百页不到，兴革利弊奏疏，举劾官员奏疏，陈情奏疏，还有诸多规则或提醒式条谕，足见他的呕心沥血。自明朝开国，七十余年，苏州知府没有一个人能满任，而况钟却三离三留，他丰满而立体的青天形象也跃然纸上。

况钟甫一到任，就做下数十件惊天动地的大事：诛猾吏，劾贪官，请减浮粮，抛荒粮，积欠粮，运远粮，革抽船米，清军，招回逃民，定济农仓，立义役仓，均徭役，正婚葬，水灾奏免粮，旱灾备谷赈济，等等，一时间，苏州吏治与百姓的生存环境均发生了重大变化。

况钟要离任，苏州街头，年老的百姓都在唱："公政惠我，公恩息我。父亲畜我，长我育我。我饥谷我，我困苏我。公去悯我，谁与活我？"百姓依依不舍他的恤民情怀。况钟又一次要离任，街头的男女儿童都在唱："况青天，朝命宣；愿早归，在新年！"百姓再次盼望他回来。而此时的况钟，也百感交集，正统四年冬考满赴京，面对送他到数百里外的百姓口占四首诗，其中之二为："清风两袖去朝天，不带江南一寸绵。惭愧士民相饯送，马前酾酒密如泉。"况太守，请喝我们一杯送行酒吧！人挨人的送别场景让况钟特别感动，真的是热闹，其实，他真不用惭愧，不带一寸绵，还有什么难为情的呢！

一切为了百姓，从生活、生产到秩序稳定，况钟皆身体力行。我们这样设想场景：况钟常常拖着疲惫的身体在工作，但只要听到堂上的鼓声响起，他就会精神十足，全力投入各个事件的处理上；况钟在书房退思斋中坐定，想起一些事情，有时还真难处理，知恩图报的人不少，唉，他只是依法办事呀，为什么要感谢他？也有些无缝不钻的刁奸之徒，会通过各种办法送钱送物，每逢此时，他常常抬头看着墙上的那副对联：收一文不值一文，行一善民受一善。看完对联，他释然一笑。

同时，他对家人也管教得极严，除随侍的儿子外，儿女们都生活在靖安老家，况钟心中，当官，只是为国家为百姓做好事而已。他还不放心，于是写下了长长的《示诸子诗》，谦虚地说自己"虽无经济才，尚守清白节"，苦口婆心地要求子女："非财不可取，勤俭用无竭。非言不可道，处默无祸孽""惟能思古道，方与兽禽别"。勤俭，本分，慎言，清白，都是为人的基本道德。

况钟那支笔，为公为民，清正公正。他的内署，不请幕客，一切奏疏、榜谕、谳案，都亲自撰写，言词质直简劲严切，从不作软媚语。这实在是了不起，名府长官，诸事繁多，还如此亲力亲为。清白牢守心间，即便是身处佳丽地的苏州，况钟也是素敦俭朴，内署萧然，无铺设华靡物，每食一肉一蔬，家人及亲旧相对，尊酒数行，青灯夜话而已。

况钟的身体一日不如一日，几次请求退休，朱瞻基都不准，我甚至这样认为，况钟是累死的。吏治，税粮，水利，军籍，救灾，哪一样都不省心，还要完成皇帝派下来的另外任务。宣德九年七月初六，那喜欢蟋蟀的皇帝，居然给况钟发来这样一道命令：前次我派内官安儿、吉祥采办蟋蟀，数量少个头小，我很不满意，这一次命令你，要用心协同他们去采办，一千只，一只也不能少！皇帝的命令，谁也不敢不办，包括况钟。十天后，况钟这样简单回奏："除钦遵协同采办完备进贡外，原奉敕书专差县丞樊敏亲赍进缴，谨具奏闻。"任务完成了，圣旨也一并呈上还给您。只两句话，毫无色彩，要是某些官员，一定会大大表功，而在况钟眼里，这样爱玩的皇帝，他内心或许是有抵触抗拒情绪的。

十三年的苏州知府，况钟因丁忧、考满，三次离任，苏州府先后有十三万五千余名百姓联名上书，请求夺情起复与留任。明正统七年（1442）十二月，六十岁的况钟，积劳成疾，卒于任上，苏州百姓罢市，如哭私亲，下属七县老少，都来哭祭，松江、常州、嘉兴、湖州等邻府百姓，也纷纷赶往苏州吊唁。

况钟卒而归葬，舟中惟书籍及衣用器物，别无所有，苏人咸叹息。我也感慨万分，那支笔，随便划一下，几辈子都用不完，不过，倘如此，就没有况青天了。

3

然而，况钟最传奇的还是断案，或许，这更加符合青天的形象，包青天，海青天，断案均如神明。

况钟这回担任的是监斩。

串通奸夫杀父，十恶不赦。看着眼前这一对男女，况钟自然没有什么好感，不过，程序还是要过一遍，照例问话，问完话，再看看无锡县、常州府及巡抚府批下来的公文，已过三审，应该没什么问题，况钟手中的朱笔就要点下。

要杀头了。在熊友兰和苏戌娟眼里，这位青天大老爷是他们的最后的救命稻草。十五贯钱是老板交给他做生意的本钱，他和老板临分别前还在某旅社住过一夜；他和这女子并不认识，只是偶尔路过碰见，一个家住无锡地，一个家住淮安城，怎么发生奸情？熊友兰的两个问题，其实并不难解释，只要稍微调查一下，就可以得出结论。不要说况钟，一般的主审官听到如此矛盾的口供，一定也会生疑，况钟闻此，他手中的笔，于是放下。苏姑娘见事有转机，也立即大声哭诉：如果熊友兰是冤枉的，那她杀继父的理由也不能成立，酒醉继父要卖她，她去姨妈家躲躲，碰到熊友兰只是巧合，再说，那砍肉重刀，她也拎不动啊。

况钟细听申诉，心有些动了，可转念一想，他只是监斩，案子的发生地也不在他管辖的范围，况且，三审手续齐全，死囚利用最后的机会抵抗命运也属常理，罢罢罢，只怪这对男女犯下了事，他第二次拿起手中的朱笔。熊友兰和苏戌娟见此，再次大声哭诉，不过，他们用的是激将法：都说你况大人是青天大老爷，如今看来也只是徒有虚名而已，眼见得我们都要被冤枉死，你却见死不救。况钟闻此，手中的笔又放下了，他们说得对，自己不就是忌讳官场的一些规矩吗？见死不救，明哲保身，这和他为官为人原则不合。立即派人调查，他自己也快马赶去见巡抚周忱。七磨八磨，好不容易说动周大人，赢下了半个月的审案时间。

偏偏无锡县知府过于执这样认为：继父被杀死，养女半夜出逃，还有偷情的男子，丢失的钱也正好对得上，天下哪有这么巧的事？偏偏常州府也这么认为，这样的事常见，只不过是又多了一桩而已。偏偏巡抚府主事官员粗心，一看县府两级审得这么确凿，也就盖章批准。这可是两条活生生的人命呀！可天下就有这么巧的事。况钟在现场发现尤葫芦床下散落的铜钱，被玩得光滑的骰子，心里就有了底，吃了上顿不接下顿的尤葫芦，断不会有乱丢的钱，熊友兰身上的钱可是整整十五贯；这光溜溜的骰子，一定是久赌之徒落下的，于是，好吃懒做且又反常的娄阿鼠就进了况钟的视野。

我用两个小时看完浙江昆苏剧团 1958 年拍摄的电影《十五贯》，不得不说，依然还有很强的可看性，不愧是经典。况钟手中的笔，每到关键处，总有些抖抖索索点不下去，我以为，那是心灵的召唤引发的。在况钟眼中，人命与乌纱帽相比，乌纱帽不算什么，它是可以丢到他家乡靖安崖口的大山中去的。

尽管《十五贯》是清初戏曲家朱素臣根据冯梦龙《醒世恒言》中的《十五贯戏言成巧祸》改编的，尽管在况钟审过的案子中并没有发现这个《十五贯》，但它却是况钟审过上千案子中的典型综合，真实得很。在《十五贯》中，在所有人命关天的案子中，况钟手中那支小小的朱笔，始终千斤重。

4

夜幕中，我们去况钟纪念馆，它就坐落在我住的宾馆隔壁。况钟铜像在夜空中高高伫立，我用手机照了照况青天，他眼神安详，左手轻据胸前，眼望远方，那个远方，我觉得应该是苏州，他在那倾注了为官的全部热情，真的做到了鞠躬尽瘁死而后已。

纪念馆刘新宇馆长为我们介绍况钟，声音洪亮而自豪，他显然对这位乡亲的各种事迹熟得很。一块八角形的镂空立体大青石，中间刻着大大的"正"字，边上刻着"公、清、气、直"四个小字，它们与"正"字组成公正、清正、正气、正直四个清廉词语，刘馆长解构了这块石头的立意后，又加强了语气：这应该是况钟整个人品人格的精髓。

玻璃框中，有一组小雕塑，那是况钟三离三留的场景。况钟的面前，是无数的苏州百姓，他们都在挽留这位太守，他们觉得，况太守是自己的亲人，无论是他母亲去世，还是任满调官，苏州百姓都希望况钟不要离开他们，明史上也说，这样的苏州知府，只况钟一人。

一组真人蜡像前，不少参观者在指指点点，这个审判场景极熟悉：况钟正冠站着，右手拿着笔，左手拿着判决书，背景是明镜高悬牌匾，况钟面前跪着一男一女，皂隶拿着棍棒在一旁呵呵助势，这是《十五贯》中的典型镜头。有人问，怎么没有尤葫芦和娄阿鼠呢？哈，只有一个场景，自然挤不下那么多人，尤葫芦戏份尽管不多，却憨厚可爱，娄阿鼠在舞台上更是活灵活现。

两日后的夜晚，我又单独拜访了刘馆长，再聊况钟。我问他：在你的眼中，况钟最优秀的品质是什么？刘笑笑：那块"正"字石已经充分说明，如果再展开，我觉得，清廉，公正，能力，三方面相辅相成。刘馆长说到了况钟的墓。况钟去世，葬在了他的家乡高湖镇的崖口村，文革时期，红卫兵不相信封建官吏会是清官，就将他的墓掘开，结果除了衣服，只发现了一支金属发钗，什么值钱的东西也没有。

1983年，况钟诞辰600周年，靖安县在县城东郊的森林公园（后改况钟公园）中为他建了一座衣冠冢。这个冢，就在纪念馆路边的山脚。出馆的时候，夜已深，不过，我们还是去看了况钟冢。手机电筒清晰地照出了墓的形制，刘说，此墓与高湖崖口的况钟墓差不多，墓后还有一块精制的墓碑。况钟卒后，归葬家乡崖口的神州山，礼部侍郎王志写了墓碑。我知道，眼前的墓，只是一个象征，它是家乡人民的深情纪念，也是向著名清官的深深致敬。

几年前，靖安当地作家凌云女士，写过一本《大明清官况钟》，我和她也有过一次交流。她告诉我，她外婆就是高湖人，她小时候去外婆家玩，知道了况青天这个大名，她是党校老师，平时基本写论文，促使她写况钟传记的最大动力，就是从小心中对况钟的敬重。她还去过苏州的况钟纪念馆，为的是实地寻找况钟在苏州任上的足迹与功绩，感受清官的人格魅力。

5

著名历史学家吴晗在《况钟和周忱》一文中这样称赞况钟：刚正廉洁，极重视细小事件，设想周密，不怕是小事，只要有利于百姓就做，对百姓有害的就加以改革。兴利除害，反对豪强，扶持良善，百姓敬他爱他，把他看作天神一样。

况钟手中那支笔，或举重若轻，或举轻若重，一切皆与国家、百姓紧相连。

我到高湖崖口的那个下午，一场雷阵暴雨突然袭来，雨倾盆，山如幕。暴雨过后，群山间飘荡着浓淡不一的云雾，它们继而又化成了多姿的花朵。山青如洗，晴空如碧，龙冈山上的文峰塔，大笔如椽，直插青天，我凝视着眼前的青色，觉得它们和况钟的青天名声是一样的，都使人有一种深深的向往。

原载 2021 年 10 月 17 日《新民晚报》

潘
向
黎

世人皆以东坡为仙（节选）

记得是 20 世纪 80 年代，父亲的书房里曾经悬过一幅字，是他一生的老师、曾经的系主任朱东润先生的手书。那是苏轼的《赠孙莘老七绝》之一：

> 嗟予与子久离群，耳冷心灰百不闻。
> 若对青山谈世事，当须举白便浮君。

朱先生写好这幅字后，就放进一个牛皮纸大信封，遣人送到了当时我家住的复旦大学第四宿舍门房。那幅字写得好，父亲觉得——"那气势说高山苍松，说虬龙出海，都既无不可又不够贴切。"（潘旭澜《若对青山谈世事——怀念朱东润先生》）朱先生的字上没有写年月，父亲的文章中说是 1987 年，应该不会错。也许是想起了苏轼当时的痛苦处境，也许是因录苏诗而不自觉地融入了苏体风格，这幅字与朱先生平时的温润蕴藉不同，显得笔墨开张、骨力刚劲，有苍凉而傲岸的味道。这是苏东坡写给好友孙觉（字莘老）的，意思是说：我和你离开京城的那些人很久了，我们对世上的事也已经没有什么兴趣了。面对好风景咱们就该饮酒，如果你还要谈起世上的事，我就罚你一大杯。

我是看着朱先生的这幅字，把这首诗背下来的。正如我儿时背的第一首东坡词，"明月几时有"，也是通过父亲的手抄页背下来的——是的，手抄页，不是手抄本，因为当时并没有"本"，就是直接写在质地粗糙的文稿纸的背面。

苏东坡，有人说他是大文豪，有人说他是大诗人，有人说他是大词家，有人说他是书法家，有人说他是诤臣，有人说他是一个好地方官，有人说他是居士，有人说他是美食家，有人说他是茶人，有人说他乐天旷达，有人说他刚毅坚韧，更有人说他以上诸项皆是……而在我看来，苏东坡是我从小就知道，并从父辈的态度中感觉到他非比寻常的人；后来，我明白了他的独一无二：苏东坡，是每个中国人都想与之做朋友的人，是尘世间最接近神仙的人。

我生闽南，闽南人说晚辈不谙世事、懵懂糊涂，会说："你怎么像天上的人！"虽然是批评、讥讽甚至责骂，但我由此从小知道，人，有地上的人，还有天上的人。苏轼，正是一个"天上的人"。我有证据：他自己说了，"我欲乘风归去"。一般的凡人与天的关系，最多是妄想着"上去"，所以叫"上天"，而他是"归去"，天上，是他的来处，是他应该在的地方。

苏轼。苏东坡。坡公。坡仙。

这人其实是说不得的，一说就是错。顾随在1943年写的《东坡词说》文末，认为苏词"俱不许如此说"，自己"须先向他东坡居士忏悔，然后再向天下学人谢罪。"苦水先生何许人？他尚且如此说，闲杂人等怎敢再说一个字？

一直坚信：对苏轼，绝口不说才是正理。热爱东坡的人，一提他的名字，彼此交换一个眼神，相视会心一笑，才是上佳对策。

这位"天上的人"，热爱他的人那么多，研究他的人也多，而且研究得那么透，"前人之述备矣"。但人是人，我是我，一万个人眼中有一万个苏东坡，再思洒脱如东坡者，也许会说："东坡有甚么说不得处？"便也不妨一说。

东坡和水，缘分特别深。

也许是因为他出生在四川眉山，"我家江水初发源"（苏轼《游金山寺》）；也许是作为南方人，自幼感受到"天壤之间，水居其多"（苏轼《何公桥》）；也许是因为他和水特别有缘，"我公所至有西湖"（秦观《东坡守杭》）"东坡到处有西湖"（丘逢甲《西湖吊朝云墓》）；也许是因为流水的美，与他的明快心性和艺术气质特别契合；也许真的应了那句话——"仁者乐山，智者乐水"，东坡不但是一个仁者，更是一位智者。

东坡爱水。谈自己的文章时用水的比喻——"吾文如万斛泉源，不择地皆可出"，他谈好文章的标准，也用水的比喻——"如行云流水，初无定质，但常行于所当行，常止于不得不止，文理自然，姿态横生"。后人用"苏海"来评价他的诗文，很恰当，也正对了东坡的脾性。读东坡文章，其迈往凌云处、酣畅淋漓处、妙趣横生处、闲远萧散处，总要各人自己去会，但最要体会的是那种像水一样的灵动、开阔和自由。

东坡的诗从题材都风格都丰富，名作很多，只选几首来说，虽近乎以瓣识朵、由珠窥海，但其中有我理解东坡诗词的入口，聊记于此。

和子由渑池怀旧

人生到处知何似？应似飞鸿踏雪泥。

泥上偶然留指爪，鸿飞那复计东西。

老僧已死成新塔，坏壁无由见旧题。

往日崎岖还记否，路长人困蹇驴嘶。

人生行止不定，去留充满偶然，留下的痕迹也必将在时间中消失，确实令人感到空幻而惆怅。但只要心里依然清晰保留着旧痕，则旧事依旧在记忆中鲜活；共同经历过"往日"的人，只要彼此都"还记"那段往昔，则一切都成了可以分享的人生体验。

前人多说此诗"富有理趣"（周裕锴语），其实更可以从中领悟东坡的多情和善解（悟）。对"路长人困""往日崎岖"尚且如此恋恋不忘，则人生何事、何时、何种境地不可记取，不可回味？什么经历没有价值，没有意义？所以他在另一首诗里写道："我生百事常随缘""人生所遇无不可"（苏轼《和蒋夔寄茶》）。重情而不执于情，于无趣处发现乐趣、领悟理趣——理趣有时候对诗意是一种威胁，但在东坡这里不成问题，他的感觉（感性）依然兴冲冲的，理趣只增加了对人生体悟的深度。

东坡对人生的热爱和对日常生活的强烈兴趣，超尘脱俗的胸怀，加上擒纵杀活的文字本领，所以其诗常明净爽利而清澈，有一种透明的美感。写景者，如传诵极广的《饮湖上初晴后雨》《惠崇〈春江晓景〉》，如《舟中夜起》亦是，又如《六月二十七日望湖楼醉书》亦复是。状物者，如《东栏梨花》《海棠》皆是。

万不可死心眼，只认定坡老单单就是写湖、写雨、写梨花、写海棠，定要看出此老心胸广、气象大，和大自然是够交情的真朋友。君不见同时代人带给他多少磨难与伤痛？幸而有大自然对他始终公平，始终善待。

以下两首诗最要对照参读：

出颖口初见淮山，是日至寿州

我行日夜向江海，枫叶芦花秋兴长。

长淮忽迷天远近，青山久与船低昂。

寿州已见白石塔，短棹未转黄茅冈。

波平风软望不到，故人久立烟苍茫。

全然写景，而心情自见。顾随对这首诗评价不高，但这诗其实好，尤其适合念出来，一念，那种笔法流转之美，那种云烟迷蒙心事苍茫之感，就都出来了。

六月二十日夜渡海

参横斗转欲三更，苦雨终风也解晴。

云散月明谁点缀？天容海色本澄清。

空余鲁叟乘桴意，粗识轩辕奏乐声。

九死南荒吾不恨，兹游奇绝冠平生。

经历了人生的几番大起大落、无数煎熬和解脱，前诗那种身不由己、颠沛流离时的惆怅和迷惘，已经不见了，到了人生的最后阶段，苏轼进入了"天地之境"。

正如朱刚《苏轼十讲》所言，"一次一次悲喜交迭的遭逢，仿佛是对灵魂的洗礼，终于呈现一尘不染的本来面目。生命到达澄澈之境时涌自心底的欢喜，弥漫在朗月繁星之下，无边大海之上。"

"何似在人间"，"在人间"谈何容易！人间给了东坡太多的黑暗、恐惧、痛苦、无奈和辛酸。看到这位谪仙留在人间，到了人生的最后，没有悔恨，没有悲凉，了无遗憾，全无挂碍，而是这样得大解脱，得大圆满，得大光明，得大自在，真是令人欣慰、震撼和感动的。

从"我行日夜向江海"到"天容海色本澄清"，生命的意义实现了，人生的境界如此圆满。

终于要说东坡词。东坡所作词比诗少多了，但其词一般被认为是"此老平生第一绝诣"（陈廷焯语）。在我看来，东坡诗、词，主要是重要性不同。读诗若不读东坡诗，虽有损失，但可以读唐诗来大致弥补；但读词若不读东坡词，哪怕读遍了晚唐、北宋、南宋的词……那损失还是无法弥补。

过去一提到东坡，就贴一个"豪放派"的标签，这个已经有不少方家力证其非，有的说"豪放"二字今古理解不同，有的说其实东坡能婉约亦能"协律"，有的则说当时根本不存在豪放派……但还是顾随说得最痛快：分什么豪放、婉约？根本是多事。（《苏辛词说》）

事实是：才华、豪气、雅量、情思具备的苏东坡，是词的解放者，他提升了词在文坛和社会上的地位，第一次让词和诗一样自由地抒情言志，第一次在词中完整地表现了一个士大夫的全人格，第一次在词中表现了"浅斟低唱"和"盈盈粉泪"之外的社会生活和人生感悟。

东坡词，若论名气响，一阕"大江东去"，一阕"明月几时有"，是并列冠军。正如顾随所说，《念奴娇·赤壁怀古》"震铄耳目"，最震撼，而《水调歌头》则"沦浃髓骨"，最感人。

对这两阕，朱刚的解读更进一层，值得注意：前者之"多情应笑我，早生华发"，"虽是一片无奈，但这无奈的多情之中，仍有未尝泯灭的志气在。因为只有志气不凡的人，才会对过去了的不凡的历史如此多情"；而后者"人有悲欢离合，月有阴晴圆缺，此事古难全"，可以解读为："人世生活的本来状态就是不如意、不完美的，从来如此，也会永远如此。不但不该厌弃，正当细细品尝这人生原本的滋味。所以，'但愿人长久，千里共婵娟。'"（《苏轼十讲》）

坡公无人能及处，在于特别善结又善解。凡文艺作品，其实往往都与"结"有关，也未必到"情结"的地步，但必有"心结""思结""情绪结"，有所结，才发为作品。如今常说"感悟"，其实"感"与"悟"是两回事，作家诗人，因为感性发达更易深于情，所以感常常就是结，而经一番思量才"悟"，这是"解"。感得深，就是进得去。悟得透，就是出得来。这一番作为，并不容易，有的人进不去，有的人又出不来。一般人要么不擅结，要么不擅解，高手常常也是一阵子结一阵子解，有时候结不深，有时候解不透。而东坡善结又善解，甚至一边结，一边解。他真是七进七出，如入无人之境。

这不是天生的。天生解得开、透得出的人，哪里会有？

刚流放到黄州时，东坡的心情是非常悲凉的，又是寂落和孤冷的。"世事一场大梦，人生几度新凉？夜来风叶已鸣廊。看取眉头鬓上。酒贱常愁客少，月明多被云妨。中秋谁与共孤光。把盏凄然北望。"（《西江月·世事一场大梦》）若有所待地"北望"，能不能"北归"却由人不由己。；现实和精神的出路在哪里？这是"结"，没有"解"。但若尽是如此，便是柳宗元，而不是苏东坡了。看下面这一阕：

定风波

莫听穿林打叶声，何妨吟啸且徐行。竹杖芒鞋轻胜马，谁怕？一蓑烟雨任平生。料峭春风吹酒醒，微冷，山头斜照却相迎。回首向来萧瑟处，归去，也无风雨也无晴。

以"莫听""何妨"解起，解在结先，随结随解，一路解来，最后已经不需解了，因为已经无结，到达超然物外之境。有人觉得这是通达，其实不是，通达是包容是气度，仍有是非，东坡已经放下是非；通达是不论境遇好坏均努力想开，而东坡完全超越了境遇。没有风雨和晴天之分，境遇也无所谓荣辱穷通，一切都是人生的一部分，无所谓风雨，无所谓晴，人便在境遇之上了。这样"解"，真透彻。

东坡当然有深情，但他不沉湎，沉湎就容易钻牛角尖，东坡一生样样都会，惟独不会钻牛角尖，他有雅量有逸气，故不论是分别还是相逢，即事抒情，总归于圆融朗润的高致。

人总以苏辛并论，归之于豪放一路，又多以东坡"大江东去""老夫聊发少年狂"为证据，其实不然。就连顾随，虽指出苏辛"不得看作一路"，但也是拿"大江东去"来对照，说其中的"乱石穿空，惊涛拍岸，卷起千堆雪"三句，"其健，其实，可齐稼轩"；其实，其纵横之气，顿挫兼飞扬，刚健复柔婉，神完气足而自有远韵，苏轼都是辛弃疾的老师。当然，弟子未必不如师，大可并驾，甚至后来居上，但总要认他是老师，不可弄颠倒了。

然则东坡之本色手段，尽在上面所说的种种——在清旷超脱，在飘逸自如，在圆融朗润，在顿挫兼飞扬，刚健复柔婉吗？又不止于此。还在一股仙气——有情有思兼其心自远，能将眼前事写出天外韵。东坡每每因今昔变迁、人生短暂而思及时间和空间、真实和梦幻、过去和未来、此在和永恒，时时感受到人生行旅的深沉况味，更难得这铺天盖地的恍惚迷离，东坡竟还他一个铺天盖地：一世界的空灵，澄澈，光华流转，一尘不染。

永遇乐·彭城夜宿燕子楼，梦盼盼，因作此词

明月如霜，好风如水，清景无限。曲港跳鱼，圆荷泻露，寂寞无人见。紞如三鼓，铿然一叶，黯黯梦云惊断。夜茫茫，重寻无处，觉来小园行遍。

天涯倦客，山中归路，望断故园心眼。燕子楼空，佳人何在，空锁楼中燕。古今如梦，何曾梦觉，但有旧欢新怨。异时对，黄楼夜景，为余浩叹。

洞仙歌

冰肌玉骨，自清凉无汗。水殿风来暗香满。绣帘开，一点明月窥人，人未寝，欹枕钗横鬓乱。

起来携素手，庭户无声，时见疏星渡河汉。试问夜如何？夜已三更，金波淡，玉绳低转。但屈指西风几时来，又不道流年暗中偷换。

这两阕，得一个"活"字，更占一个"仙"字。这股仙气，东坡实实有，辛弃疾实实学不来，也不必学。稼轩还自做稼轩去，东坡有一个便好。

东坡与米芾曾在扬州相遇，有一番令人忍俊不禁的对答。米芾对东坡说，世人都以米芾为"颠"，想听听您的看法。东坡笑着回答："吾从众"。

如此便是苏学士明白教示了。若东坡问我时，我便答：世人皆以东坡为仙，吾亦从众。

张石山

蚩尤冢凭吊

1

陶渊明在《读山海经》一诗中写道：

精卫衔微木，将以填沧海。

刑天舞干戚，猛志固常在。

神话传说，炎帝与黄帝两个部落之间曾有过一场"坂泉之战"。经过坂泉之战的较量，炎、黄两个部落最终实现了融合。由于史料阙如，历史的真实究竟是怎样的，不得而知。但上古神话传说，往往折射出的正是史实的本真。华夏族群最早碰撞融合的传说，造就了"炎黄子孙"这一万世不易的概念。

传说讲，刑天乃炎帝近臣。炎帝败于黄帝之后，刑天一直不肯服输，最终被黄帝砍去了头颅。失去头颅的刑天，以胸乳作眼、肚脐为口，双手挥舞干戚即盾牌和斧头，继续战斗不止。于是，刑天成为我们中国上古神话中最具反抗精神的一个伟大形象。

诗人陶渊明的瑰丽诗句，歌赞了这一位猛志常在、永不屈服的上古英烈。使得这一形象赢得了诗化的永生。

而在神话传说中与刑天处于同时代的蚩尤，便没有这样的幸运。

蚩尤，传说是上古九黎部落的首领。在著名的坂泉之战后不久，即有一个同样著名的"逐鹿之战"。这场大战，是炎黄两大部落达成联盟壮大了力量之后，与蚩尤部落之间的一场更大规模的战争。

战争的结果，是炎黄集团获胜，蚩尤集团战败，蚩尤战死。蚩尤，作为一个失败者，最终淡出了"逐鹿中原"的宏伟史剧，消隐于历史记忆的深处。

关于逐鹿之战的具体战场到底在何处，自古以来众说纷纭。择其大者，主要有东西两说。

所谓东说，主张在今河北省东北部的逐鹿境内。该地名曰"逐鹿"，至少在字面上给人的感觉是为"名正言顺"。

西说，主张在今山西南部运城市的解州镇。解州，即解县，古称"解良"。据《解县志》记载，古解良亦称"逐鹿"。宋代沈括《梦溪笔谈》记载："轩辕氏诛蚩尤于涿鹿之野，血入池化卤，使万世之人食焉。今池南有蚩尤城，相传是其葬处。""解州盐池曰解池，传为黄帝杀蚩尤处，方百二十里，久雨，四方之水悉注其中未尝溢，大旱未尝涸，卤色正赤，在阪泉之下，俚俗谓之'蚩尤血'。"

近代著名学人钱穆先生亦有见解，认为争夺盛产食盐的盐池这一人类不可或缺的宝贵天然资源，应该是上古部落集团之间发生大规模冲突的根本原因。

那么，"逐鹿之战"的战场，是在如今的山西运城靠近盐池的处所，便更加具有某种程度的说服力。

无论秉持何说，在那场大战中，炎黄集团取得了胜利而蚩尤集团失败，是为不存争议的古史传说。

值得注意的是，后来追述记录历史的史学著作，包括对神话人物的历史评价，皆在无形中落入了"成王败寇"的窠臼。失败者蚩尤，他的最大错误，便是失败本身。胜利者炎黄二帝，在正史中，其形象无疑正面高大，而失败者蚩尤不仅形似妖孽而且凶残毒恶，被称为"非我族类"的蛮夷部落的始祖。取得记述历史话语权的胜利者，有意无意将一个曾经的对手，置于了耻辱的地位。"弱肉强食、适者生存"，达尔文的进化论，于是在东方听到了历史深处的呼应之声。

胜利者，不仅在曾经的族群冲突中胜利了，而且在所谓正史的记述中，也赢得了胜利。

失败者，在曾经的族群冲突中失败了，在别人的正史记述中，他丧失了任何辩驳与发声的机会。

检视中国史书，包括历代文人的诗词歌赋，歌赞夸许刑天者，间或有之。而莫说歌赞、便是多少客观一点叙述蚩尤者，则付诸阙如。

著名的伟大诗人元好问，在其咏史的《岐阳三首》中曾经提及蚩尤。

百二关河草不横，十年戎马暗秦京。

岐阳西望无来信，陇水东流闻哭声。

野蔓有情萦战骨，残阳何意照空城。

从谁细向苍苍问，争遣蚩尤作五兵？

相传，上古"蚩尤作五兵"，曾被尊为兵神。很显然，诗人在这儿将这位失败的古代部族领袖当作了带来兵燹的负面典型。

史书典籍自古以来的污名化，成为一种极其强大的存在，进而左右乃至固着了历代国人的思维。蚩尤作为一个负面典型，几乎无可更易。

2

但是，非常令人鼓舞令人兴奋，在中国漫长的历史上，在中国广袤的大地上，在中国极其深广浩瀚的民间，有着一种宝贵的民间记忆与民间叙述，区别于正史甚至是对抗着正史。

关乎那位古老神话中的失败者蚩尤，也是这样。

在我国许多地方，除了前文所说的山西运城盐池一代，我国山东、河北、河南等省，关于蚩尤的故事也有广泛流传。而且，对应伴随着那些传说，还有蚩尤冢、蚩尤城等传说中的古迹的遗存。

原寿张县即今河南省台前县，据《台前县志》载：蚩尤，首葬东平郡寿张县阚乡城中，肩髀葬山阳郡巨野重聚，部分尸骸葬台前境内。

而山东巨野县，有传说中的"蚩尤肩髀冢"。包括河北徐水，也有蚩尤冢。

如前所述，"'逐鹿之战'的战场，是在如今的山西运城靠近盐池的处所"，这里，运城盐池周边，关于蚩尤的传说以及实物遗存就更加丰富。

万里黄河在山西南部有几处著名的古渡口。如龙门渡、大禹渡、茅津渡等等，同样著名的还有一个风陵渡。

风陵者，传说乃埋葬风后的陵墓。而风后，则是黄帝部下，是战胜蚩尤的最著名的战将。蚩尤战败，其残部渡过黄河南逃。风后所以葬在黄河渡口，就是为着震慑曾经的失败者。

到宋代，中条山发山洪，泥石流曾经淹没覆盖盐池，给国家财政造成了极大损失。在民间传说中，此乃蚩尤阴魂作乱。一个失败者蚩尤，是那样一种顽强的存在。这一次，阴魂不散起而作乱的蚩尤，是被谁打败了呢？传说，是民众祈祷关公显圣，方才打败了蚩尤。

武圣关公，"解良人也"。解州，有全国最大的关帝庙。关公"关老爷"，在山西人特别是在晋南人心目中，有着至高无上的地位。唯有请出关老爷，方才制止了蚩尤阴魂作乱，这自然彰显着关公崇高的地位，但毫无疑问，这也在同时折射出了作为对手的蚩尤的足以抗衡的显赫地位。

历史传说之外，盐池周边，则存留着更为突出的实证。

运城盐池东南，有一个蚩尤村，那里也有蚩尤冢。蚩尤村，古名蚩尤城。后来，由于蚩尤的"恶名"，有人曾以近似发音改村名为"池牛"村。地方乡绅，则曾经美其名曰"服善"村。明朝万历年间，更经由官方将村名改为"从善"村。但在当地老百姓的口头传言里，大家始终叫自己的村子是"蚩尤"村。

蚩尤村南边一处山坡，有大量古陶片遗存，经文物部门发掘考证，称其可能为蚩尤古部落遗址。如今，此处立有石碑，标记为市级文物保护单位。

民间传说，农历六月六为蚩尤忌日，十月十乃蚩尤生日。蚩尤村民俗，在这两个日子，历来都要闹社火、唱大戏，此一风俗历经千年流传至今。农历十月初一，所谓祭祀先人的"寒衣节"，本地村民要蒸一种祭祀蚩尤的食品"牛饺"。这种饺子，牛角形状，代表蚩尤的形象。蚩尤村闹社火的锣鼓班子，向来有"征东、征西、征南、征北"四套鼓点，鼓点与其他村落不同，属于当地非物质文化遗产。

而且，在关老爷的故乡本土，该村竟然不信奉关公，也从未建过关帝庙。农历四月初一，本地习俗，村民要在各家门前插挂树叶避瘟。在关公大战蚩尤的传说中，关公部下的神兵，头戴皂角叶，而蚩尤部下神兵，头戴槐树叶。于是，在这个日子，当地大多数村庄，村人门前都是插挂皂角树叶，唯有蚩尤村人们在门前插挂的是槐树叶。如此对比强烈的不同民俗，曲折传递出了蚩尤村民对蚩尤的强烈的认同意识。

中央电视台曾经录制过题为"寻找蚩尤古部落遗址"的三集专题片，该片真实记录了此地蚩尤村的种种民俗。有多家电视台播放，该片现为山西省三晋文化影视资料。

据称，每年蚩尤生日忌日，有苗族等少数民族代表，要来盐池边的蚩尤冢祭祀蚩尤。至于苗族等少数民族，尊蚩尤为民族先祖，是另一个极有价值的话题。近年来，在官方与学界，则有将蚩尤与炎黄并称中华人文三祖的提法。

本文想要强调的是，在漫长的历史长河中，主流正史将炎黄二帝作为华夏族群始祖，将蚩尤贬斥为一个反面典型，而在浩瀚博大的民间，却有着这样一种值得赞扬的博大胸襟与堂堂正义。

中国上古传统，灭人国而不绝其祀，所谓"存亡继绝"。夏、商、周三代更替，都遵循坚守了这条重要的政治规则。特别是到周代，周朝封国打破了单纯的血缘关系。武王遵守上古传统，册封周人认定的上迄黄帝、炎帝、下止夏禹、商汤的后裔为诸侯。

质言之，这是一种政治文明，也是上升到文化层面的礼仪文明。圣人化民成俗，这样的文明化及万方，成了老百姓坚守的风俗。尤为令人感慨的是：即便是"郁郁乎文哉"的周代，也没有册封位列"人文三祖"的蚩尤；倒是粗鄙无文的民众百姓，践行着"存亡继绝"，显现出了更为博大的胸襟与博爱的情怀。

运城盐池畔的蚩尤村，老百姓并没有认定自己是蚩尤的后裔，他们却甘愿服膺蚩尤，祖辈祭祀蚩尤。至少，人们保全与守护了中华文化传承的丰富性、多样性，保全了文明。这一条，也反转来证明了整体华夏文明兼收并蓄的宽广包容性。

失败的蚩尤，不幸的蚩尤，在正史之外，在民间正义这里，赢得了尊重和纪念，因而赢得了永生。

原载《映像》2021 年第 4 期

野
莽

在陶令冢前折腰

2021 年的母亲节，我应邀去了陶渊明的故乡柴桑，这是我愿过的节日，也是我愿去的地域，我愿听的故事是陶渊明的曾祖父的母亲，责令在县政府工作的儿子把一条醃鱼还给鱼主，"侃少为浔阳县吏，尝监鱼梁，以一封鲊遗母。湛还鲊，以书责侃曰：'尔为吏，以官物遗我，非唯不能益我，乃以增吾忧矣。'"陶侃的母亲湛氏能够写信教子，说明这个母亲是有文化的，但有文化的母亲古今不止湛氏一人，其中也会有儿子受人贿赂的点赞者："吾儿孝矣，味道好极了！钱可市鱼，不若钱也。"未来的大将军陶侃是湛妈妈的好儿子，遵命还鱼于客，并将此教诲融入血液，遗之后裔，以至于在后代彭泽县令陶渊明的身体内部，依然有着不把五斗白米变成五斗黄金的清正遗风。试想县令虽小，而今也是个正处或副厅级，鱼可渔，权钱酒色皆可渔，有志者须奋斗半生乃至于一辈子，三千年弃之若敝履者，可谓前无古人，后少来者。

陶令身后，故乡颇多，仅此可见后世之人以他为荣，情愿追认自己祖上为诗人的芳邻。这让我想起清乾隆年间，一个名叫秦大士的状元看了同宗秦桧之墓，慨然撰联一副："人从宋后羞名桧，我到坟前愧姓秦。"大家知道，区区县令比宰相的级别要低很多，尤其还是曾任，泱泱华夏却有五片土地为争夺陶渊明的祖籍差点打破了头，这就再次证明，人类正确的价值观可以不受官衔的撼动。五片土地是浔阳九江、楚城鹿子坂、庐山南麓粟里、南康城西玉京山、宜丰秀溪。此外另有安福、彭泽、都昌、当涂等处，还有一处竟从江西迁到了安徽黟县，取陶诗"开荒南野际，守拙归园田"中三字，名守拙园。其实那是他的第二个儿子陶俟的第二十九代孙陶庚的第四次迁居之地，实在是远乎哉，远到哪里去也。

我是认定了柴桑为陶令故乡，方才受邀而去，其根据是《晋书》卷六十六《陶侃传》载："陶侃字士行，本鄱阳人也。吴平，徙家庐江之浔阳。"吴之鄱阳郡，晋之浔阳县，均为今之柴桑，遵母命而还醃鱼的陶县吏不仅是本县的干部，并且籍贯就在本县。《宋书·陶潜传》亦载："陶潜字渊明，或云渊明字元亮，浔阳柴桑人也。"大将军陶侃，封柴桑侯，他与大诗人陶潜，这曾祖孙二人同载史册，再上溯陶侃的父亲陶丹又是东吴的扬武将军，娶妻豫章新淦的湛氏。还有，陶诗的代表作"采菊东篱下，悠然见南山"里的南山，正是柴桑面南的庐山。有了这一系列确凿的文字，我没有理由立异标新，语惊四座，乘坐高铁到他第三十代孙子那里去寻访他一千六百年前芒鞋踏过的脚印，然后写一篇颠覆历史的奇文，名曰《陶里新考》，以专家之名与人抬杠。

下榻依庐山而建的依庐酒店，忽然又想，假令当年有这么多的房地产老板挂靠在这位饿得起不了床的诗人身上，见他"偃卧清馁有日矣"，每顿只送一碗白米粥来，醃鱼之类从免，他也不会抱怨自己只知道吃的五个儿子了："……虽有五男儿，总不好纸笔。阿舒已二八，懒惰故无匹。阿宣行志学，而不爱文术。雍端年十三，不识六与七。

通子垂九龄，但觅梨与栗……"这五个儿子分别为前妻所生的陶俨、续弦所生的陶俟、陶份、陶佚、陶佟，懒得抽筋的次子应是后人迁徙安徽的"饿二代"陶俟，而被饿死的另两个儿子，则是双胞胎陶份和陶佚。胎里先天不足，生下来又营养欠佳，身子骨儿本来就不结实，遇到灾害时期，两命呜呼。不过我并不认为陶家五子个个懒蠢至此，诗人是最会夸张的种类，饿得虚火上升，拿自己不受人权保护的骨肉撒气，后世的古诗词专家捡个棒槌就当了针。

我曾对人戏说自己六去江西，与乾隆三下江南对仗，似可写成一对楹联，半边贴于皇宫殿柱，半边糊在一个旷野山庹的茅草棚上。以时间先后为序，我是去了新余、南昌、万年、弋阳、抚州、柴桑，第五次取道上了庐山，途经九江，连宋公明哥哥题反诗"他年若得报冤仇，血染浔阳江口"而英勇被捕的浔阳楼都上去坐了一会儿，却没寻觅那五株柳树的遗根，想来真是一件天理不容的事。今夏第六次去，下定决心要去找到，却听穿晋人服饰的讲解女说，此物早已没入水底。带我看了他的坟冢，也并非真实的葬身之所，而是某年秋天山洪暴发，大浪从上游卷来一块断碑，被一位热爱文学兼通考古的县令识出碑上的残文，一口咬定是陶令生平，遂派民夫"嗨唷嗨唷"地抬上岸来，砌于邻水之丘，立青石牌坊一座，门楣上刻"清风高节"四字，以示此地为天择的墓园。

国人不敢在坟前照相，我却想起早年看过鲁迅一张旧照，与一群不怕鬼的青年各自占领一个坟头，题字为"我站在坟当中"。这个讨厌很多人的人恰是欢喜陶渊明的，眼睛也毒，最先看出田园诗人静穆以外的生猛："陶潜正因为并非是浑身静穆，所以他伟大"，我便向鲁迅同志学习，与陶家合影一帧，题字为"我站在坟前面"。早年我读过先生一首《挽歌》："亲戚或余悲，他人亦已歌，死去何足道，托体同山阿。"翻译成白话诗是：啊，亲人们哭过以后或能想起，外人们唱罢哀歌就会忘记，人死了有什么大不了的，把尸体和山陵埋在一起。当时我还以国人的思维，觉得少了一点对逝者的同情与尊重，后来方知，这首诗是他绝命前的自挽。再听一次，方觉他才是无产阶级的革命诗人，相比此前被伍子胥鞭尸的楚平王，以后被孙殿英刨出来裸身示众的慈禧老太太，他那与青山同在的超然与洒脱，又是多么的聪明而有尊严。

冢上生春草，前俯碧池，红影鱼动，后依翠竹，绿梢风摇。池上曲栏回廊，天边朝云暮霞，清风徐来，拂柳如梳。《五柳先生传》的飘逸晋书，端端溜溜地铭刻在纪念堂前一面青碑之上。话说某年的植树节，这位乐观浪漫主义诗人忍着饿腹，让五个儿子一人去砍一根柳枝回来，栽在自家门前，那真叫是无心插柳，翌年孟春竟自活了，继而成荫，他便生造出一个五柳先生。后人明明知道传主即先生本人，却偏偏要学他两个不识数的双生子，复制时全然不依五柳之数，今有游人沿岸走去，一棵棵清点那长发飘飘的柳树，啊呀呀，何止是五棵，五十五棵都怕是打不住。

唯有我最懂得家乡人民的鬼心眼子，他们是想这里再出十个五柳先生。

五柳先生早已归去，这里却有他的诗魂常来，荷一杆长柄的挖锄，跶跶泥履，掸掸尘衫，轻轻拈下几瓣落在头上的野菊花，俯身背手，对着池水低吟一首抑扬的五言。先生生前《归园田居》以及杂诗种种，大抵便是这样吟出来的。而那篇不朽的《归去来兮辞》，则必须端坐在归来的屋子里，窗含竹林，门泊池荷，宽带挽袖，磨砚洗笔。凭良心说，当年他在没有车马之喧的人境结下的庐，比后来杜子美的茅屋要牢实多了，至少是青瓦盖成的顶子，麻石与黄泥垒就的四壁，无秋风所破之忧，也无淫雨所浸之虞，东篱有菊，开门见山。半夜里做了个梦，竟至于把自己笑醒了，梦见一个尘世之外的美妙去处，喜泪与欢涎打湿了竹枕，悄然下榻，点亮青灯，以武陵渔人为托，一字字记下梦中所得，题名《桃花源记》。那是人间三月的粉红，灼灼夭夭，卿卿我我，没有柴桑郡市侩督邮的目中无人，自种米棉，足食丰衣，无须向乡里小儿折下半个腰身。

人说陶令的偶像是他的曾祖父大将军，原本他不是要做诗人，他是要杀人的。这是他从诗中自泄的机密，大约也在酒后。他崇拜精卫和刑天："精卫衔微木，将以填沧海；刑天舞干戚，猛志固常在。"又夸奖夸父："神力既殊妙，倾河焉足有！余迹寄邓林，功竟在身后。"更是把刺杀暴君没有成功的荆轲赞叹得无以复加："君子死知己，提剑出燕京。素骥鸣广陌，慷慨送我行。雄发指危冠，猛气冲长缨。"他与后世的李白有诸多相似处，那位"十五好剑术，三十学文章，长不满七尺而心雄万夫"的狂人，"脱身白刃里，杀人红尘中"，"十步杀一人，千里不留行"，这心事也曾在他年少的心中一闪。晋安帝隆安四年，"猛志逸四海，骞翮思远翥"的陶渊明独身去往荆州，投奔都督八州军事的后将军兼荆、江二州刺史桓玄，满以为此人会效其名将父亲桓温，志在北伐中原，恢复故土，却发现其野心只不过对内窃取王权，遂以母丧为由请辞归家。翌年建武将军、下邳太守刘裕起兵讨桓，他的祖先遗下的血性又复发了，此时已人到中年，仍敢冒险为刘将军秘传桓玄挟持安帝到江陵的军事情报，并欣然作《诗经》体："四十无闻，斯不足畏，脂我名车，策我名骥。千里虽遥，孰敢不至！"

原来他也想与曾祖父一样做大将军，并非一意要去首阳山上采薇，做不食周粟的伯夷、叔齐。他在诗中羡慕不已的长沮、桀溺、荷翁等隐士一族，乃是他报国梦破的灰心丧气，如鲁迅说："除论客所佩服的'悠然见南山'之外，也还有'猛志固常在'之类的金刚怒目式"。如今想来，某个时代的血统论并非没有一点道理，没有一点道理的是不该将红血诬为黑血，用冷血浇灭热血，以惨绝人寰的坏血一统天下。陶氏家族的忠勇血性一脉相承，出过陶丹、陶侃两代武将之后，上苍换个花色，又让他家出了陶茂、陶敏两代文官，唯恐在陶渊明这一代上和平演变，便特意安插一个勇武的外戚进来。外祖父孟嘉可是赫赫有名的征西大将军，且比他的曾祖父陶侃更兼文韬，正是从小长在这位文武双全的前辈身边，他修得了儒家的"猛志逸四海"，也濡染了道家的"性本爱丘山"。他爱丘山的自然，于是有了将军兼名士的外祖父的任意与率性："行不苟合，年无夸矜，未尝有喜愠之容。好酣酒，逾多不乱；至于忘怀得意，旁若无人。"

苏轼说陶诗"质而绮，癯而实腴，自曹、刘、谢、李、杜诸人皆莫及之"；朱自清说"中国诗人影响最大的是陶渊明、杜甫、苏轼三家，东坡在三四之间"；鲁迅说他是"中国文学史上的头等人物"；然而这些，说的都不过是文学，是艺术，是风格，是才华，没有一个人说进了他的骨髓，全天下唯有把自己扔进昆明湖"义无再辱"的王国维，才真正说到了他之所以是"头等人物"的根子上："若无文学之天才，其人格自足千古。故无高尚伟大之人格，而有高尚伟大之文学者，殆未之有也。"当然，王国维还是将四子并列："三代以下诗人，无过屈子、渊明、子美、子瞻者。"

我本楚人，最怜屈子对楚国的哀吟；我本百姓，最敬杜工部对百姓的忧思；我本天真赤子，最羡东坡先生对世间万物的超凡脱俗。但这统统都不能替代我最爱陶渊明的清洁和高傲，他的清洁是真的，他的高傲也是真的，乌纱一扔，银锄一扛，与只在嘴巴上说"安能摧眉折腰事权贵"，身子却去给最大权贵的娘娘写"云想衣裳花想容"的李白们的清高，"嘶啦"一下子区分了开来。至于也称田园派诗人的代表，牵着玉真公主的裙带走近天子的王右丞，从诗朋的床底下钻将出来向玄宗献诗的孟夫子，那就更是两码事了。

　　站在田埂上观刈麦，望着菜园子悯农的田园诗人，与年成不好儿子被饿死的田园诗人，是田里和园外的两种诗人。因此如限我天下诗人独爱一人，我爱渊明。渊明若在，这篇文章的标题庶几他会与我商榷：辞兮，何称陶令？

原载 2021 年 5 月 26 日《三峡晚报》

吴光辉

梦断咸阳古道（节选）

一

这是一个用宋词才能尽情描绘的悲凉苍远的意境。

在北宋天圣四年（1026 年）的这个深秋晚景里，正隐隐地透露出一股忧伤的气息，只见苏北治水工地的四处，冷风萧瑟，寒烟叠翠，碧蓝色的天空覆盖着枯叶飘飞的大地，一阵紧过一阵的秋风席卷而来，将远处苍茫的海水笼起了一片寒凉的烟雾。

这碧天、黄叶、西风和寒烟全都汇于一处，有意给范仲淹传送着一个令他悲痛欲绝的噩耗。

果然，这天傍晚，驿站送来了范母病逝的丧信。

顿时，一股巨大的悲痛就像海潮一般向他奔涌而来，瞬息之间便淹没了他的整个人生，他的脑海里只剩下自己在母亲生前许下的那个诺言。然而，母亲今天带着自己这个没有兑现的诺言永远地去了。想到此，他不由地朝着北方的方向双膝落地，久久地跪倒在那片沙土工地上。

秋风已残，风沙无限，天地渐暗，悲泪沾长衫。

　　四周站满了全身泥垢的民工，大家全都为他如此伤痛而叹息。站在他身边是好友滕子京，自然明白他无限悲痛的缘由，便劝他放下水利工地的所有事务，赶紧回去给亡母奔丧。

　　范仲淹泪眼婆娑地望着这条初见雏形的大堤，再看那成千上万的民工，一股咸涩的泪水便涌出了眼眶，哽咽着对滕子京说："如有事故，我愿独担其咎！"

　　滕子京明白他这话的意思，他是宁愿自己承担任何责任，也要完成筑堤工程。

　　五年前，范仲淹被调来苏北西溪（今江苏省东台市西溪镇）任盐仓监（负责海边盐场的生产储运）。他到任后发现海潮倒灌成为盐场的主要灾患，滚滚海潮席卷楚州（今淮安）、泰州、扬州各大盐场，冲毁盐灶，毁坏房屋，也冲毁了原有通往运河的运盐河道。对此，范仲淹忧心如焚，决心修一条捍海长堤。他便将自己的这个想法，告诉时任泰州司理参军（掌管刑讼案件审理）的滕子京，并且得到了江淮漕运副使（江淮运河运输副总指挥）张纶的支持。天圣元年(1023 年)，经张纶的举荐，朝廷提升范仲淹为兴化县令，参与负责这条长达一百多公里的海堤修筑。后来，范仲淹又被调至楚州任监粮科院（负责粮食储运），以便让他能够随时调用国库粮草，为这项浩大的工程提供后勤保障。

　　然而，开工就遇不顺，因为海潮突至，一下子吞没了来不及撤离的上百个民工。对此，范仲淹在《宋故卫尉少卿分司西京胡公神道碑铭》中这样记载道："雨雪大至，潮汹惊人，而兵夫散走，旋泞而死者百余人。"这个事件却被人抓住了把柄，谎称死人上千，并且上奏朝廷，使工程被迫停工。不久，朝廷委派淮南转运使（负责淮南运河运输的总指挥）胡令仪前来查勘实情。幸运的是这位胡令仪深知海堤修筑的重要性，察看之后与张纶联名上奏朝廷，力主继续修堤挖河，经过皇上的批准方才重新开工。

范仲淹为民请命，修筑的这条捍海长堰，后来被苏北的百姓敬称为"范公堤"。宋咸淳五年（1269），两淮制置使李庭芝又利用范公堤下的河道，开浚成了串场河，修建成了运输海盐的运河，使之成为通京运河的一条支流。

眼下，这个浩大的水利工程经过一波三折，刚刚恢复施工，范仲淹却又接到了母亡的噩耗，这使他不得不再次离开他日夜操劳的工地回家守孝。

这时，秋天的太阳坠落在西边的荒野，天愈加黯黑起来了。

泪的尽头便是无泪，忧的极致便是无言。范仲淹久久地望着远处灯火阑珊的工地一直默默无语，最后又想起自己对母亲的那个承诺，便再也忍不住嘶哑地痛哭道："我对不起母亲呀！"

亡母祭，秋风泣，难诉哀思。

一阵海风刮过，生硬而咸涩，就像是一把蘸过盐水的刀，刮在人的脸上让人感到刺痛和干裂，刮在范仲淹满是泪痕的脸上更是让他感到刺骨的心痛。

二

中原的霜下得很厚实，犹如白雪一般覆盖在旷远广袤的山川平原。

应天府宁陵县（今河南省宁陵县）郊外的一片旷野上插满了白色的挽幡，昨夜下的这场秋霜，似乎有意为这片新坟披上一层白色的孝。

新坟是祀，白霜如祭，一缕缕青烟都是忆。

白色的挽联、挽幛插在坟地的两端，黑色的灵柩前供奉着香烛、祭品、白酒、纸箔。儿子们戴着孝帽在坟地前为亡母作最后送别。坟穴已经挖好了，一位老者摇动起引魂幡，念起了指路经。

老母亲经历了人世间所有的悲苦艰辛，就像是一盏油灯终于熬到了油枯灯尽的时刻。

范仲淹和几个兄弟一齐长跪在坟穴前，不时地对着墓穴叩着头，烧着纸钱，敬献着祭酒。

愁肠断，无由碎，酒未到，先成泪。

据《宋史》记载："仲淹二岁而孤，母更适长山朱氏，从其姓，名说。……既长，知其世家，乃感泣辞母。举进士第……改集庆军节度推官，始还姓，更其名。徙监楚州粮料院，母丧去官。"

范仲淹的身世十分悲苦，两岁时他的父亲就病逝了。母亲谢氏便将他父亲的灵柩护送至苏州，并葬于范氏祖茔。他们孤儿寡母就在附近的一座尼姑庵内守灵。这时，范氏家族对他们孤儿寡母不闻不问。无依无靠的谢氏迫于生计，不得不带着范仲淹改嫁给了朱姓。范仲淹发奋苦读考中进士之后不久，回到苏州要求重归范氏家族，却遭到了族人的拒绝，生怕他回来争夺家产。无奈之下，他作出了"只求复姓，别无他寄"（《范仲淹传》）的承诺，这才恢复了范姓，并且改名仲淹，字希文。

范仲淹在 23 岁时得知自己的身世之后，坚决辞别了母亲，外出独自谋生。临行前对母亲承诺说："十年为期，必来接母赡养。"然而，他考中进士之后在外地做了九品小官，四处漂泊，根本无法将母亲带在身边。他只得在宁陵的"职田"（朝廷分配的土地）上新建了家园，然后将母亲及三个朱姓弟弟（此时继父已病逝）接来新家生活。

可是，母亲去世之后的归属，也就成了他内心深处的一个难解之结。因为封建社会的女人一旦改嫁，就无法葬入原配夫家的祖坟，而葬回娘家，则是休妇的待遇，更是低人一等。无奈之下，范仲淹只好先把母亲暂葬于宁陵。

风幽咽，水凄清，天苦寒，一声声悲秋是长叹。

面对着母亲的亡故，面对着这样的秋景，愧疚，无奈，悲痛，各种情绪交织在一起，让范仲淹痛苦万分，久久不能从痛苦之中解脱。

这时，他泪眼婆娑地看着亡母的棺木被安放在墓穴之中，便不顾一切地扑上前去，移开棺盖，再最后一次看一眼瘦骨嶙峋、满脸沧桑的亡母遗体。他心里明白，母亲这时的年龄只有六十四岁，就是因为操劳过度，才会这样过早地离世。母亲的离世使范仲淹当年许下的诺言，也就再也无法兑现了，这使他感到异常的愧疚。他想到这里，再也克制不了自己的情感，双手紧紧地抓住棺盖不放，失声痛哭着呼唤起母亲来。然而，亡母再也不能答应他了，眼前那广袤的原野也就变得一片模糊。

后来，他被人强拉过去，一锹一锹的黄土便慢慢地垒成了一座小小的坟。

送葬的纸扎、轿马、白幡，在土坟前开始焚烧起来了。坟前的引魂灯在秋风中不停地跳跃着，坟后的柳魂枝随着寒风也在不停地摇摆。

西风稠，寒侵袖，孝难酬，孤坟哭别，唯有涕泗流。

三

汴河醉，西风碎，一行伤心泪，化作东流水。

景祐三年（1036年）8月的夏风已经透露出了些许的清凉，开封城的南门在清晨的钟声里徐徐打开了，从中缓缓地走出年近半百、头发花白、脸颊清癯的范仲淹。只见他穿着一身破旧的青色长衫，牵着一头雇来的瘦马，马背上驮着两捆旧书和一把古琴，正有气无力地向前迈动着它的四蹄。一阵晨风从城外肆无忌惮地刮来，将他头上的乱发和身上的旧衫刮得一同飘飞起来。

他停下了脚步，站在城门口的汴河虹桥上，转过身来回望着这座大宋的国都，不由地长叹起来，两滴老泪也就止不住怆然而下。

南门外一片寂寥，只有几只晨起的乌鸦在嘶鸣。

他推测肯定不会有人出城给自己送别了，一种世态炎凉的感情顿时涌上了他的心头。

好梦废，青衫泪，马蹄声碎，满眼都是悲。

就在他仰天长叹之时，突然听到有人在唤他："范公留步！范公留步！"他回过头来，擦干泪水，循声望去，却是一位老者，只见此人衣冠不整，满脸苍白，上气不接下气地奔了过来，执意要将范仲淹一直送到十里长亭。

范仲淹洒泪伴着老者一路前行。

他这是第三次被宋仁宗贬出京城了，过去两次还有人出城相送，这一次居然只有这位并无多少深交的老者给自己饯行。到了长亭他接过长者斟满的浊酒，想到自己这些年在官场上的三次沉浮，便对老者说："宁为鸣死，不为默生！"（《灵乌赋》）说罢一饮而尽。

老者听他这么一说，向他深深地弯下了腰，对着他鞠了一躬。老者是被他刚正不阿的品德所折服。

早在天圣五年（1027 年），范仲淹在母亲去世在家丁忧之时，就针对宋朝当时冗政弱军，边防空虚，而西夏国力日盛，虎视眈眈的形势，上书了《上执政书》，洋洋洒洒万言，提出了改革朝政的方案。结果，这份改革纲领性文件石沉大海。对此，苏轼称赞范仲淹"不仅忧亡母而有忧天下之心"。

天圣六年，范仲淹服丧结束，经过晏殊的推荐，荣升秘阁校理（皇上文学侍从）。当时仁宗皇帝已满二十岁，但朝中各种军政大事，仍然还由年逾花甲的刘太后一手包揽。天圣七年冬至，太后竟然要让仁宗皇帝和百官一起，在前殿给她叩头庆寿。对此，忧国忧民的范仲淹上书朝廷，要求太后停止这一错误做法，接着又提出刘太后撤帘罢政，将大权交还仁宗。结果因他"妄言朝政"而被贬离京城。这次被贬时，有几个同僚送他到城外的十里长亭并且支持他说："范君此行，极为光耀！"

在第一次被贬期间，他做了一件重要的事情。他曾拜谒唐代名相姚崇的坟墓，因为姚崇和范仲淹有着相似的人生经历，姚崇也是早年丧父、母亲改嫁。后来姚崇就将他母亲安葬在了伊川的万安山下，姚崇死后也随母归葬于此。这给了范仲淹启发，于是，在母亲去世5周年之际，他也把母亲的灵柩移葬至伊川的姚崇墓园的附近。这便是范仲淹在第一次被贬后给亡母找到的归宿。

范仲淹第二次被贬是在景祐元年（1034年）。这一次，范仲淹因进谏阻止宋仁宗废郭皇后，结果被逐出京城。这次为他饯别的人已经不多了，但仍有人举酒赞许说："范君此行，愈觉光耀！"范仲淹第三次被贬的原因，是因为他绘制了一张百官图呈送给宋仁宗，建议宋仁宗对重要官员的任命，决不能全都交给宰相吕夷简。如此一来，范仲淹就得罪了位高权重的首辅大人。结果被扣上"离间君臣关系，在朝中勾结朋党"的罪名，将他贬出了京城。这一次已经没人敢来为他送别了，只有这位老者前来。临别时老者对他说："范公此行，尤为光耀！"

范仲淹苦笑道："仲淹此行，已经三光矣！"

此时此刻，他自然知道自己这次被贬会有什么样的后果，他在出城之前就被抄了家，没收了所有财物，妻子李氏被惊吓之后一病不起。

亡母之悲，亡妻之哀，贬黜之苦，全都化作忧伤泪。唯有一袭青衫、一卷诗书、一把古琴相随。

最后，范仲淹取出那把古琴，弹了一曲《履霜》，这才挥泪而去。

古道，西风，瘦马，断肠人去天涯。

四

夜风清，落叶零，寒鸦惊，孤老沉病。

皇祐四年（1052年）5月19日，范仲淹彻夜未眠。他的病情格外地严重起来了，一夜不停地咳嗽，已经咯出了一摊一摊的鲜血，全身也已剩下最后的力气，咳嗽伴随着哮喘使呼吸变得十分的困难。他已经坐不稳了，只得斜躺在病床上，用颤抖的手写着他给宋仁宗的最后绝笔《遗表》。

那盏徐州驿站的油灯随着夜风在不断地飘忽着，就像他风烛残年的生命已经到了最后的时刻，随时都会灯枯油尽。

几个月前，他被贬出京城之后，身体便每况愈下，走到青州时病情就加重起来了，他在给宋仁宗上书的奏折里写道："去冬以来，顿成羸老，精神减耗，形体羸弱。"他被贬往颍州走到徐州时，就进一步恶化不能再往前行了。自此，他已经感觉到来日无多，也就开始苦撑着写起了这篇《遗表》。

他回顾自己一生几次被贬"大忤贵权，几成废放"，眼下已是"气将去干，冥冥幽壤"。唯一的希望就是"伏望陛下调和六气，会聚百祥……制治于未乱，纳民于大中"。这是他最后一次向皇帝表达自己至死不渝的庆历新政的政治理想。

当他将这篇《遗表》写好后，一边剧烈地咳嗽着，一边取过那架古琴，用尽自己最后的力气，弹起了他一生的最爱《履霜曲》，一声凄楚的琴音便从弦上滑落开来。

他便是以琴声抒发自己的千古忧情，凄楚，空灵，揪心。

据陆游《老学庵笔记》载："范文正公喜弹琴，然平日只弹《履霜》一曲，时人谓之'范履霜'。"这支《履霜曲》相传西周吉伯奇公所作，表达他在野外踩着寒霜，悲叹自己无罪而被逐的心态。此外，范仲淹的祖籍在咸阳邠州，他的先祖是唐朝宰相范履冰，名字"履冰"和这支古曲"履霜"意义相似。因此，范仲淹一生爱琴，却仅弹《履霜》一曲，表面上便是这两个原因，而实质上则是寄托了他对宋朝软弱的忧愁和对大唐盛世的向往。

古曲能断肠，何处话凄凉。却难解愁，终是难忘。抚一曲千年古琴，沉醉了一生忧伤。

范仲淹在生命的最后时刻弹起这支悲曲时，肯定是泪如雨下，泣不成声了。

直到这时，他还在为西夏的不断入侵而忧虑，还在因为母亲改嫁自己改姓而无法叶落归根回到故乡在忧伤。为国忧患，为家忧虑，便是范仲淹一生始终萦绕不散的"双重忧情"。范仲淹心中的这些忧情一直到临死也无法排解，只得万般无奈地带着这千古之忧，悲痛地离开这个世界。

在咽下最后一口气之前，他觉得不能让亡母之墓变成无人祭扫的孤坟，便决定留下遗嘱，将自己也葬于伊川万安山，让他完成自己生前对母亲的那个承诺，在地下永远地侍奉母亲。自此，他死后就再也无法回归他的故土咸阳了。

当他合上双眼的时刻，他的脑海里肯定出现了"箫声咽，秦楼月，西风残，汉陵阙"的故土景象，肯定想起了那句大唐名言"乐游原上清秋节，咸阳古道音尘绝"，他肯定是在叹息声中咽下了最后一口气。

事实上，范仲淹的忧虑不是没有根据，就在他死后仅仅75年，北宋就宣告灭亡，咸阳果真沦陷，紧接着宋将杜充掘开黄河以挡金兵，导致黄河全面夺淮，洪水便冲毁了江淮运河，也冲毁了范仲淹当年修筑的范公堤。

在这种情况下，范仲淹只能是梦断咸阳古道，只能是魂断盛世大唐了。

原载《散文百家》2021年第5期

张
鸿

汉子，站成了各自的位置

多年前，我行走至江西铅山的鹅湖书院，将我头脑中模糊的有关朱熹的点点滴滴，一步步地落到实处。

宋朝建炎四年（1130年）九月十五日，朱熹出生于福建剑州尤溪县城水南郑义斋馆舍（今南溪书院）。13岁时其父身故前将朱熹托付给好友刘子羽，并请刘子羽的弟弟刘子翚教养。尤溪往西北，穿过武夷山，就进入了江西境内，第一站就到了铅山。铅山石塘祝可久与朱熹的义父刘子羽、老师刘子翚是郎舅关系，于是，朱熹跟着老师常常行走于闽赣两地，束发之年，他在铅山的石塘读书，他的字号"元晦"是在石塘读书时老师刘子翚给取的。意为：树木的根深藏土中，春天枝叶就会越繁茂；人的内涵越深厚，其精神越清爽，内心也越强大。中年后，朱熹觉得"元"太大，便谦虚地改为"仲晦"。后因守制时在母庐墓建了一间书房，又号"晦庵"。晚年，自称为"晦翁"。

朱子几十年的生涯，也任职过一些地方官，但主要精力是用于研究儒学，完成了儒学的复兴，成为孔子、孟子之后中国伟大的思想家，是新儒学（又称理学、道学）的集大成者。历史学家钱穆先生认为，在中国历史上，前古有孔子，近古有朱子，此两人，皆在中国学术思想史及中国文化史上发出莫大声光，留下莫大影响。在宋宁宗庆元初年（1195），南宋朝廷内部党同伐异的斗争不断升级，权相韩侂胄为了打击政敌，发动了反对道学的斗争，称道学为"伪学"，对朱熹等人进行打击，并逐渐演变为重大政治事件，史称"庆元党禁"，当然韩侂胄也是一个颇有争议的历史人物。66岁的朱熹被削去所有职务，回到了他的福建老家避难。回到老家的朱熹一刻也没有闲着，辗转闽赣两地，讲学会友。庆元三年，他经顺昌、南剑州、古田、寿宁，来到地处闽东的长溪县，就是现在的霞浦长溪。听闻老师来到长溪，同样因为"党禁"之祸避在老家的学生杨楫专程到长溪赤岸迎接老师到了福鼎潋村自己的家中，并在杨家祠堂设书院请朱熹讲学，杨氏在当地是一个大家族，朱熹在此安心度过了大半年时间。福鼎因为朱熹的到来，便有了两处风雅之所——石湖书院和一览轩。嘉庆《福鼎县志》云："自朱子流寓讲学以来，（福鼎）名儒辈出，民愿俗淳，忠孝节义史不绝书，理学文苑后先辉映，允称海滨邹鲁。"

再大的伟人也要有生活，就如苏轼，纯然是一个文学家、艺术家、生活家，而身为思想家、哲学家的朱子同样也是一个艺术美学家、生活美学家，在福鼎当然会留下生活的细节点滴让百姓铭记。

福鼎有一道经典老菜叫"澎海"，可不要想当然地以为这是一片海或是一个地名，这菜名相传就是朱熹命名。话说朱熹在福鼎避难期间，经常和杨楫、高松等穿梭于太姥山区的潋村、桐山及黄岐等地，夏日的一天，他来到了海边黄岐，由于道路崎岖不平，走起路来特别费劲。朱熹年事已高，再经一天奔波，已经筋疲力尽，虽然饥饿难耐，但是什么都吃不进去。此时弟子高松建议说："何不煮一碗鱼汤给先生充饥？"但由于正是台风季节，数日来海上风大浪高，未能出海作业，家中没有活鲜，仅剩下一小块黄鱼肉。女主人就用这一小块鱼肉，切成丁，加上鸡蛋清，勾上芡，煮了一碗羹汤。说来也怪，朱熹食用了这碗热气腾腾、看似海浪翻滚的鱼羹后心旷神怡。面对大海，一阵风来，他心潮像海浪一样澎湃，连续写下两个"澎湃"，而第三个却写成"澎海"。"澎海"就成了这碗羹的名字。

几百年来，在福鼎，澎海这道羹不但被保留了下来，而且越来越讲究，除了可使用各种普通鱼类外，还有较为贵重的鱼翅、鱼唇、海参、螃蟹肉、干贝等。澎海成为福鼎的一道经典美食，凡是婚宴、寿宴、乔迁酒等各类宴席上都要上澎海，而且往往是第一道。正如福鼎人对太姥山、对白茶的感激一样，"澎海"凝聚了对朱子的纪念与感怀。

我们想想，朱熹在遭受迫害之时，于天姥山下，海边的一个小村子，端着一碗想尽办法才煮好的鱼羹，他内心是一种什么样的情感？为何心潮澎湃？也许，我们就能理解这所有一切了。

"澎海"究竟是不是朱子所命名，不重要，重要的是福鼎人的真诚与朴实、宽怀与感恩，这是美好人性的根本。这不光令几百年前的朱子心潮澎湃，也让如今的我们心怀感念。

从地理位置来看，太姥山北望雁荡，西眺武夷山，三者成鼎足之势，但雁荡、武夷地处通衢，声名远扬，而太姥僻居海隅，知之者鲜。历史是后人写就的，太姥山的传奇也自然如此，说是尧时老母种兰于山中，逢道士而羽化仙去，到汉武帝时，派遣了侍中东方朔到各地授封天下名山，太母山被封为天下三十六名山之首，并正式改名为太姥山。闽人称太姥、武夷为双绝，浙人视太姥、雁荡为昆仲。那我们就信之。

大自然的造化，云雾、奇石、山洞、变幻的光线给太姥山增添了无尽的隐秘，"随人意所识，万象在胸中"。有关太姥山的传说数不胜数，崖壁上刻着的"萨公岭"三个字引起了我的兴趣，这内里一定有故事。我喜欢人中有景，景中有人的现实存在。

蜿蜒而上的萨公岭长约 1500 米，是上山的必行之路。萨公即中国近代海军之开创者萨镇冰，福州人。1929 年，他 70 岁时游览太姥山，感觉上山之路陡险崎岖，行人行走不方便也不安全，便募捐经费，倡修这条石级步游道。之后，他也没有再来过。为了纪念他，从此，这一段宽为一人通行的曲折小路，就成了民国诗人卓剑舟笔下的"雁影白横天际路，日光红涌海门潮"了。

说到萨公镇冰先生，故事就要一直往前回溯。清末时乱世，清军不惜重金置办的"新武器"——海军，船炮是"师夷长技以制夷"，第一批海军人才也是送到海外培养出来的。出生于 1859 年的萨镇冰就是首批海军留学生，他出身于著名的福州萨氏家族。萨氏家族是中国的一个名门望族，来自遥远的西域，元代史籍将他们作色目人，根据色目人的源流，不少学者将萨氏当作回族，但萨氏在元代已经蒙古化。

光绪六年(1880 年)，萨镇冰从英国学成归国，在"澄庆"舰担任了一年的大副后就到李鸿章在天津创办的北洋水师学堂担任教习，他刻苦、严格、自律，坚守不贪财的立场，他曾说："人家做船主，都打金镯子送太太戴，我的金镯子是戴在我的船上。"

可惜，清朝的海军强国梦经过甲午海战一役就破碎了，就连好不容易培养出来的一干将领也不得"善终"，朝廷把福建籍的海军将领全部革职遣返。很快，随着西方列强一次次展示何为船坚炮利，清朝终于还是认识到没有海军是万万不行的，于是在戊戌变法之后开始重振海军。萨镇冰复职启用，被委任为筹备海军大臣和海军提督。

雄心犹在的萨镇冰决定利用自己的所学大展拳脚好好整治海军，对所辖海军进行大刀阔斧地改革，建立起统一的指挥系统，统一官制、旗式、军服、号令，还两度游历欧洲，订购新舰。这是中国近代第一次用比较完整和科学的方式组建和管理海军，大大提高了海军在清朝军队中的地位。

世事的发展由不得萨镇冰控制。1911 年 10 月 10 日武昌起义爆发，时任海军提督的萨镇冰奉旨前去布防。起义军民作战勇敢、不怕牺牲以及百姓积极配合的场面，极大地震撼了他，他说："自从当兵以来，没有见过如此壮烈的场面，可见大清朝廷已经失去民心很久了！"此后，曾是萨镇冰学生的革命军总督黎元洪给他写了三封信策反，虽然萨镇冰在回信中以共和政体不适合中国国情为借口推脱了，但是明确表示了不忍心见到同胞相残，不愿与革命军为敌。是忠于朝廷还是体恤百姓？他在挣扎，很快萨镇冰做出了独自弃舰出走的决定，出走之前他用灯语示知停泊的各军舰："我去矣，以后军事，尔等各船艇好自为之。"紧接着，他的麾下宣布起义。

萨镇冰的弃舰出走以及他所辖海军的起义对清王朝的打击是一记重锤，这对中国历史的走向也产生了不容忽略的影响。很快，旧王朝结束，新的时代开始。民国时期，萨镇冰出任过海军临时总司令、海军总长以及福建省省长等职。1949 年解放前夕，蒋介石邀请他逃往台湾，年届 91 岁高龄的萨老拒绝了，他留在了大陆走上和中国共产党合作的道路。

美景看在眼里，故事记在心上。这一条小路，与萨镇冰人生所走的路是一致的，虽为曲径但实为通幽，温和、亲民，才是萨公为人处世之原则。

福建人、著名诗人汤养宗在他的有关太姥山的诗中所写："天下最有硬度的汉子们，在苍穹下 / 站成了各自的位置，像在服从 / 一次集体的命 / 又毫无知觉地 / 放弃了作为肉身的念头，一场哗变成之后 / 变成一种陡峭，成为白云的遗言。"这是天姥山巍峨的山石的写照，也是闽地代有人杰的写照。

原载《海外文摘》2021 年第 8 期

岁月

冯雷

寻访李大钊在北京的足迹

五四运动后，以北大学生为核心，少年中国学会、马克思学说研究会先后在北京成立，1920 年 10 月北京共产主义小组成立，不久小组又改组为中国共产党北京支部，同时还建立了社会主义青年团，党在北京的早期组织真正建立了起来。在这个历史过程中，李大钊发挥了不可替代的重要作用。从 1916 年北上办报到 1927 年慷慨就义，除却出访和避难，李大钊生命中最后的十年，也是最为浓墨重彩的十年都是在北京度过的。在中国共产党成立 100 周年之际，让我们穿行在北京的街市胡同里，寻访李大钊的红色遗迹。

"索我理想之中华，青春之中华"

1903 年，22 岁的鲁迅吟得"灵台无计逃神矢，风雨如磐暗故园。寄意寒星荃不察，我以我血荐轩辕"（《自题小像》）。1916 年，20 岁的郁达夫口占道"茫茫烟水回头望，也为神州泪暗弹"（《席间口占》）。他们为民族、国家的前途而感到深深地忧虑。同时代正值青春的李大钊在想什么、做什么呢？

　　1916 年 7 月，刚刚从日本归国、时年 28 岁的李大钊应朋友的邀约北上进京办报，经过一段时间的休整之后先在皮裤胡同安顿下来。今天知道皮裤胡同的人恐怕不会太多，而曾经路过皮裤胡同的人想必不在少数，试问北京城里谁没有去过西单的君太百货和大悦城呢，皮裤胡同就夹在这两座商城之间，而熙熙攘攘的人流中，知道李大钊曾暂住在皮裤胡同的恐怕是寥若晨星。的确，因为大规模的城市改造，现在人们已经无法确定李大钊是住在皮裤胡同的哪个宅门里了。

　　此番进京，李大钊似乎显得踌躇满志，他将新生的报纸命名为"晨钟"。在报纸的创刊号上，和许多热忱的爱国者一样，李大钊写道："外人之诋吾者，辄曰：中华之国家，待亡之国家也；中华之民族，衰老之民族也。""过去之中华，老辈所有之中华，历史之中华，坟墓中之中华也。"而"今日之中华，犹是老辈把持之中华也，古董陈列之中华也"。李大钊将振兴国家命运的希望寄托在青年人身上，他说"中华自身无所谓命运也，而以青年之命运为命运"，"青年不死，即中华不亡"，"国家不可一日无青年，青年不可一日无觉醒"，他热切地期待着"振此'晨钟'"，"发新中华青春中应发之曙光"，"索我理想之中华，青春之中华"（李大钊：《〈晨钟〉之使命》）。在两个月的时间里，李大钊写了许多以"青春""青年"为关键词的文章，例如《青春》《〈晨钟〉之使命——青春中华之创建》《新生命诞孕之努力》《奋斗之青年》，这与陈独秀创办的《新青年》是声气相通的，更与他初次进京时的幻灭、忧虑形成鲜明的对比。

　　其实早在清帝退位不久的 1912 年至 1913 年间，李大钊便曾为寻求报国之路而几次进京。或许是因为"城头变幻大王旗"的时局使然，或许是因为法政专业的熏陶使然，从早期的诗文创作来看，李大钊对社会问题、政治问题体现出浓厚的兴趣。民国初年党派林立，李大钊一度还曾加入过中国社会党。然而仅仅过了半年多，身边的好友惨遭杀害，投身的政党也被查禁解散，李大钊也不禁感到彷徨、失落而"羡慕一种适于出世思想的净土社会生活"（李大钊：《我的自传》），这同李大钊一贯的气质、作风是极不相符的，可谓是心情极其低落的表现。1913 年，李大钊开始筹划东渡日本求学，启程前夕孙中山、黄兴发动了"二次革命"，李大钊忧心忡忡地写道："班生此去意何云？破碎神州日已曛。去国徒深屈子恨，靖氛空说岳家军。风尘河北音书断，戎马江南羽檄纷。无限伤心劫后话，连天烽火独思君。"（李大钊：《南天动乱，适将去国，忆天问军中》）忧国忧民之情与风华正茂的鲁迅、郁达夫如出一辙。旅居日本期间，李大钊一方面积极探索救国真理，另一方面坚持从事反袁斗争，并且因此耽误了学习被早稻田大学以"长期欠席"为由除名。

值得一提的是，1916 年初，李大钊曾在东京郊外高田村的月印精舍住过一段时间，巧的是 1921 年田汉也住进了这里。我在东京时对现代旅日文人的历史遗迹很感兴趣，曾专门到过去的高田村、现在的高田马场一带去寻访、凭吊一番，然而和在皮裤胡同里一样一无所获。是意料之中的失落吗？那一刻我也说不清，只是不由得想起陶渊明的名句："精卫衔微木，将以填沧海。刑天舞干戚，猛志固常在。"前辈同胞的行迹已经烟消云散，但是他们救亡图存、矢志报国的气场却似乎还盘亘在历史的角落之中。

"什么是新文学"

北京地铁四号线菜市口站东南出口背后有一座非常残破的二层小楼，有资料说这里是民国时期老便宜坊所在地。搬进皮裤胡同的当天，李大钊约了几位朋友相聚在老便宜坊，一来算是庆祝乔迁之喜，二来也讨论一下下一步的生计。和今天许多初到北京的年轻人们相似，李大钊的生活委实不易。因为人事方面的原因，李大钊在《晨钟》报的工作并没有持续多久，后来他又相继参与过《宪法公言》和《甲寅》，直到1918年元月接替章士钊担任北大图书馆主任，生计才逐渐稳定下来。另一方面，9月7日住进皮裤胡同，10月30日便又到现在的光明胡同一带看房，看来皮裤胡同并不相宜。转过年来，李大钊在朝阳门的竹竿巷度过了春节，因为张勋复辟，1917年7月李大钊避居上海，直到11月才返回北京，这时竹竿巷的房子里已经搬来了新房客——胡适。待到在北大任职之后，李大钊把妻儿也接到北京，一家人团圆在回回营2号。现如今，竹竿巷、回回营也早已不是当年的模样了。

两年的时间里，李大钊在北大声誉日隆。1920年7月李大钊被聘为教授，10月份进入北大的领导核心——校评议会，评议员由教授们互相推选产生，人数不多，且每年改选，李大钊连续4年当选，票数逐年增加，到1923年时，所获的票数比名满天下的胡适还多出11张。而回想刚到北大任职时，因为没有完成早稻田大学的学业，李大钊曾受到一些守旧学究的轻视，章士钊回忆说"浅薄者流，致不免以樊哙视守常"（章士钊：《李大钊先生传·序》）。假如不是时任校长蔡元培力倡"思想自由，兼容并包"，李大钊恐怕是难以进入北大的。也同样是因为蔡元培的开放和宽容，陈独秀、胡适、钱玄同、刘半农以及鲁迅等新文学的干将先后加盟北大，使得北大成为引领新文学风气之先的堡垒。李大钊早年用文言写得一手好文章，章士钊曾盛赞为"温文醇懿，神似欧公"。受到陈独秀、胡适等人的影响，从1918年开始李大钊改用白话文写作。李大钊与《新青年》同仁的关系非常密切、融洽。鲁迅曾回忆说李大钊留给他的"印象是很好的，诚实，谦和，不多说话。《新青年》的同人中，虽然也很有喜欢明争暗斗，扶植自己势力的人，但他一直到后来，绝对的不是"（鲁迅：《〈守常全集〉题记》）。李大钊虽然并不专事文学，但从 1918 年开始他也发表了一些白话短诗。并且，他还在文章中提出"什么是新文学？"在他看来，"我们所要求的新文学，是为社会写实的文学，不是为个人造名的文学；是以博爱心为基础的文学，不是以好名心为基础的文学；是为文学而创作的文学，不是为文学本身以外的什么东西而创作的文学"（李大钊：《什么是新文学》）。李大钊讲"为文学而创作的文学"，并不是像唯美主义那样主张生活应该模仿艺术，而是他秉持启蒙主义立场，非常看重文学介入现实的能力。人力车夫是当时社会常见的行当，胡适、沈尹默、鲁迅、郁达夫、闻一多等都写过表现人力车夫悲惨生活的作品，但大多并未深入到这些引车卖浆者之流的实际生活中去，1938 年何其芳在《坐人力车有感》中便写道："坐在车子上，让别人弯着背流着汗地拉着走，却还有什么感想，而且要把它写出来——真是可耻笑的事。"比新文学同仁都要早，在 1917 年 2 月李大钊便发表过一篇《可怜之人力车夫》，除了怜悯体恤之外，李大钊提出了不少切实的措施来保护人力车夫，可以说正是李大钊启蒙主义文学观的体现。

李大钊民主主义的思想底色以及他对青春中华的热切期盼都使他成了五四新文化运动重要的助产士。李大钊自幼便受到儒家学说的熏染，在日本留学时又受到大正时期民本主义思潮的影响，民国初年动荡的时局使李大钊对平民大众苦难的生活有着更加真切的体会与同情。《民彝与政治》是 1916 年李大钊归国前完成的一篇代表性论文。"彝"者"宗庙常器"也，《诗经·大雅·烝民》里说"天生烝民，有物有则。民之秉彝，好是懿德。""民彝"就是"民法""民纲"的意思。李大钊认为为治之道应该顺应、尊重民彝，统治者绝不能出于自信而越俎代庖替民众做出选择，否则就会动摇民本。李大钊的"民彝政治"体现了他对现代民主精神的追求，但在肯定民众的主体地位时，李大钊是从中国文化传统中来寻找理论依据的，而不是复述照搬西方的政治理念。这其实体现了他将现代政治理论中国化的意识。李大钊引用《尚书》强调民彝是民宪的基础，信任民彝、昭彰民彝是时代的精神，其精髓则是"惟民主义"。惟民主义是由张东荪在《甲寅》上较早提出来用以翻译 Democracy（今译"民主"）的。由此也可见李大钊关于民彝政治的理想和"五四"信奉"德先生"的价值立场是深深相通的。

"试看将来的环球，必是赤旗的世界！"

天安门西侧的中山公园原叫"中央公园"，为了纪念孙中山，1925 年改名为"中山公园"。当时，中央公园是群众聚会、文人雅集常去的地方，李大钊也曾多次造访。

出于对底层民众的体恤，李大钊特别关注饱受战乱之苦的劳苦大众。1918 年 11 月第一次世界大战结束，中国以战胜国的身份沉浸在胜利的喜悦、欢腾之中。李大钊在中央公园演讲时则冷静地反思道："我们庆祝，究竟是为哪个庆祝？"（李大钊：《庶民的胜利》）他指出，大战的胜利是专制与强权的失败，是资本主义的失败，是民主主义、劳工主义的胜利，是全世界的"庶民的胜利"！他号召人们要积极创造劳工世界，主导世界的新潮流。也许是觉得演讲时的表达不够细致周全，很快李大钊又发表了《Bolshevism 的胜利》（Bolshevism，今译作"布尔什维主义"），将欧战的胜利归结为是人道主义、平和思想、公理、自由、民主主义、社会主义、Bolshevism、赤旗、世界劳工阶级的胜利。他把匈牙利、奥地利、德国、保加利亚的革命以及荷兰、瑞典、西班牙革命社会党的积极活动都看作是俄国式的革命。被"赤色旗到处翻飞，劳工会纷纷成立"的景象所鼓舞，李大钊以前不久赞颂 Democracy 的心情预言道："由今而后，到处所见的，都是 Bolshevism 战胜的旗。到处所闻的，都是 Bolshevism 的凯歌的声。人道的警钟响了！自由的曙光现了！试看将来的环球，必是赤旗的世界！"

1918 年 10 月，北大红楼落成，图书馆也随之迁往新址，整个一层几乎全被图书馆占去，21 个书库，6 个阅览室，足见规模之大。一层东南角连通的两间房是图书馆主任室，外间是会议室，里间则是李大钊日常办公的所在。也就在这个月，经杨昌济介绍，毛泽东到北大图书馆任助理员，和李大钊一起工作了四个多月。在《西行漫记》中，毛泽东还专门谈道："我在李大钊手下在国立北京大学当图书馆助理员的时候，就迅速地朝着马克思主义的方向发展。"（埃德加·斯诺：《西行漫记》）

1919 年李大钊在《新青年》第六卷第五、六号上连载发表了《我的马克思主义观》，他指出社会主义经济学优于个人主义经济学和人道主义经济学，"马克思是社会主义经济学的学祖，现在正是社会主义经济学改造世界的新纪元"。他把马克思主义拆分成历史论、经济论、政策论三个部分，认为各个部分对应的社会组织进化论、资本主义经济论、社会主义运动论分别是关于过去、现在和将来的科学理论。他还较为详细地讨论了马克思主义的唯物史观、阶级斗争学说和剩余价值理论。这是中国第一篇较为系统地介绍马克思主义的文章，标志着马克思主义在中国的传播进入新的历史阶段，而且也是李大钊从民主主义者成长、蜕变为马克思主义者的思想证明。

1920 年初，经李大钊的介绍，毛泽东加入了少年中国学会。同年 3 月，李大钊在北京大学秘密组织起"马克思学说研究会"，同期，"平民教育演讲团"也受到李大钊号召知识分子到工农中去的影响，决定除城市之外要重视到乡村和工厂去开展活动，不久便选定了长辛店作为固定的活动地点。在李大钊的组织带动下，北大已经成为探索马克思主义的桥头堡。

在北大校外，石驸马大街后闸 35 号则成为进步青年们时时向往的地方。1919 年，李大钊的第三个孩子炎华出生，一家五口挤在回回营的房子里非常不便，于是在 1920 年 9 月搬到了石驸马大街，并一直住到 1924 年。石驸马指的是明朝顺德公主的丈夫石璟，他的官邸当年就在这一带。驸马府南门东西向的大街当时叫石驸马大街，民国时许广平、刘和珍等就读的"京师女子师范学堂"就在大街东头；北门的街道叫作石驸马后闸，宣统年间改叫"后宅"。20 世纪 60 年代中期北京整顿地名，为了纪念新文化运动，石驸马大街改为新文化街，石驸马后宅改称文华胡同。现在文华胡同 24 号院是北京城里唯一保留下来并且以李大钊故居命名的院落。院子在路南，所以在西北角开门，院子里没有南房，正房堂屋北墙上挂着李大钊手书的"铁肩担道义，妙手著文章"。正房东屋是李大钊、赵纫兰夫妇的卧室，为了适应赵纫兰的习惯，屋里还特意盘了炕。东厢房主要用作客房，瞿秋白、邓中夏、陈乔年、赵世炎、高君宇、张太雷、秦德君等都曾在这里借住。

院子里最重要的恐怕要属西厢房，那里是李大钊的书房兼会客室。1920 年 10 月，北京共产主义小组在李大钊的办公室宣告成立。同年 11 月底，北京共产主义小组改组为中国共产党北京支部，李大钊担任书记，并且根据上海党组织的经验和要求，李大钊还指导建立了党的外围组织社会主义青年团。党组织建立以后，李大钊多次在家中的西厢房召集会议，指导大家创办报刊宣传马克思主义、举办工人补习学校、成立工会性质的工人俱乐部，派人到郑州、天津、唐山、济南等地组织开展工人运动并建立共产主义小组，领导发动北方工农运动。据说开会期间，李大钊不准家人出入西厢房，唯有夫人赵纫兰被允许在正房窗户上观望西厢房里的情形，酌机进去添些茶水。

"国民革命的事业，便是我们的事业"

孙中山毕生致力于中国民主革命事业，但一次一次的失败，特别是护法运动的失败使他深刻地意识到帝国主义列强和国内的军阀都无法成为依靠的对象，而俄国十月革命的胜利则为他带来了启示与鼓舞，1918 年孙中山亲自向苏联和列宁表示了极大的敬意。据宋庆龄说，孙中山在 1919 年对李大钊就有所了解（宋庆龄：《孙中山和他同中国共产党的合作》，收入尚明轩、王学庄、陈崧编：《孙中山生平事业追忆录》）。陈炯明叛变之后，孙中山与苏俄、中共合作的愿望进一步加强，但由于政治理念的巨大差异，国共之间关于合作的具体方式还有不小的分歧。李大钊在促成国共合作上发挥了至关重要的作用。1922 年 8 月，他赴杭州参加中央全会，会议上马林关于共产党员以个人身份加入国民党的提议遭到了陈独秀、张国焘、蔡和森的反对，是李大钊冷静、细致的分析使得会谈免于破裂，最终协商一致，确定了国共合作的方针。紧接着，李大钊到上海同孙中山会面，"讨论振兴国民党以振兴中国之问题"（李大钊：《狱中自述》），谈得非常投机，由孙中山亲自主盟，介绍李大钊加入了国民党，并在日后委以一系列高级职务。在李大钊的带动下，陈独秀、蔡和森、张太雷、张国焘也相继以个人身份加入国民党。尽管如此，在共产党内和国民党内仍有人反对国共合作，有的报以疑虑，有的甚至施以挖苦、讽刺，有的时候搞得李大钊也非常恼火。但他仍然坚守初心，做了大量思想、组织工作。1924 年，在国民党一大会议上，李大钊表示共产党员加入国民党是为"贡献于国民革命事业而来的，断乎不是为取巧讨便宜，借国民党的名义运作共产党而来的。""国民革命是我民族惟一的生路，所以国民革命的事业，便是我们的事业"。李大钊的发言直率、诚恳而严谨，共产党人以个人身份加入国民党为的是国民革命事业，而非出于私心，且有孙中山的支持。最终，反对跨党的提案被大会否决，北京翠花胡同 8 号设立了国民党北京执行部和北京市党部，李大钊任执行部的负责人，勉力维系着国共合作，同破坏国共合作的国民党同志俱乐部、西山会议派进行坚决的斗争，一直到 1926 年 3 月国民党"二大"之后决议取消执行部。所以翠花胡同也是北京城里李大钊频频出入的地方。

早在中国共产党成立前后，李大钊就深入到铁路工人中做了大量工作。1921 年 3 月，李大钊到赴郑州开展工人运动，他在工人夜校的黑板上写了个"工"字又在下面写了个"人"字，说两个字连起来就是"天"字，勉励工人们前途远大、好好努力。到 1922 年年底，京汉铁路沿线工会组织已经遍及全国，在此基础上，党组织决定于 1923 年 2 月 1 日在郑州举行京汉铁路总工会成立大会，但却遭到军阀吴佩孚的武力禁止，为此全路工人举行总同盟罢工。这是党领导下的第一次工人运动高潮的顶点。吴佩孚大开杀戒，酿成了震惊中外的"二·七"惨案，北京政府发布了对李大钊等领导同志的通缉令。尽管当时李大钊人在武汉、上海讲学，但他在石驸马大街的住宅则遭到特务暗探的监视、骚扰。1924 年 2 月，一家人不堪其扰，被迫告别了石驸马大街宽敞的院落，搬到了南边不远的铜幌子胡同甲 3 号。5 月 21 日张国焘违背李大钊迅速躲避的指示以致被捕，旋即鹰犬爪牙们扑到铜幌子胡同去抓人，好在李大钊一家已提前撤回河北，6 月份李大钊启程去苏联出席共产国际第五次代表大会。9 月份开学之际，为了不耽误子女的学业，夫人赵纫兰带着孩子们搬到西单附近的邱祖胡同。10 月，冯玉祥在北京发动政变，北方的形势朝着有利于革命的方向发展，李大钊在党的指示下回到北京迎接孙中山，一家人又团圆在府右街后坑朝阳里 4 号。现如今，铜幌子胡同已改为同光胡同，只剩下短短一截，邱祖胡同和朝阳里则已经淹没在历史记忆中了。

大名鼎鼎的东交民巷现在已经成为一条网红街道，许多年轻人到这里打卡拍照，殊不知这里是李大钊在北京的第八个、也是最后一个栖身之所。1926 年"三·一八"惨案之后，段祺瑞政府对李大钊发布通缉令，李大钊率领革命同志躲入苏联大使馆西院的旧兵营内，转为地下工作。很快，段祺瑞政府被民怨掀翻，奉系军阀借机入主北京。血腥镇压之下的北京已经难以开展群众工作，李大钊"因不得稳妥出京之道路"被困在北京。1927 年 4 月 6 日，奉系军阀悍然闯入苏联大使馆院内拘捕了李大钊。今天沿着东交民巷西口往东，在最高人民法院西侧有一条小巷子，巷口西侧的墙上还保留着一块路牌，上面写着"USSR ENBASSY COMPOUND LANE"（苏联使馆内部道路），下面是中文"苏联豁子"，"苏联"二字已经漫漶不清。李大钊就是在这附近被掳走的。李大钊被捕之后，社会各界营救未果，4 月 28 日，在西交民巷的京师看守所内，李大钊"首登绞刑台"，"神色未变，从容就义"（《北京各同志被害详情》，《民国日报》，1927 年 5 月 12 日。转引自王学珍、张万仓：《北京高等教育文献资料选编 1861—

1948》)。

现在，东交民巷、西交民巷之间早已辟为天安门广场，站在开阔的广场上，对李大钊的寻访可以暂告一段落了。说实话，阅读李大钊相关资料的感受远比阅读一般作家要沉重，头绪纷杂、经历曲折、意义重大，在历史和现实之间寻访李大钊的踪迹也更让人感到疲惫。"江山依旧是，风景已全非"（李大钊：《岁晚寄友》）。今天，在人们盘点"京畿红迹"时都会把李大钊在文华胡同的故居纳入其中，然而回溯李大钊的一生便会意识到，其实北京城里许许多多的胡同、公园都曾见证了早期革命者们的艰辛和执着，只不过它们有的被较为完好地保存下来，有的则渐渐沉淀在北京城市记忆的深处。因此北京城内，其实处处红迹，而"李大钊"则正是北京文学地图内一条熠熠生辉的路线！

原载 2021 年 5 月 7 日《光明日报》

朱蕊

我有一个希望（节选）

　　他翻译的匈牙利诗人裴多菲的诗"生命诚可贵，爱情价更高。若为自由故，二者皆可抛"流传广泛，脍炙人口，成为真正的名译。

　　他是殷夫。

　　他是"左联五烈士"中最年轻的，牺牲时只有 21 岁。

　　鲁迅先生在《为了忘却的记念》中说他"看去是一个二十多岁的青年，面貌很端正，肤色是黑黑的……我们第三次相见，我记得是在一个热天。有人打门了，我去开门时，来的就是白莽，却穿着一件厚棉袍，汗流满面，彼此都不禁失笑。这时他才告诉我他是一个革命者，刚由被捕而释出，衣服和书籍全被没收了，连我送他的那两本；身上的袍子是从朋友那里借来的，没有夹衫，而必须穿长衣，所以只好这么出汗……我很欣幸他的得释，就赶紧付给稿费，使他可以买一件夹衫……同时被难的四个青年文学家之中……较熟的要算白莽，即殷夫了，他曾经和我通过信，投过稿……"在这篇著名的文章里，鲁迅先生写了一首著名的诗悼念"左联五烈士"："惯于长夜过春时，挈妇将雏鬓有丝。梦里依稀慈母泪，城头变幻大王旗。忍看朋辈成新鬼，怒向刀丛觅小诗。吟罢低眉无写处，月光如水照缁衣。"

殷夫原名徐柏庭，又叫徐白（殷夫年少时曾多次改名，因在上海就读民立中学时叫徐白，本文以徐白称之），1910 年 6 月 11 日生于浙江省象山县东乡大徐村。

1923 年初秋，少年徐白，左胳膊夹着几本书，来到上海南市大南门中华路的民立中学门口。

他穿着一袭长衫，脚上是黑色布鞋，还是簇新的。他记得小时候母亲在老家的油灯下，一针一线地纳着鞋底。很多个晚上，他在自己房间就着油灯读书写作时，隔壁房间母亲也在"用功"，她的房门总是开着，他能看到她总是将已钝了的针尖在自己的头发上磨一下再继续缝纳。他几次想问，这样做真的能"磨快"针尖吗？但始终也没问，他习惯于默默发奋，想自己的事，他想要知道的事情太多了，有更多更大的问题想搞明白。

徐白 11 岁时父亲病故，素来吃斋念佛的母亲不久去丹城北门外的西寺带发修行，将家交给徐白二哥兰庭打理。那时，他去西寺看母亲的路上，能看到路边山旁有一座比大徐村南汤家店"孩儿塔"更高更大的"孩儿塔"，常有大群乌鸦围绕塔顶盘旋，时能看到妇人伤心啼哭着将婴儿埋到塔下。他只能远远地看着这"幼弱的灵魂的居处"，内心极其震动以及忧伤——这是为什么？他想要的未来世界，孩子们应该快乐地成长，妇人们也应该没有这样的悲伤。

看上去有点少年老成的徐白站在校门前打量着新的学校，和他刚毕业的象山县立高等小学校比自是更加气派，虽然象山县立高等小学校已经比"徐氏宗祠"义塾宽敞亮堂了不少。县立高等小学校是光绪末年清政府废科举兴学堂时集全县学田收入，在"丹山书院"旧址上创办的，免费入学。民国后改名县立高等小学校，是当时象山县的最高学府。在这个孩子的心里，县"最高学府"已经是很大的学校，让他长了很多见识。那时，五四运动大潮汹涌过后，县立高等小学校校长思想开明，请的都是进步青年教师，教师们爱国反帝，宣扬科学民主，积极提倡白话文，开展体育教育。就是在那段时期，徐白跟着教体育的王老师练习武术，他学会了螳螂拳和十二路弹腿，锻炼了身体，拳脚功夫也厉害，搞得同学们都"忌惮"他。国文教师樊老师在课堂上讲秋瑾的《宝刀歌》、文天祥的《正气歌》，还带领学生进行课外活动，去瞻仰民族英雄戚继光、张苍水的遗迹；也是在小学校里，他受到老师的鼓励，开始写作白话诗和白话文，显现出他诗人的气质和才华。

此刻，徐白面前的民立中学则可能让他有更广阔的视野，他满怀着渴望到这里来寻求他要的答案。徐白看到宽阔的校门两边立柱上架起两道拱形的铸铁门楣，门楣上是圆形的"民立中学"四个字，大门旁边还有一扇边门。进入校门，道路开阔，两边植有树木，道路尽头是几排横向的校舍，教室一字排开。想到在明亮的教室里他将得到知识的给养与慰藉，他有点兴奋，但更多的是期待，他像海绵一样的求知欲在等待着饱吸真知的养料。

1923 年 7 月 12 日的上海《新闻报》上刊登有民立中学录取新生案通告，内有徐白的名字。

徐白的父亲是书生，守着祖遗的五六亩田地和一些山林，耕读传家，兼行中医，擅长妇科和治疗小儿麻疹。徐白记得，小时候，父亲买过一头骡子，经常带着他骑骡出诊。那时，大姐祝三刚出嫁，长姐大他十多岁，长姐如母，他几乎是长姐抱大的。后来母亲告诉他，他三岁时，姐姐出嫁，他双手死死箍住姐姐的颈项不放，哭喊着不让姐姐离开。为了转移小徐白的注意，也为了自己出诊方便，父亲才买了骡子。在带着小徐白出游（出诊）的路上，父亲会指点田野山水风光，给小儿子讲民间故事和神话传说，还教他吟咏《三字经》和《神童诗》，加上哥哥、姐姐陪小弟玩耍时教他认字背唐诗，他几乎过目能诵，聪颖敏慧过人。据说有一年象山干旱，村里人聚集跪地求雨，小徐白曾受命即兴作诗一首祈雨，巧的是当晚即下起了雨，村里人将功劳归于那首祈雨诗，因此，小徐白被称为"神童"。这些也是母亲后来讲给他听的，他长大后并不记得那首祈雨诗到底写了什么，也不太相信"祈雨"真能有效，而是将之归因于巧合了。

而小徐白的早慧，确实也是有目共睹，在义塾里，他的表现极为突出。塾师虽然是本村有名的老童生，修的是旧学，但因为当时民国政府已经颁布新学制，因此他在义塾里也开始讲授新式的初级小学课本。当然，塾师也不忘自己的强项，经常也给孩子们讲授《论语》《孟子》，因此好学强记又善思伶俐的徐白新旧两种课文都学得很有心得，在义塾时就能看各种小说。他是塾师的得意门生，老夫子经常登门向他的父母夸赞"孺子聪颖过人，前程无量"，这让他的父母对这个最小的儿子更增添了一份爱怜和希望。

父亲离去后，母亲对他的学业更加寄予厚望，经常敦促大哥徐培根多关心小弟的成长，将心爱的幼子托付给大儿子培根。这时的徐培根已经从北京陆军大学毕业，在军队里任少校参谋，也已结婚，在杭州安了家。

小弟小学毕业了，大哥徐培根回到老家，遵母命处理了祖上的家产，并让二弟兰庭管理祖家，自己则带着小弟到了杭州。

第一次离开故乡的徐白，如同放飞的鸟儿，他知道外面有更广阔的天地。自己的家乡山岭重重、港湾交错，虽然美好，却也偏僻；虽然有乡贤良师，但还闭塞落后。而杭州的气象完全不同了，有一种都市的恢宏，灵隐山玉皇山西湖等山水的景致，也和家乡的田野山地沙滩不同，有着曾经小朝廷的精致。他先住在大哥家，用了几天时间饱览杭州美丽的风景，他知道了什么是山外青山楼外楼，少年的心飞向了更远的远方。他要去上海。

徐白提了一只藤箱，藤箱里是他正在看的几册书，还有几件换洗衣物，行李极其简单。他登上了去往上海的火车，车票是大哥帮他买好的，临行反复叮咛他好好读书，不负母亲的期望。大哥说，此行你一个人了，你要像大人一样懂事，照顾好自己啊。徐白点着头，他对独自远行并不担心，虽然这是他第一次离开家人去往一个完全陌生的地方，想到母亲说的他三岁时对大姐不忍分离的依恋，他觉得自己像变了一个人，他想，自己是已经长大了。

火车比骡子和船都跑得快，杭州离上海三四百里路程，要是骡子不知要跑几天呢，火车一天就到了。徐白出了车站，看到乱哄哄的到处都是人，本来想节约一点钱，自己走的，但想了想，还是听大哥吩咐的，找了辆人力车，跟拉车的说了地址。拉车的将他拉到了八仙桥畔的一条弄堂里，他找到了在上海一家工厂做工的三哥的家。此时三哥结婚不久，徐白第一次见到了三嫂。

三哥家现在就是徐白在上海的家了。他在三哥家准备了一段时间，考取了民立中学"新制初级中学一年级"。

民立中学由福建永定籍富商苏氏兄弟创办于 1903 年，他们遵从父亲的遗愿，立志"教育救国"。首任校长苏本铫是圣约翰大学的首届毕业生，受西方教育思想影响颇深，办学自由开放民主，允许多种学说纷呈，注重学生人格培养，也尊重学生的爱好和发挥学生特长。当 1923 年徐白入学时，这所学校已经办了 20 年，是一所颇有声望的学校，教育设施和师资力量都不弱。徐白从"僻壤"进入光怪陆离的"十里洋场"，又进入了一所开放自由新式的学校，思想触动很大，他将自己完全浸入到学习中。

徐白喜欢英文，因此学英文特别用功，他知道英文可以打开一个更大的新世界，几乎废寝忘食，整天泡在图书馆，他自创的学习方法也使他的英文进步神速。他读小说、散文和诗歌，凡是能拿到手的原著都设法去啃。他不是两耳不闻窗外事的"读书人"，更喜欢带着现实的问题去读书，去找寻答案，所以他愿意走出校门看世界，关心当下发生的事情，包括新的思潮。五四运动刚过去，新思潮扑面而来，书店里大街上，书籍报刊纷呈，各种信息交杂，这时他如饥似渴地读着时尚读物——胡适的《尝试集》，郭沫若的《女神》，冰心的《繁星》《春水》和用格言式自由体歌颂母爱、人类之爱和大自然的小诗，还有潘漠华、冯雪峰、汪静之、应修人的作品。

一个礼拜天，徐白照例去逛书店，看到一本这年秋天新出版的鲁迅短篇小说集《呐喊》，虽然他零花钱不多，但毫不犹豫地买下来，当晚即读了大半，《狂人日记》《孔乙己》《药》《阿Q正传》《风波》……读得心潮起伏，隐含在字里行间的作者对社会的批判和对国民性的揭示使徐白对鲁迅先生充满敬意。

新文化运动领袖的力作让少年徐白的思想感情接受了五四运动的洗礼。他更加热心学习新诗的写作。他的新诗有时代的印记，更是他思想的印迹，这时他写《放脚时代的足印》：

一

秋月的深夜，

没有虫声搅破寂寞，

便悲哀也难和我亲近。

……

四

希望如一颗细小的星儿，

在灰色的远处闪烁着，

如鬼火般的飘忽又轻浮，

引逗人类走向坟墓。

五

我有一个希望，

戴着诗意的花圈，

美丽又庄朴，

在灵符的首座。

……

七

泥泞的道路上，

困骡一步一步地走去，

它低着它的头。

……

虽然他入学一年来写了很多诗，但迄今可见的，只有他第一次用白莽的笔名编入诗集《孩儿塔》的原稿残页。是被鲁迅先生保存下来的。

1925 年 5 月 15 日，上海日商内外棉七厂的日商借口厂里原料存货不足，故意关闭工厂并停发工人工资，内外棉七厂工人、共产党员顾正红带领群众冲进厂里找日本资本家论理，要求复工和还钱，日本资本家非但不同意，还对工人群众开枪，打死顾正红，打伤工人十余名。这一惨案激起全市工人、学生和市民的极大愤怒。上海市民成立了日人惨杀同胞雪耻会。上海学生联合会联合各大、中学校学生奋起募捐、演讲，支持工人罢工。

5月30日上午，上海工人、学生分组在公共租界各马路上散发反帝传单，进行演讲并游行示威，揭露日商枪杀顾正红、抓捕学生的罪行。公共租界当局妄图驱散示威队伍，且拘捕了数十名爱国学生。徐白被帝国主义的残暴和蛮横所震惊和激怒，他和同学们一起游行，呼喊口号，以"我们也是个热血青年！"的姿态加入运动。

下午，徐白在南京路听蔡和森发表演讲："帝国主义枪杀中国工人顾正红倒没有罪？中国工人、学生在自己的国土上声援被害同胞，反而有罪？遭工部局逮捕、坐牢、判刑，这是什么世道？哪一国的法律？帝国主义这样横行霸道，难道我们中国人能忍受吗？"徐白和同学们以及市民热烈响应，他们高呼"打倒帝国主义""收回租界"等口号。租界巡捕在浙江路一带逮捕和殴打演讲学生，愤怒的群众聚集在南京路老闸捕房前，坚决要求释放被捕学生。英巡捕头目下令开枪射击，当场打死13人，伤者无数，造成震惊中外的五卅惨案。

五卅惨案后，中共中央决定成立"上海工商学联合会"，作为全市反帝运动的统一领导机关，把运动迅速扩张到全国各大城市以及农村去。民立中学校董会响应号召，宣布罢课。徐白和老师、同学们一起，节约下伙食费，支持罢工工人。

直接置身于汹涌澎湃的反帝怒涛，经历了五卅运动的徐白突然成熟了，许多个为什么似乎已经能找到呼之欲出的答案，他看见了社会、国家，看见了世界，也分辨了敌友，懂得应该为民众的不平去抗争。

五卅运动使他向成为革命者迈出了步伐。

1929年，殷夫写《血字》，依然沉浸在激昂中：

"五卅"哟！

立起来，在南京路走！

把你血的光芒射到天的尽头，

把你刚强的姿态投映到黄浦江口，

把你洪钟般的预言震动宇宙！

……

我是一个叛乱的开始，

我也是历史的长子，

我是海燕，

我是时代的尖刺。

……

1931 年 1 月 17 日下午 1 时 40 分，在东方旅社 31 号房间，殷夫在参加党的会议时被英国巡捕逮捕，同时被捕的还有柔石、冯铿、胡也频、林育南等革命同志。2 月 7 日深夜，殷夫等 24 位关押在龙华监狱（本名淞沪警备司令部军法处看守所）的同志戴着手铐脚镣被驱赶向监狱后面的荒地行刑。烈士们喋血龙华。

为了一个希望，为了他心中的自由，正如他那首译诗所写：若为自由故，二者皆可抛。

原载 2021 年 4 月 1 日《解放日报》

张
金
凤

战斗的音符

只需要一把小号，他就能把音符变成机关枪，对着尘世的污浊和暴力扫射，他那满腔热血就会如炮弹一样与恶势力同归于尽，并将在炮火的顶端开出决绝艳丽的花朵。

——题记

谁也不能否认，在中国近代革命中，音乐起过多么重要的作用，音乐前所未有地贴近着民众，贴近着时事，以自己的音符、节奏、速度运行如子弹和炮火，迸发出无穷威力，在精神领域决然炸裂。它唤醒、喂养、鼓舞民众，扶起众多游移、徘徊的灵魂，击溃丑陋、恶劣的行尸走肉。战斗音乐是战斗时期的旗帜，歌手、乐手们冲锋陷阵，用音乐交织了另一张火线网。众多在火线上战斗着的音乐人中，最辉煌的作曲家，被人民誉为"双子星座"，人们捧给他们如此高的荣誉，是因为他们给予了苦难中的民众以迷途中的指引，以苦痛中的抚慰和犹豫时的鼓舞，他们对中国的战斗音乐有不可磨灭的贡献，这两颗闪耀的星是聂耳和冼星海。他们是历史天空里闪烁的星星，给人们温暖和方向。

　　岁月的烟尘淹没了许多，却一直不曾淹没他们的光芒，也永远不会淹没那些音符演绎的铿锵节奏、点燃的炮火。尽管聂耳在历史河流中划过的线太短，只有 23 年，他的音乐却给他的生命以不灭的碑，耸立于时光的河流之上。

　　大众对聂耳的认知有些偏执，常常固执地锁定在国歌，即曾名为《义勇军进行曲》的歌曲上。甚至很多时候，人们用聂耳这个名字掩盖了国歌的全部，而完全忽略了词作者田汉，直接把国歌与聂耳画上等号。我在课堂上问一句：国歌的作者是谁？下面异口同声地喊出——聂耳！这很容易理解，歌曲总是以旋律为上，歌词是歌曲的本体，而旋律是它的灵魂。《义勇军进行曲》的旋律太棒了，他短促而有力，急进而坚韧，如一根无限延长的丝弦，节节拔高，将高亢的音韵直送到云端中去。它几乎是没有多少准备和铺垫，前奏就是铿锵的战斗气质，在短短 25 小节的旋律中，密集的、令人几乎窒息的催促和警示，直接把人类的灵魂穿透，把愤怒、呐喊爆发，成为战斗的梭镖。

　　歌曲的前奏是大和弦音的上行，只有六小节的旋律，却已经是一个非常完整的战前动员，就像那威武将军的动员令，进军号般的前奏铿锵而跳跃，鲜明而激昂，而且有一个颇具紧迫感的三连音，给歌曲备足了战斗气氛。前奏虽然短小，但却是整首歌曲的情感基调和旋律发展概括。环环相扣、层层推进的旋律进行中，我们感受到的是力量、是反抗、是人性在觉醒。25 小节的旋律简单而明朗，上行，反复，上行，与简短的诗行歌唱配合得天衣无缝。旋律上行时，胜似连环扣、慷慨激昂、锐不可当，一小节胜似一小节的力度，有不可缓和的迫近感；旋律下行时，退一步进三步，以退为进、以守为攻，恰到好处的弱起，就是收回来的拳头，打出去更有力量，更给人以坚定不移、势不可挡之感。

"中华民族到了最危险的时刻"，写到这里，聂耳好像突然凝噎了，他想哭，为国哭，为民哭，为天下被奴役的苦痛灵魂而哭。但是他把梗在心里的悲伤从五线谱上抹去，哭没用！自己是吹号的人，就是要让千千万万的中国人站起来奔跑、冲锋、反抗，即使去死，也死得慷慨激昂，而决不是趴在地上哭，给千疮百孔的祖国唱葬歌。于是他把"中华民族到了最危险的时候"这句全歌词中最重要的警句，配上了全曲中的最高、最强的音，而且创造性地在"中华民族到了"之后骤然断开，这个突然休止的半拍，从而使"最危险的时候"这一句得到突出的强调，有了"不战即死"的紧迫和危机感。

于是，歌曲不胫而走，人们争相传唱。人们也因《义勇军进行曲》的光环而忽略了聂耳的其他创作，及至在生活中突然与他的其他作品相遇时，才会一惊，原来，聂耳还写过这些作品。

人们有时候喜欢拿固定的标尺去衡量，这很方便，也是懒惰。有人同样拿音乐史上的标准去衡量一个作曲家的成就，认为年轻的聂耳在音乐史上建树颇微，而冼星海在1945年即将离世的时候，他所创作的器乐曲还既没有被演奏过，也没有被出版过。以音乐中的八股在衡量作曲家的谱系中，聂耳和冼星海简直被当时的音乐同仁们不怎么看好。但是，他们在华夏大地有那么多粉丝，他们的歌曾一呼百应地成为鲜艳的旗帜。也许，聂耳在陈旧的衡量尺标上不是音乐家，只是一个时尚歌者，他摒弃传统，走向通俗也就是走向大众。

聂耳是原汁原味的野生作曲家，他自小喜欢音乐，他曾经努力想去抓住传统音乐创作的标尺，进行学府里正统音乐的学习，但是他一次次被拒之门外，始终与正统的音乐教育失之交臂。他学童时代仅接触过二胡、三弦等传统的大众乐器，15岁入云南省第一师范学校高级外语组修英文时，他喜欢上了小提琴，但是直到 1930 年在上海才排除各种物质需求不足的困窘而决然买了一把。他甚至空着肚子在拉琴，试图以精神的满足战胜肌体的正常需求。尽管用功，到 1931 年他入明月歌舞团的时候，除了痴迷和一腔热情，他连五线谱都不识，小提琴的指法、弓法更是随心所欲，根本没有按照标准来。同年，国立音专校长萧友梅曾经要为明月社的音乐精英们特批一个班进行正统的音乐学习，但是因为每学期六十元的高昂学费，聂耳被挡在了国立音专的殿堂门外，与学院教育擦肩而过。他是难过的，他曾经愤怒地发问：音专是为有钱人办的吗？当时的萧友梅即便是听了他的《春潮曲》吹奏，也没有给这个渴慕音乐学习的青年开一扇方便之门，让春潮涌向聂耳，让生活困顿的他有更多的机会做正统音乐。贵为音专校长的萧友梅大约认为中国不缺这样痴迷音乐的年轻人，他没有意识到聂耳的潜力，没有看到他的激情和爆发力是许多拥有较高音乐素养的人却无法达到的。萧友梅错失了做伯乐的机会，聂耳也没有成为他手中千里马，他依然在蹚着自己自学成才的"野路子"。正是一次次挫折，让聂耳的音乐没有按照学院的艺术路线走下去，也就没有那些条条框框的约束和限制，他才更加自由，更加洒脱地"随心所欲"创作，他因此才没有离开民众，从而产生了有他自己特点的民间小唱、大众歌谣。

聂耳写作《义勇军进行曲》的时候，离他罹难只有不到一年的时间，这几乎就成了他的绝唱。在此之前，这个自学成才的青年早已经是才华横溢的小明星。他好像一团火焰，燃烧着，为生活、为艺术，不知疲倦。老电影《聂耳》中描述是非常现实的，创作《义勇军进行曲》的时候，他在白色恐怖笼罩的上海，住在破旧的阁楼上，而且政治环境特别恶劣，任何人都不是安全的，街上警报车拖着丧钟般的长腔开过，所有人都胆战心惊：一定是又有人倒霉了，这个人，今天是别人，说不定明天会轮到谁头上。他赶紧起身吹灭蜡烛，模糊了自己的存在。他站在阳台上的暗影里看着远处的抓捕，被迎面的冷风吹拂，他似乎闻得见风里的血腥气息。最亲爱的朋友和战友刚刚死去，他们尸骨未寒，他们的血迹还没有凝固，愤怒、悲怆，他在暗夜中攥紧了拳头，他需要狠狠地擂出去，如不然，他就会爆炸。于是，他沿着田汉的诗行在扫射着污浊和暴力，他以暴制暴地用了最极致的音符，写下《义勇军进行曲》的旋律。

1935 年，聂耳为躲避被捕，渡海去日本，6 月，他在日本参加中国留日学生第五次艺术聚餐会时，发表过一个题为《最近中国音乐界的总检讨》的演说，这个演说虽然有年轻气盛的尖锐之词，但是却看得出，这个年轻音乐人是如此的清醒，明晓中国音乐创作的现状。他将当时国内的音乐分成三个版块：一是代表中国封建意识的保守的音乐家群体，即萧友梅代表的受政府豢养的学院派，他们相当于御用乐师，被朝廷供养，为贵族服务。第二版块是《毛毛雨》派的黎锦晖，虽然曾被广泛传唱，但已经余晖末路。第三版块就是民众代表，如《渔光曲》的作者任光，当然他自己就是第三版块的重要代表。这个三大版块学说，是聂耳深刻认识当时音乐界的总结，这一论说尤其是对学院派的抨击，当时对于国内音乐界来说，是巨大的颠覆，人们甚至对这个年轻的作曲家的"过激言行"很多反调。但是，聂耳在这次演讲中提出的中国音乐界"三分法"竟然成了此后很多年中国大陆近现代音乐史的基本框架。

也就是那次演讲之后一个半月，聂耳在海滨游泳时溺死。此时，电影《风云儿女》已经上映几个月，《义勇军进行曲》业已风靡全国。聂耳的追悼活动也空前。随着救亡活动的如火如荼，聂耳的影响越来越大，在国共合作初期，曾经有过设立音乐节的动议，在确定音乐节的日期时，冼星海、张曙等人曾经建议以聂耳忌日为音乐节日期，可见他在当时的音乐界的影响。

在中外音乐史上，"短寿"是一个咒符，总是附着在一些才华横溢的音乐家身上，莫扎特、肖邦的生命都定格在 35 岁，舒伯特却以 31 岁韶华而陨落。在中国，34 岁的黄自，37 岁的谭小麟，都是还没有好好开始，就匆忙划上生命的休止符。而最让人痛心的是 23 岁的聂耳，这朵未曾完全绽放就遽然凋零的花朵，给人世间留下了长久的叹息。但是他在仅有的年华中，却写出了那么贴近大众的作品，至今，他那个时代的教父、大咖们的音乐，坊间已销声匿迹多年，而聂耳的《金蛇狂舞》还时常在二胡演奏乐坊里听见，那首《卖报歌》还鲜活地在童谣中出场，《毕业歌》始终是合唱比赛里的保留曲目，《铁蹄下的歌女》几乎是声乐艺术考生的必修练习曲。

在弹指一挥的时间流里，他有很多精彩华章值得盘点。他从民族音乐启蒙，从云南走进大上海之前的 18 岁年华中，已经被二胡和三弦等民族乐器熏染，被认为"土掉渣"的民族乐器，给了他热爱和一生追求。他离开上海去日本的时候 23 岁。短短 5 年，他要艰苦谋生，他还要苦苦撑起梦想。他一次次渴望进入专业学堂学习，却一次次被高昂的学费挡在门外，这株民间的、自生自长的野生植物，却开出了绚丽的花朵，在《义勇军进行曲》之前就灿烂纷呈。

在聂耳短暂的艺术生涯中，黎锦晖算是他的贵人，比较深地影响过他。聂耳到明月社工作不久，就跟黎锦晖学习作曲。聂耳视黎锦晖为自己的重要师友，他在日记中曾经称呼他为"锦晖"，但是两个人的音乐主张却很不同，尤其是在"一·二八"之后，上海文艺界救亡的呼声越来越高，黎锦晖却似乎不为所动，俨然那种"两耳不闻窗外事"的专心做学问者。而热血的聂耳却不能平静，他1932年在日记中写道："一天花几个钟头苦练基本练习，几年，几十年后成为一个小提琴家又怎么样！你……能够兴奋起可以鼓动起劳苦群众的情绪吗？""此路不通，早些醒悟吧！"面对抗日救亡的严峻现实，"怎样去做革命的音乐"成为聂耳整天在想的问题。他是自觉的革命音乐写作者，是那部分最早醒来的人。

最早醒来的人，必然去担当，必然去吹大众的"起床号"。当时黎锦晖有好多作品已经广为传唱，成为很轰动的音乐人，那些歌曲的音域小，演唱难度小，这种特点对聂耳很有影响。挚爱和创作的激情让他不停地尝试，他把流行的庸俗音乐《桃花江》的曲调化成激越的《黄浦江歌》，他继承并发扬了黎锦晖作品短小简单的特点，创作了朗朗上口的歌曲，它们旋律明快、音域窄、演唱难度小，《毕业歌》的创作音域只有十度，《义勇军进行曲》为九度，《卖报歌》为八度，这些歌曲在正统的作曲家那里都是小打小闹的东西，却在聂耳手中玩转，在大众中遍地开花地流传开来。

我是在大学的声乐课上唱《铁蹄下的歌女》时，就像后来看电影《聂耳》中那个女演员小红一样，唱得泪水横流，唱得让老师和同学都诧异：一首歌，即便悲切，何至于动情如此？我无法解释，只是一开口，旋律和歌词都汹涌地冲击我的泪腺。"我们到处卖唱，我们到处献舞，谁不知道国家将亡，为什么被人当做商女？为了饥寒交迫，我们到处哀歌，尝尽了人生的滋味，舞女是永远的漂流，谁甘心做人的奴隶，谁愿意让乡土沦丧？可怜是铁蹄下的歌女，被鞭打的遍体鳞伤！"1935年，东北三省已经在日寇铁蹄下被踩蹋的满目疮痍，而在上海，灯红酒绿中却生活着醉生梦死的国人。人们甚至不知道，也不敢说"国之将亡"。那些为达官贵人取乐的歌舞班，还在处心积虑地讨达官贵人们欢心，排演低俗的讨好歌舞。聂耳却就着许幸之的歌词，把哀婉、凄楚、愤怒、诘问如同鞭子一样抽出去，而最后又凄惨地低下头来，屈从于现实。宛如这个诘问的舞女被一记耳光打过后，低头擦去嘴角的血迹，依旧强壮欢颜地卖唱、陪舞。歌女之痛便是国家之痛，舞女之伤便是国人之伤。所以每一次唱起这首歌，我都会泪流满面，每一次在心中涌起这段旋律，我都是唏嘘难平。我认为，我是懂得聂耳的表达的，我的心与他的歌，没有距离。

年轻的聂耳在上海的工人运动中看到，中国的民众多么需要一首慷慨激昂的号召性歌曲，他说，他一定要写一首中国的《马赛曲》。那时候，他羽翼尚且稚嫩，但是，内心已经在蓬勃，他渴望激情的宣泄和表达。是的，在田汉那写在烟盒背面的歌唱从狱中流出后，他自告奋勇地说，我来写！此时，他经由《大路歌》《卖报歌》《毕业歌》等被民众喜欢的鼓舞性歌曲之后，内心已经有把握，他能够抓一把小号，把民众喊醒。

其实他一直都在酝酿一首号角式的歌曲，在田汉的诗行抵达时，他们神奇地融合了。聂耳读着田汉的诗歌，胸腔里就有了炮火和火焰，手指在键盘上扫过，就像他终于可以有一把机关枪，用于对准那些压迫人类的邪恶。

他将田汉那诗一般的歌词按照音乐的规律来吟咏，按照创作的规律又打破创作的规律来谱写。这是刺刀尖上的呐喊，我们跟敌人没有什么可以商量。所以，他用级进、跳跃，上行与下行的迂回来完成前奏。这必须是一首进行曲，一首像《国际歌》一样雄壮的进行曲。他把迫不及待的冲锋故意压下去，压下去，置于死地而后生，然后，它必须从尘埃中跃起，于是，他用弱起打破了进行曲的常规，把该慷慨激昂的情绪欲扬先抑，又轰然突围。

于是，我们听见在各种各样的行进路上，这首进行曲的决绝宣言。干脆利落的音符，没有一点犹豫和拖泥带水的思绪，于是，人们看见一个号手，举过头顶的号角，在最黑暗的时候，以最清脆，最嘹亮，最坚决的乐音，吹来了黎明。

原载《解放军文艺》2021 年第 1 期

孙郁

少年诗神

　　有一年去南开大学开会，在校园里意外见到了穆旦的雕像，一时激动不已。穆旦像在一座会议楼的背后，周围空间并不大，好像在躲避众人，独自在那里思考着什么。我觉得这也很像他生前的样子，幽微里含着深广之思。于是便想，这才是南开活的灵魂，许多曾显赫的存在一个个消失了，他却是一个永被后人想念的人。

　　穆旦的名字深埋在我的内心久矣，不妨说，他是我的少年时代文学的引领者。文革初期，为了偷偷拜读他的译文，我喜欢上了文学。在没有读到他的译作之前，我对于艺术的领悟是简单的。回想起来，我们的小镇读书人不多，如果不是因为有两所学校，真的就荒蛮得很了。到了小学三年级到时候，学校便全面停课了，此后就是漫长的革命年代，读书已经成为难能可贵的事情。文革中，家里的书被抄走，几乎读不到什么文学的书。母亲是中学的教员，她工作的县二中北院就在清代横山书院的旧址，古老的院落与旧式学堂都保持得很好，房屋布局古雅，回廊亦残存着一丝文气。书院正堂的东侧是学校图书馆，里面有各类的图书。奇怪的是，红卫兵"造反"，竟未烧掉那些书籍，我在这个废弃的图书馆里与几本书相遇了。除了鲁迅、艾青、汪静之的作品外，吸引我的是穆旦所译的普希金《波尔塔瓦》《青铜骑士》《高加索的俘虏》《巴奇萨拉的喷泉》《普希金抒情诗集》，这些诗作都给我电光般的冲击，诗里的世界完全是陌生而新奇的，仿佛异国里的传奇，弥漫着迷人的气息。

鲁迅的作品笼罩着黑暗，不太好懂，我还没有到理解他的年龄。艾青的作品是慢慢才觉出好来的，对于他，有一个渐渐熟悉的过程。但普希金的诗集不是这样，虽是俄国人的语态，却不存在什么隔膜感。普希金的作品没有中国文学那种沉下去的感觉，他的表达高贵而朴素，从自我生命的体味里，飞出灵思，往往直抒胸臆，世俗纷扰之苦淡去，神明之光降临。许多词语有很强烈的磁性，不相关的灵思连在一起，完全不同于古中国旧诗的境界。圣彼得堡、基辅、高加索、西伯利亚这些对我而言陌生的地方，在其笔下像一幅幅油画，含着冲荡的气旋，卷动着不安的心绪。无累的思想荡来荡去，背后有着不可名状的神异之境。这些与我周围的生活多么的不同，原来世间还有这样的存在，青年人还可以如此生活！他的文本引起我的惊奇的，多是那时不能言说的话题，比如爱情、自由、神意等词语，完全把我吓着了。关于女性礼赞的作品，还有致十二月党人的文字，有着暗夜里的热流的涌动，奔放的情感冲出重重罗网，阅之也随之飞舞起来。

最初浏览中的快慰，让我对异邦的诗文有了强烈的好奇心。知道普希金的不凡在于，能够于压抑的时代学会如何自如地表达。而且精神如此灿烂明快，飘动的灵思于乌云之上，毫无阴郁的影子。那大胆的独白，直面存在的目光，将晦气与阴暗甩在后面，心中的太阳照着一切，飞翔于南北东西。凡是世间不幸、无辜、受难者，悉受抚慰，仿佛是久违的朋友，和你轻轻地攀谈。可以说，他创造了一个迷宫，精神形态获得了诸种可能性。在巨大的精神之潮里，我们这些落魄的读者有了洗礼的爽意。那时候正是文革最残酷的时期，不知道如何是好的我，因之有了精神的避难所。每日读诗得到的激励，有时甚至将一切不快都忘记了。

普希金的作品有着不凡之气，《皇村记忆》里华美之境缭绕着玫瑰色的憧憬。他对于都市与乡村的感悟，纯然之思缕缕，以自己的爱，拥抱着世间的存在。但又爱憎分明，不是苟且无聊的墨客，能在苦思里跳出舞蹈，枯树逢春不再是梦想。他的叙事诗有许多传奇之色，像《波尔塔瓦》里的玛利亚与马赛蒲的爱情，完全不可思议，凄美里的烟火，乃战乱的不幸，作者却在历史的恶里写出人性的深河，静静流动之中，泛出波澜。《青铜骑士》放眼世界的情怀，幽深的辞章有火一样的光穿透岁月之门，敞开的世界是无边之远，憧憬里有绿色的蔓延。许多年后，我到了圣彼得堡，驻足涅瓦河岸的时候，才领略了诗人的背景的神奇，一座伟大的城市与一个伟大的诗人是如此相契合，普希金就该诞生于此地。

七十年代初沉迷于这些美妙的诗句的时候，我并未注意到译者在其间起到的作用，那时候穆旦正在受难之中，先前写作与翻译都不能延续，一切都受到了遏制。当自己知道翻译家如何转换辞章，且创造出新的文体的时候，我对于他充满了敬意。也是从那个时候开始，我四处寻觅普希金的作品。有一次在一个同学家遇见一册《欧根·奥涅金》，真的爱不释手。这是他父亲的藏书，我很想借来，但未得应允。记得其父是县城的司法部门的干部，一向不苟言笑。文革那么多的书都禁了，他还保留着此作，在我们小镇里是不可思议的事。我多次恳求他，同学的父亲好像觉得奇怪，也有点绝情，严厉地说，不能借给你，不要再来了。

我第一次因为求书而不得，生出失落之感。少年间的遗憾中的纠结，就属于这次了。但偶然的机会，也会遇到普希金迷，那时对于我，乃意外的快乐。记得有一年春节去大连姥姥那里过年，表姐的同学小梁来家里做客。知道我读过普希金作品，便在我们面前大声朗读着《致大海》。他穿着夹克，头发留得很长，气质也有一点俄国人的样子。梁兄大病初愈，情绪有点低沉，他把自己写的诗朗读给我听，完全是穆旦的诗风，缠绵、幽婉，苦苦诉说中有热风的吹送。我很惊异于他的坦率和大胆，而且，词语又那么优雅。我知道，在没有诗歌的年代，许多青年的爱欲是在另一个天地间涌动的。而那时候暗地里喜欢俄罗斯文学的人，获得了表达的外援。只不过他们在地下，属于以另类方式自言自语的人们。

不知道怎么，我也开始悄悄地写着穆旦翻译体的诗句。只是不能公开，在小本子里涂涂抹抹。青春期的感觉，借着翻译体流淌着。因为害怕被人发觉，题目都很隐晦，云里雾里，绕着谜语般的句子，自己感到了开心与自由。但不久还是被同学看到了，老师敏锐地发觉我的苗头，找我谈话：

你读过什么人的诗？

普希金、莱蒙托夫、拜伦……

他们都是资产阶级的诗人，要注意了，这诗的倾向是不健康的。

……

我知道老师也有保护我的意思，他害怕我被人视为异端者流。这个时候才知道，自己最喜欢的文字，原来是有毒的。此后，不再敢与任何人谈论外国的诗人。文革后期，口号诗流行，还出现了小靳庄诗歌运动，学校也跟着活动起来，搞起诗歌比赛活动。老师找到我，要写一写大众化的革命的诗歌，改改写作的风格。我找来报纸看了看，满纸豪情壮语，古诗中没有这类型的，觉得口号诗是最好作的，遂写了多首民谣体的。这些作品不需要用心血，按照流行的概念演绎即可。一般要大致押韵，铿锵有力最好，鼓动力被提倡的时期，口号诗是备受欢迎的。而我的文字，第一次上了黑板报，同学们投来了赞赏的目光。我也由此因为文字之事，获得了一丝自尊。

但这种无意中得到的虚荣，使我很快滑入到狭窄的路上，觉得以此可以得到世间的认可。所以，那时候的我在内心深处喜欢的是鲁迅、穆旦、艾青的文字，但场面上却迎合报刊的调子，词语是夸张和虚胀的。日记本里的表述是一种文本，投稿发表的文字是另外一种风格。不过因为受到翻译文学影响，语句多少有点西化痕迹，与当时的文体还是有些差距。我到乡下插队的时候，开始在县文化馆小报发表作品，有人就说带着洋腔，是不足取的。我尽力克制自己的翻译腔，还是不能除去痕迹。不久深深感受到，用流行的语言写作，是一切写作者唯一的选择，这让我不得不放弃内心曾有的觉态，向报刊体靠近。我在刊物上最初发表的诗歌都是应景的速写，图解政治，远离内心，甚至多跪拜之姿。我知道这是一种表演，其间也是本能起了作用。这说明思想已经被时代同化了。当我窃喜于自己的小聪明的时候，时代已经在慢慢变化。20世纪70年代末，高考恢复，艾青、穆旦才重新被提及，而且大学课堂上能够讨论拜伦与普希金了。不久朦胧诗开始出现，渐渐读到了北岛、舒婷的诗歌。我突然发现，他们是沿着民国诗歌的传统开始自己的诗歌之旅的，几乎没有文革词语的影子。这些新涌现的诗句是从心里流出的，穿过岁月的黑洞，以高傲的目光，点燃了灰暗之地的野火。那些被遗忘的情感方式和爱意的方式，刺激着我们的内心，由此也感受到先前没有遇见的图景。这个时候才意识到，他们拥有的感觉，自己是有过的，但早已埋没到了内心深处。

一切都在悄悄变化，20世纪80年代的中国，思想有了拓展的空间，出现了诸多活跃的诗人。不久就读到了一些域外诗论，许多陌生的理论令我颇为兴奋。于是开始思考诗学的某些问题。慢慢地意识到了穆旦那代人对于朦胧诗作者的深远的影响。穆旦译介域外的诗歌，是有一个梦想的，那就是改造汉语的书写手段，探索精神的可能性。联想起穆旦自己诗歌的写作，腾跃翻滚之中，绝不迎合模式化的表达，一直走在无路之途上。就探索的勇气而言，他与鲁迅有着某些接近的地方。

重返穆旦，给我带来一次精神再认的机会。也知道朦胧诗的作者们有许多是衔接了艾青、穆旦以来的传统的。艾青的诗有印象派绘画的光泽，但无处不带有现实的观照。穆旦的诗作，没有艾青的透明与辽远，但鲁迅式的内心拷问时时可见。他的文字沉浸在自己黑暗的记忆里，却又不顾影自怜，又常常瞭望窗外的风景。但那些风景不是世外桃源，而是充满了旷野里的远路，风中的枯树，异乡客，苍老贫瘠的人们。他以哀叹的眼光搜索晨曦之迹，且留住那一丝微弱的光。这属于现代诗的感觉，能够感到，他后来倾向艾略特、奥登的作品，把他们的佳作译介过来，乃内心的相通缘故。这才是现代诗人自觉的选择。而不幸，我在青少年时代，与这些精灵只是擦肩而过，却没有留住那些火种。自然，社会教育抵制了内心自由的展示，我们学会了对于内心的放弃，以外在的尺度选择表达的方式。这不仅逊色于民国诗人，与六朝以来文人的审美意识比，都是大大的退化。

当 20 世纪 80 年代的启蒙风潮卷来时，我才真正感受到了自己应当去面对什么，舍弃什么。我到沈阳读书后，有一段时间不敢写作，大量的阅读与补课，心灵被不断冲击着。在浏览与思考里，我才知道世间的精神遗产如此众多，我们这代人了解得是这样稀少，仿佛蚂蚁在深壑里走动，不知天大，难晓地阔，是可怜的一族。穆旦是在平淡中发现幽谷的人，他不惧苦难的自信，与拜伦、普希金十分接近，自己的写作，未尝没有他们的影子。从域外诗人的经验里，他发现审美是超越于道德之上的精神凝视，诗人面对世界，完全可以不顾及道学家的语录，率然地释放自己的灵思，才可打开精神之门，飞翔于自由的空间。在译介了《欧根·奥涅金》后，他深情地叹道：

普希金没有以道学家的态度来描述奥涅金，也没有以政治或社会课题来要求他。在第一章里，奥涅金的生命只是青春的生命，他还没有进入道义生命的阶段和主体故事之中。普希金在这里只单纯地、突出地唱出了青春的赞歌，而这赞歌，不管它具有怎样时代的特征（及其局限），直到今天还能深深打动我们的心，激起我们的欢乐感觉。我相信，它将如马克思所赞美的古代希腊艺术，会在未来的时代永远"施展出一种永恒的魅力"来的。

我觉得朦胧诗的作者们，大多体味了类似的感受。这一点在徐敬亚《崛起的诗群》里得到了很好的表述。直到多年后，在厦门的鼓浪屿造访舒婷的时候，曾和她坦言道，因为看到了她与北岛的诗，才知道作家该走的路在哪里，此后很少动笔写诗，也因为自己有过痛苦的经历吧。又过了几十年，在华语文学传媒大奖的颁奖会上，遇见徐敬亚先生，聊天的时候，提及往事，深谢他当年的文字给我的暗示，他那篇诗化的理论宣言，我至今还能大段背诵。对我来说，他是最初觉醒和走出八股语言的批评家之一。

因了这个经验，寻找失落的存在，在我是一个命定的选择。文章之道，乃心性之路的痕迹，精神之海是宽而广的，人有时远没有召唤出那些沉寂的存在。艺术在于从存在中去激活生命之流，并以纯然之力抵抗庸碌的存在。诗人是不谙世俗的独行者，他们厌恶流俗的恶声，拒绝外在的虚荣，精神的海永远涌动着，并升腾出暖世的灵光。自从屈原以来，无不如此，杜甫、苏轼、龚自珍的创作，也说明了此点。只是我对此领略得太晚，留下长长的足迹于歧路上，这是青年时代的不幸。我曾经希望年轻的一代不再重复自己的过去，倘错失了择路的机会，就难以返回原路了。在失真的幻觉里滑动的时候，那身体的行姿是变形的。这是我们这代人给后人留下的一笔负面资产，可惜，我们一直没有很好地清理它，每每思之，真的是可叹也夫。

原载《随笔》2021 年第 3 期

裘山山

百年前的一株兰

在浙江兰溪，一个叫蒋畈的静谧村落，我见到一位女先生，她的名字叫王春翠。我没和她握手，因为她高高地站在白墙上，我只能仰视。

照片上的她，白发如雪，却并不显老态，身板笔直，面容平静温和。她的身边，是一位更年长的老妪，她的婆母刘香梅。从时间推断，拍这张照片时，她已经和丈夫曹聚仁分开很多年了，也就是说，婆母已经是前婆母了。但仅看照片，她们依然像一对母女。

之所以称王春翠为女先生，不仅是因为她是老师，她是校长，她是作家，更因为她在百年前的乡村教书育人，传播文明。她生于1903 年，还裹着小脚，所以她的另一个称呼是"小脚先生"。

起初她并没有引起我的注意。因为我们去的蒋畈村被称为"曹聚仁故里"，而她，只是曹聚仁的前妻。

曹聚仁，民国时期的著名学者，亦是教授、作家、报人和社会活动家，留下很多有价值的学术著作。1950 年赴香港后，为海峡两岸的沟通交流做出过重要贡献，多次受到毛泽东、周恩来、陈毅等党和国家领导人的亲切接见，以爱国人士著称。故蒋畈村是以他为傲的。

他的父亲曹梦岐，也是大名鼎鼎。清末最后一科秀才。二十世纪初赴杭州应乡试，虽名落孙山，却带回了康有为、梁启超的维新变法思想。从此决心远离功名，以教育救国，将启民智、开风化作为己任，立志要培育一批能改变社会风气的人才。1902 年春，曹梦岐倾尽私财，以祖屋为校舍，创办了育才学堂。校名之意，取自孟子的"得天下英才而教育之"。他自任校长，并兼教国文、修身，倡导学做兼修，知行并进，将一个愚昧落后的穷乡僻壤，带向了时代的前列。蒋畈有幸。须知在一个穷困之地办学育人，是精神上的开仓赈粮，是最大的慈善。曹梦岐功不可没。

在赫赫有名的曹家，出现了王春翠，不过是多了一名曹王氏。而王春翠走进曹家，也是源于育才学堂。育才学堂很开明，男女生兼收，于是王春翠便成了曹聚仁的学妹。曹梦岐有三个儿子一个女儿，个个都聪慧好学，其中的二儿子曹聚仁，天生聪颖，悟性极高，四岁便念完了《大学》《中庸》，五岁便念完《论语》《孟子》。十一岁就在育才小学任文史课教师了，人称"小先生"。"小先生"第一次见到王春翠，就喜欢上了她。

在曹家留下的老照片里，我没能看到王春翠早年的样子。据乡间传闻，她生得眉清目秀，且十分聪慧，这一点，从晚年的照片里可以看出。两个少年是在村旁的通州桥上初相逢的，之后，他们就常去桥上"偶遇"，开心地谈天说地，或者静默地看着江水流淌。

我有幸走上了通州桥，很古朴的一座廊桥，平静的江水从桥下缓缓流过，桥头有一棵巨大的梓树，看上去像香樟，但树干上挂着牌子明确写着梓树，还写着它已有两百多岁了。那么，这棵梓树，是见证过曹聚仁和王春翠的爱情的。两个情窦初开的少男少女，一个十五岁，一个十二岁，美好而又单纯，单纯而又热烈。

曹王两家都很乐意达成这门婚事，于是他们俩早早就订了婚。之后，曹聚仁考入浙江省立第一师范学校，1921 年学成毕业后，回到老家和王春翠举办了婚礼。有情人终成眷属。

王春翠做了赫赫有名的曹家的媳妇后，并没有开始阔太太的生活，而是继续求学，毕竟她才 17 岁。开明的曹家也没有将她拴在灶台边，支持她继续念书。她考上了杭州的浙江省立女子师范学校，是当时县里第一个女师范生。与此同时，曹聚仁前往上海爱国女中教书，两人开始了异地分居的生活。

曹聚仁到上海后，其聪明才智得到了极大的发挥。他在教书的同时搞研究，写作，办刊物，创办了《涛声》《芒种》等刊物，为《社会日报》写社论，为《申报》副刊"自由谈"撰稿，还因为整理章太炎先生的《国学概论》而成为章太炎的入室弟子，与鲁迅先生也交往甚密。一时间成为上海文化界的活跃人物。

最初，分居两地的曹聚仁和王春翠信件往来频繁，互诉衷肠，互相交流学习和思想。但渐渐地，曹聚仁的信愈来愈少，也越来越短了。王春翠敏感地意识到他们的婚姻有了危机。丈夫是如此的年轻英俊，才华横溢，又在女中当老师，没有诱惑是不可能的。王春翠决意放弃学业，奔赴上海挽救婚姻。到达上海后，她的隐忧被证实了。但她不吵不闹，一如平常的用心照顾丈夫的日常起居，并协助丈夫创办《涛声》杂志，做校对，搞发行。与此同时，努力开辟自己的事业。她在上海暨南大学师范附小任教，也开始写作。处女作《我的母亲》，发表于《申报·自由谈》副刊。

王春翠的贤淑和才华，打动了曹聚仁，曹聚仁辞去女中职务，夫妻二人和好如初。1926 年，他们终于有了一个可爱的女儿，取名曹雯。女儿的出生，给他们带来了巨大的喜悦，他们对这个孩子倾注了全部的疼爱。在一张老照片上，我看到曹聚仁抱着曹雯，小姑娘非常可爱，大大的眼睛，高高的鼻梁，白皙的皮肤，如同一个小天使。

不幸的是，1932 年日军入侵上海，曹聚仁在上海郊区的家被摧毁，什物书籍，荡然一空。女儿在躲避战火的途中病倒，由于交通不便，良医难寻，最后不幸夭折。六岁女儿的离世，对夫妻二人打击巨大，王春翠一时间心如死灰，曹聚仁也觉得如同世界末日到来。他痛哭道："好似天地都到了末日，我这一生，也就这么完蛋了。"

承受着无边悲痛的王春翠，靠写作疗伤。她写下了《雯女的影子》一文，发表于《芒种》杂志。1934 年，她又完成了散文集《竹叶集》，书名是鲁迅先生亲自选定的，曹聚仁为她作了序。1935 年 10 月，她还以谢燕子为笔名，编著出版了《戏曲甲选》。

繁忙的工作和写作，渐渐抚平了王春翠的伤痛。她又燃起希望，她觉得自己和丈夫还年轻，还会再有孩子的。不料，他们的婚姻再次出现危机。这一次，王春翠心灰意冷，没再做任何努力。她孤身一人离开上海，回到了兰溪老家蒋畈村。

王春翠回到蒋畈村，回到了曹家。毕竟她还是曹家的媳妇。她尽力照顾曹聚仁的父母，更重要的是，她接手了育才学堂，当了女校长。此时，育才学堂的创始人曹梦岐先生，早已离开了人世。他的长子曹聚德和三子曹聚义，先后接任过校长，又先后因为参加抗战而离开。

王春翠接手育才学校后，满腔的热情喷薄而出。首先提出减免学杂费，动员农家子女就学。她迈动着一双小脚在乡村中奔走，呼吁。她一分钱不拿，毫无杂念地办学，将乡村教育视为生命。

全面抗战爆发后，为唤醒民众的抗战意识，提高国民的救国热忧，王春翠组建了"育才小学剧团"，自编自导了《黄河大合唱》《我们在太行山上》等节目，去各地开展抗日演出。1938年秋，他们在晒谷场演出了抗战话剧《一片爱国心》，引起强烈反响。当局要求他们摘下"救亡"横幅，遭到王春翠严厉拒绝。她还创办了《育才学刊》（共200余期），传播文明，宣传抗战，影响甚广。

与此同时，再婚后的曹聚仁也没有沉溺在小日子里，而是继续从事他的学术研究和文化事业。1937年淞沪抗战爆发后，曹聚仁"脱下长袍，穿起短装，奔赴战场"，拿起笔做刀枪，写下了大量的战地新闻、人物通讯和杂感，部分内容还被编入到战时教科书中。我们在电影《八佰》里看到的那位深入到四行仓库保卫战战场的记者，就是以他为原型塑造的。

夫妻二人虽然分开了，却没有背道而驰，而是成了抗日战场上的战友，以各自不同的方式，在中华民族最危难的时刻贡献着自己的青春热血。这应该是我们看到的最好的结局。

尤其是王春翠，离异并没有让她变得愁苦脆弱，她像一名勇敢的战士，投入到了战斗中。1940年春，为避日军侵袭轰炸，王春翠带领师生们隐蔽到山林中继续上课。1942年5月，日军入侵浙东一带，山林里的学校被日军炸毁，他们不得不停课。但第二年稍有安宁，她又立即让学校复课了。复课之时，适逢育才小学建校40周年，她组织学校大庆三天，以提振师生士气。但好景不长，1944年夏，日军飞机再次轰炸，育才校舍又一次被夷为平地。王春翠依然不放弃，她借用祠堂、庙宇及闲房等继续办学，以锲而不舍的精神做小脚先生。

抗日胜利后，王春翠马上着手重振育才小学。而且她还发愿，要在原来的基础上扩大校舍，增设中学部。为此她四处募捐，筹款，并写信给曹聚仁请求支持。其实这也是曹梦岐老先生的夙愿，曹梦岐在世时就一直想办中学部，故曹聚仁等曹家兄妹都很支持。他们联络当地名流，建立育才中学校董事会，筹措经费，用以创立育才初级中学。1947 年，育才学园终于恢复了，小学部、中学部同时开课。曹聚德任中学校长，王春翠任小学校长。

我从育才学校的历史沿革中看到，王春翠自回到故乡接手育才学校后，没有过过一天安生日子，但也没有停止过一天办学。她让读书声穿越贫困，穿越战火，在山区乡村回响。最重要的是，她在这漫长的艰苦卓绝的岁月里，完成了她从曹王氏到王春翠的转换，成长为她自己，一个大写的女人。

育才学校停办（合并）后，王春翠回归乡野，做回了农妇。在蒋畈村乡亲们的记忆里，晚年的她时常独自坐在门前，白发在风中飘拂。但凡有孩子路过，她总会问及他们的学业。闲暇时，她还主动教左邻右舍的孩子认字读书，并告诉他们，没有文化哪里都去不了。

改革开放后她担任了兰溪县政协委员，写下不少回忆文章，如《我的丈夫曹聚仁》《回忆鲁迅》等。1987 年病逝，归葬蒋畈墓园。

我久久地看着王春翠那张白发如雪的照片，在心中穿越百年时空向她致敬。我在她的脸上看不到愁苦，看到的只有温和平静，以及平静下的坚毅。她一生致力于办学，一生都在坚持求真知、立真人的"蒋畈精神"。任育才学校校长期间，她 8 年不拿薪水；改成公立学校后，她便将所得工资薪金，全部用来给学生做奖学金。她把自己的整个生命都给了乡村教育事业，她因此被乡邻们尊称为"王大先生"。

王大先生，多么响亮的称谓！从小脚先生到王大先生，从曹王氏到王春翠，她的生命开出了馨香的花朵，犹如山涧的一株兰，虽然没有艳丽的色彩，没有浓烈的香气，也没有如雷贯耳的大名——倘若不是走进蒋畈村，我可能永远不会知道她。但她的馨香，却永留人间。

所谓流芳百世，便是如此罢。

原载 2021 年 11 月 14 日《文汇报》

徐风

世上或有不散的筵席

今天的人说到吴瀛，也许知道的不多了。即便略知根底的，也只是把他和故宫博物院联系起来，说他是故宫博物院的重要创立者，也是著名的收藏家、书画家。不过，封存的历史总会在不经意间露出一点缝隙，抖落一下经年的尘埃。让我们在温故知新的感受中，平添一份敬仰与感慨。

2019 年 11 月号的《新华月报》，刊登了一篇李大钊先生次女李炎华女士在 1948 年的回忆访谈，其中她回忆了母亲赵纫兰的一段话：

"父亲殉难后，父亲的同志和亲友帮助了我们，母亲总是念念不忘，让我们记住并长大还给亲友。葆华哥去日本留学是父亲北大的同仁帮助的。星华姐姐一人在北京读书，吴景洲先生收留了她，让她住到自己家里……"

吴景洲即吴瀛。其祖上吴纶是宜兴人。吴家是宜兴望族。明代吴家富甲一方，素有"田万亩，山万峰，园以畦记，泉池以泓计，牛羊以千记"之说。当时吴家的掌门人吴纶，仗义疏财，尤喜书画，与姑苏"明四家"来往甚密。画家沈周在家遇变故之时，一时手头拮据，曾把传家之宝《富春山居图》抵押给吴家。此画在吴家客厅一挂就是几十年，风雅绝伦，还派生出一个惊世骇俗的焚画故事。吴瀛是吴纶的孙子，他出道后担任的第一个职务，就是做庄蕴宽的秘书。庄某何其人也？他是晚清常州状元世家后人，时任江苏都督。此公早在辛亥革命前就不遗余力赞助革命者。1906 年他任广州常备军统领，对孙中山、黄兴发动广州起义帮助甚大。吴瀛在他身边做秘书时，才 20 岁。论关系，庄是他亲舅舅。不过这个舅舅俨然严父，对吴瀛要求很高。据吴家后人吴欢回忆，庄蕴宽不计风险赞助革命，先孙中山，后陈独秀，他的所作所为，必然影响到吴瀛。有一次他跟着庄蕴宽到安徽见陈独秀，其时陈正在安徽都督府任秘书长。要说个人前途，陈与吴都在青云直上的道上，然而，对民族命运的忧虑，对广大苦难民众的同情，却让他们把个人仕途抛到一边，而"革命"一词对他们的吸引力，远远胜过了世俗的升迁之道。在吴欢先生的叙述里，我们大约可以勾勒一幅这样的画面：一间徽派建筑风格的会所里，悬着几个纸糊的灯笼，灯笼的下方，除了几只酒碗，还有几颗直冒热气的年轻头颅。他们击节高歌、挥斥方遒，共同为大革命的理想而陶醉。这几颗头颅里，不但有陈独秀和吴瀛，还有一颗是李大钊的。这个细节便成为后面故事的一个有力铺垫。

时间推进到 1915 年，民国初建，陈独秀与李大钊受蔡元培邀请，从日本回国，执教于北京大学。陈独秀为文科学长，李大钊任图书馆主任兼经济学教授。此时，25 岁的吴瀛亦进入北京。他舅舅庄蕴宽已然是民国政府审计院院长。他倒是举贤不避亲，力荐吴瀛担任北京市政府坐办一职。坐办即是秘书长，主持市府的日常工作。吴瀛每天繁忙的公务里，免不了要和北京大学打交道。这个时期，整个中国大兴留学之风，陈独秀和李大钊的得意门生屡屡出国留洋，都要经过吴瀛签署派送护照。他们之间的默契不须商量，绿灯总是开到最亮的。

后来这些留学生回国，在各个领域里大放异彩，成为新中国建设的重要基石。

1921 年，中国共产党成立。吴瀛因为身在国民党内，没能加入这个他内心非常敬重的新生政党。但他认同共产党反封建压迫、推翻旧中国、最终实现共产主义的主张。他与陈独秀、李大钊虽不能称同志，但以兄弟相称，反而在情感上越走越近。吴欢先生曾经听父亲吴祖光回忆，爷爷吴瀛在北京市政府坐办的位置上，给共产党办了好多事情，包括传送情报、筹措经费、运送物资、解救人犯。后来他为此断送了"政治前途"，不仅屡受打击，甚至被撤职起诉，但他从来不曾后悔。

1927 年 4 月 6 日，李大钊被军阀张作霖逮捕，在狱中备受酷刑。他牺牲时，家中财产仅有一块大洋。一家人颠沛流离，生活举步维艰。

吴瀛目睹挚友惨遭杀害，心痛欲裂。此时北京城内杀气腾腾，一片白色恐怖。吴瀛长女吴珊，与李大钊女儿李星华是孔德学校的同窗好友，她回来诉说了星华的境遇，吴瀛当即决定，马上把李星华接到家里来住。

李大钊遇害之事震惊全国。他家人的一举一动，皆在反动势力的监视之中。吴瀛作出这样的决定，绝非一时冲动，他敬重李大钊宁死不屈的铮铮风骨，也觉得必须为自己的好兄弟尽一点绵薄之力。李星华就这样来到了吴家。吴瀛把自己 5 个女儿叫到跟前，说："从今天起，星华就是我们家的人，从此以后，你们就多了一个姐妹。"

他对星华说："孩子，我不会让你受委屈的。"

相信在李星华的一生中，在吴家的日子是难忘的。岁月可以忽略那些珍贵的情感，但人心终是不泯。李大钊地下有知，当欣慰矣。

当时吴瀛为收留李星华，作了最坏打算。他曾经联系老家的亲戚，万不得已，就带着孩子们回宜兴去。那些风雨如磐的至暗时刻，墙头上的一棵荒草复苏，都会引起吴家人的一阵欢欣，他们知道，严冬的后面，终会有扑面的春风追随而来。

目睹国民党的黑暗统治，吴瀛毅然离开那个"权力中心"，去故宫博物院研究清点文物。他经常给孩子们讲述祖上老家的故事。说宜兴原名叫阳羡，是周处大英雄的儿子周玘，三起义兵帮朝廷剿匪，后来朝廷就封阳羡县为义兴郡。一直到宋代才改为宜兴。宜兴人的性格里，就有一个"义"字。想当年苏东坡落难，就是他在宜兴的朋友单锡，把他一家30多口接到自己家中避难。南宋岳飞遭冤屈遇害，他夫人李娃是宜兴人，担起了岳家的千钧重担。最危难的时候，宜兴人把岳飞的家小全部接到太湖边的唐门村居住。这些历史，都是我们的祖先留下的宝贵精神财富。

其后抗战爆发，吴瀛为保护故宫文物南迁竭尽全力，保护了一大批国宝级的文物。后来，他又成为新中国故宫博物院的创始功勋。并且把自己一生节衣缩食甚至变卖家产换来的珍贵文物，全部无偿捐献给了人民政府。

新中国成立后，李大钊的后人每到逢年过节，都会去吴家看望。在李星华的心目中，吴家也是她的家。在这个家里，她收获了另一种父爱，也懂得了珍惜和友爱，学会了坚韧和努力。2018年，吴瀛的女儿吴珊103岁去世前，李星华的女儿贾凯琳还带着后人去看望她，他们亲切地叫她大姑妈。然后，他们站在吴瀛和李大钊的遗像前，拍了一张合影。

这张照片非常珍贵，所有的人都笑容温煦，恬淡自然。先辈的故事已然远去，英雄的历史亦风流云散。这个世界，有的人注定要成为被世人仰慕的纪念碑，太多平常人，则成了齑粉中的草籽，但也需要更多的人，去成为碑石底下新生的野草，无论被疾风吹到哪里，在时光与境遇的大千世界里，春风吹拂，年年复生。若想象那是终年不散的筵席，该是多好的人间景致。

选自徐风《丹心照溪山》一书，江苏文艺出版社 2021 年出版

摇曳

刘心武

今年春节的饹馇盒

儿媳妇说，要给我网购饹馇盒，被我制止了。儿子儿媳妇都知道，近十来年，每逢春节，我都喜欢在喝小酒的时候，拿饹馇盒下酒。那饹馇盒都是我的村友三儿送来的。今年三儿所在的顺义区，有几个村出现疫情，一度被宣布为高或中风险地区，虽然三儿所在的村子离那些地区有十几公里，也实施了相当严格的管控措施，号召村民轻易不要外出，有特殊事，进村出村都要出示手机上核酸检测阴性字样……今年，三儿不可能给我往城里送饹馇盒了。

我跟儿子儿媳妇说，这些年来，每逢春节，我对三儿自制的饹馇盒的依恋，饹馇本身的美味固然是一个因素，更重要的，是享受一份浓酽的友情。自从世纪初我在那乡村辟有温榆斋的书房，得以跟三儿相识相交，他唤我刘叔，叔音拖长，我唤他三儿时两字融一音，京韵十足。我近十几年的散文随笔，取自与三儿闲聊得来的素材真不少，跟春节有关的就有：《散灯花》《大头娃娃舞》《舞龙尾》《大吉鱼》《踩岁》《刺猬进村》……

三儿曾是村里农机队的驾驶员，那时候他二十啷当岁，高高的驾驶台上一坐，手握方向盘，大田上驰骋，是他美好的回忆。他说他那时特别喜欢干青储的活儿，而我也特别喜欢青储的气息，叔侄的爱好重叠。青储，也就是青储饲料，把玉米等农作物在未完全成熟时，带青地收割粉碎，然后运送到专门的青储坑，坑底是坡形的，运料车一开始能够直接开到最深处，一车车的青储料运进去以后，要一再地压挤密集，直到彻底储满。这些青储料是供应奶牛食用的，尤其在漫长的冬季，奶牛全靠这些青储料，才能给我们酿出优质的乳汁。在青储坑库边，有股气息非常浓列，那是因为青储发酵得非常充分，接近美酒的醇厚，但美酒却没有青储的那种令人如置身田野青纱帐里的嗅觉感受。哎，多么美好的青储香啊！

总觉得，三儿本人，也总氤氲出一股青储的气息。我老伴患病时，他送来他媳妇精心制作的十字绣，是翠竹玉鸟的构图，左下角绣有"竹报平安"字样，三儿跟我说："要念：个个报平安。"我老伴不幸病故，他赶进城，进我家一把攥住我双手，重复一句感叹："这是怎么说的！"后来，央视科教频道约我去《百家讲坛》录制关于《红楼梦》的节目，开头我犹豫，三儿跟我说："刘叔你去讲吧，讲你喜欢讲的，你就不打蔫啦！"三儿就开着他那辆低档轿车，陪我入住五棵松影视之家，每天下午开车送我去几公里外的一处棚里录节目，因为他那辆车低档，长安街禁行，本来沿长安街去录制处最便当，他却必须开那车绕行，有一天快到目的地，路口变换红灯，三儿及时刹车，却忽然一辆奥迪车追了我们车的尾，震得我哇呀一声，三儿忙问我有没有事，那奥迪车主自知有责任，下车来塞给三儿一百块钱，三儿下车看看，他那车倒也皮实，跟那车主说："你是啥官儿啥老板啊，你急碴儿啊，你要把我刘叔震晕了，录不成节目，你赔个底儿透吧！"但那天我只是虚惊一场，录制节目照样侃侃而谈。五棵松的影视之家设施也就一招待所水平，但那时每到春节前，就会有一些录制春晚节目的明星入住，在那儿电梯里，我跟三儿就曾跟小沈阳挤在一起。在食堂进餐，三儿会指点，啊，那不是郭冬临嘛，那是黄宏啊，那是蔡明吧？很高兴。但是，他最高兴的，还是能跟《百家讲坛》的其他讲师同桌进餐，他特别喜欢其中一位的幽默谈吐，几年过去，他还曾跟我学舌那位的妙语。而名气越来越大的讲师，有的偶然遇到我，还会回忆起在影视之家的时日，问："你那司机三儿呢？他还好吗？"当我谦称"三儿的车实在太低档"时，一位慨叹："我宁愿也坐他的车去棚，好淳朴的汉子啊！"

三儿年年春节自制饹馇盒。饹馇盒是饹馇的一种。饹馇盒的原料主要是豆面。一次我跟三儿在超市购物，那里陈列出透明塑料袋包装称量好的饹馇盒，三儿望了望，不仅鄙夷，简直是愤怒。他说那就不该叫饹馇盒。看样子，我要买那东西他就一定跟我绝交。三儿说超市里说是饹馇盒，其实不合格。他说第一，看得出是用黄豆面做的，还掺了面粉；第二，火候全不对，要么过火了发暗，要么欠火候泛白；第三，卷起的豆皮太厚发死。三儿自制饹馇盒，原料用的是纯粹的绿豆，先把绿豆泡软，摇成分离的豆瓣，再用小磨磨成汁，再用那汁晾成豆皮……他说虽然他家一贯以最后炸成饹馇盒为主，却也试过别的种种做法。他说这种食品最早应该出现在唐山，是满族人的发明，据说曾有人设法将醋熘饹馇做法传入宫中，一次御膳房大胆将这道食材便宜的菜摆上慈禧太后的餐桌，慈禧觉得眼生问那叫什么？服侍的太监回答还没取名儿呢，老佛爷您尝尝，给赐个名儿吧，捧过去，慈禧一尝，很可口，说："搁着。"意思是别拿走，说不定我还吃。太监就把那盘子搁在了餐桌首端，而且觉得老佛爷赐名儿了，发音是"搁着"，写出来就可以是饹馇。

饹馇的原始状态，可以是圆饼状，再切成片状、条状、菱角状，可用于烧炒烹炸，把条状的卷儿下，炸后类似小盒子形态，就是饹馇盒。饹馇盒可以是纯豆面无添加，也可以再添蔬菜和肉类制成带馅的。可以炸成咸的，也可以夹豆沙炸成甜的。三儿虽然也会偶尔炸些荤的甜的，也孝敬过我，但他擅长的，我最喜欢的，还是加蔬菜素淡微咸的那种。三儿在绿豆面中，均匀掺入胡萝卜丝和香菜叶，他炸出来的饹馇盒，金黄透明，脆薄香酥，能看出有胡萝卜丝，那胡萝卜丝跟红丝线似的，镶嵌在豆面皮里，可见他切胡萝卜丝时刀工多么精妙，而显露于豆皮上的香菜叶，却又绝不损坏其形，保持着小绿巴掌的美丽形态。

三儿1961年生人，属牛，转眼他就入花甲之年了。有意思的是，他媳妇跟他同龄，他们二十四岁生下儿子，他儿子儿媳妇同龄，又在二十四岁时给他们生下孙子，算起来，一家子五口全属牛。我跟儿子儿媳妇说，别给我网购饹馇，但是，请他们从网上给三哥家里递去2021年的一种大挂历。我从网络上看到，今年牛年嘛，那挂历十分应景，上面的图画，全部取材于故宫博物院珍藏的唐朝韩滉的《五牛图》，送给三哥，太贴切了！儿媳妇一向负责网购，就说要订两份递去，因为她知道三哥儿子一家已经迁到县城里居住，这样村里老家和县城新家都有《五牛图》挂，祝他家今年牛气冲天！说起来，三儿的儿子儿媳妇结婚，就在村里他家搭的喜棚，从屋里、院里再到院外，摆了一天流水宴，请我当的证婚人，他们请的婚庆公司，那位司仪女士能说会道，特善于营造喜兴诙谐气氛，我努力配合，效果挺不错。后来三儿把红封套的纪念光盘给了我，光盘里从迎亲车队启动一直录制到流水宴全程，我回城在家里放映，那时候我老伴还没病危，她跟我从头看到尾，现出灿烂笑容，看完说，里面三儿向新婚夫妇引见，让他们叫我爷爷，那个片断看得她心里甜，却想哭。后来三儿说，他们全家都爱看那张光盘，胜过喜欢看我在《百家讲坛》的视频。三儿孙子的名字是我取的，如今一晃，竟已快小学毕业。

由于一些原因，主要是我进入老年，村居多有不便，城居诸事，尤其是就医便当，城里的一处书房，也就叫成温榆斋。三儿去年春节前，还曾进城来，给我送来几斤饹馇盒，还有也是我最爱吃的，并且也是他跟媳妇亲自制作的炸豆腐，我照例留他一起喝酒，留他住一宿，待酒醒再让他开车回村。我儿子儿媳妇从他们住处过来，操持餐饮，陪三哥喝酒聊天。那晚，事后儿媳妇评价说，三哥喝高了，我喝得微醺正好。三哥在我那温榆斋喝茶，脸上酒晕如花，望望摇头："这儿哪能也叫温榆斋呢？温榆河的影儿在哪儿呀？刘叔，真想你还在村里的书房敲电脑，原先咱们晚巴晌常去的小中河，柳堤，藕田，如今都改造成湿地公园了，你走不动，我给你推轮椅！"但是，没想到他刚回村没几天，就发生了新冠疫情，而且，一直延续到如今。

三儿提前打电话给我拜年，说专门洗净晾干了一个陶罐，把今年春节炸的饹馇盒，给我装满一罐，等疫情过去，就开车给我送来。

我殷殷期待着。

原载 2021 年 2 月 17 日《文汇报》

鲁枢元

当冯杰遇上汪曾祺

远离家乡许多年，对家乡的眷恋从未消减，不知道什么时候，对家乡的当代文坛暗暗生出两个期盼。

一是，期待一本刊物。那是源于我到苏州后，看到陆文夫先生创办的《苏州杂志》，无论古今，无论中外，只发表与苏州相关的文字，就这样的一本杂志持续办了30多年，至今仍然生气勃勃。我的老家开封的历史积淀、精神遗存、物华人文、世风民情并不次于苏州。苏州是说不尽的，开封也是说不尽的，为什么就不能办一本只谈开封的杂志？

二是，期待一位作家。以中原5000年文化的沃野，以这块曾经诞生了老子、列子、庄子的土地，应该生长出一位擅长书写传统文化的作家，一位接续传统文化人香火的作家，如我所倾心的江苏高邮籍作家汪曾祺。

第一个期待不说了，如今办刊物绝非几个文化同仁说了就算的。

第二个期待，认识冯杰后，我看到了希望。

我认识冯杰很晚，大约五六年前，在济源的一次聚会上第一次见到他：端庄的面容，浑厚的口音，穿一件对襟布衣，文雅中透递出乡野的风韵。会下他送我一本新著《猪身上的一条公路》。我在回苏州的高铁上开卷展读，令我大吃一惊，中原作家群里竟有如此别致的手笔：质朴、萧散、清简、隽永，泥土的气息里飘逸出野花的芳芬。行文布阵也还有几分纤细的狡黠，像那青青草叶上的芒刺。记得当时我就给他发送了短信，表达我掩饰不住的倾慕。

这个时候，我才知道这位不显山、不露水的作家，已经四次荣获"梁实秋散文奖"、多次荣获联合报文学奖、台北文学奖。深受痖弦、林清玄、张晓风等文坛大家的赏识。

我认识汪曾祺先生，要早很多，大约在三十年前。

头一天在鲁迅文学院吃饭，汪先生当着一桌人的面拿我"开涮"，说鲁枢元的文章比某某大报的社论写得好。这对比有些不伦不类，我知道他老人家其实是在给那篇社论添堵。第二天，我和北师大的童庆炳教授登门拜望，老头很高兴，临走还送我们一人一幅画。送童教授的是红梅，送我的是"山丹丹"，一块灰黄的土石，几朵瘦劲的小花。说这是陕北黄土高坡上一种很普通的花，能在非常贫瘠的土地一年开一朵花。我听了若有所悟，心里很感动。回来后曾发表一篇短文：《汪曾祺的画》，说汪老爷子画画不过是游戏笔墨，恣意性情，无论妍媸，乐在其中。

有两件事，可以见出我对汪曾祺的推崇。

20 世纪 80 年代，我刚调进郑州大学不久，在课堂上讲文学创作心理，那时汪曾祺的小说《大淖记事》刚刚发表，我讲到其中一个细节：小锡匠十一子与少女巧云是一对恋人，当地恶霸刘号长不但抢占了巧云的身体还把小锡匠打了个半死。为了救活小锡匠，按照当地的偏方往小锡匠嘴里灌尿碱汤。巧云端着一碗从尿罐子里刮来的尿碱汤，在灌十一子时，"不知道为什么，她自己先尝了一口"。这令我和听讲的一班学生都像如雷击般地受到震动。我说，比十一子与巧云更早品尝这碗尿碱汤的，应该是作者。而这时，我的嘴里以及同学们的嘴里都已经满是尿碱汤的味道！这就是文学的魅力！

关于文学语言，汪曾祺小说与散文不但深得中国古代笔记文、小品文的精髓，而且又能化进现代白话的肉身。他曾以京剧语言为例，说京剧语言太粗糙，有时甚至文理不通。板腔体不如昆曲的曲牌体灵动，但昆曲太文雅，拒斥了一般大众。汪曾祺的追求是将"现成的大白话"写出"精尖新鲜"的效果。看上去全是活泛、上口的大白话，放在一定的语境中却成了妙趣横生的"高精尖"。这是一个很高的标准，他说自己并不总能做到，比如《沙家浜》中的唱词："风声紧雨意浓天低云暗，不由人一阵阵坐立不安"，上句还好，下句就"水"了。这之前我曾经写过一本《超越语言》的专著，还得到不少作家朋友力挺，却未曾涉及"汪氏高论"，这叫我遗憾许多天。

在我看来，汪曾祺不是一位"专业作家"，而是一位多才多艺的"文化人"。除了绘画、写作，他还是一位美食家，他和陆文夫一样会吃，但却比陆文夫会做，白菜、豆腐、虾皮、鸡脚，经他一倒腾，全是风味佳肴。

美术、美文、美食，他都有自己的见地与造诣。贾平凹说他：一只文狐修炼成了精；梁文道说他：一碗白粥熬成了美味！

就以上三点来说，当下的冯杰也都渐入佳境。

汪曾祺说自己的画没有师承，或者如杜甫诗中所说"转益多师是汝师"，属自学成才。但不难看出他的画作之中吴门画派的儒雅与清俏。他画的是中国画，但有一些作品显然又吸收了西方印象派画家的风格，用色斑斓而迷离。

冯杰画名日显，我不知道他是否拜过师，纵观其绘画史，似乎是在齐白石的路径上紧跑慢追，他追慕的应是齐白石进京后的晚年画风，大写意的花草果蔬，工笔细写的蜂蝶草虫。齐白石之后是黄永玉，冯杰学得黄永玉的几分冷眼与热讽，他画的"红荷"是京郊万荷堂的品种；他的猫头鹰与黄家的猫头鹰应属一个谱系。近年来冯杰画作的笔墨情致日益纵横自如，有些佳作堪与汪老先生相比拼。

优秀作家得之于独自的言语风格，人们品评汪曾祺的文字满是市井烟火味，如明清小品，开窗就能闻到荷花香、梅花香。读汪曾祺，可以让人解脱名缰利锁、超然于庸俗与猥琐。底层有网民发布读后感：上司不待见我时，读两页汪曾祺，便感到别人待见不待见我屁事！

冯杰的字里行间，更多的是乡土气息，是雨后菜园里的清气、秋夜月光下的薄雾、茅舍里散出的炊烟、牲口棚里飘来的粪香。

"歌谣月光般透明，清澈。乡村冬夜里一共有两种液体：月光和尿。"这是冯杰在短文《挤尿床》里写下的一段话，写儿时寒夜村童们抱团取暖的情景，只有冯杰能写出这样的文字。这或许就是海外评论家所说的在最平庸的地方酿造出极难得的贵气。

美国当代著名诗人斯奈德(Gary Snyder)说过：好文章是一种"野生"语言，是自自然然长出来的，你或许要种的是芸豆，但也可能长出几株野豌豆、蒲公英、马兰花、狗尾巴草，还会飞进来小鸟儿、蝴蝶和黄蜂，不可预测反而增添许多逸趣，也生出更多的会心与感悟。冯杰的文字就是一片野地。当你在职场或仕途攀爬、打拼、竞争、奋斗得心神疲惫时，不妨读一读冯杰，你便会觉得还是平平淡淡过日子、自自在在做人好。

冯杰也是一位美食家，出版过一部《说食画》，能烧一桌好菜，据说还持有厨师上岗证！他曾经对我说过：凉拌黄瓜，黄瓜不能用刀切，一定要用刀平着拍，一刀拍下，不能回刀，保汁保味，吃起来嘎嘣脆。

同是美食家，汪曾祺的美食是河豚海参、土豆蔓菁，雅俗共赏、南北通吃；冯杰拿手的多半是北中原的农家菜：蒸一笼好面馍，腌一碟白菜根，插一锅玉米糁糊涂要是再配上一筐大槽油炸的焦叶，吃起来那才叫真得法！冯杰的食谱，及其操作手法，会让汪老先生看得头晕！冯杰自己解释说，醉翁之意不在酒，他写的终究不是菜谱，是亲情。

还有书法。文人圈里，对汪曾祺的书法评价很高：源起二王，旁取汉隶，兼得米蔡神韵，纯熟的笔墨、安然的气度，非一般"书家"所能效仿。我于书学是门外汉，只能看出冯杰的字是学苏东坡的。比起东坡真迹写得还要扁一些，显出冯氏自己的特色。

汪曾祺和冯杰写诗、写散文、写短篇小说都没有鸿篇巨制。

我敬重那些创作长篇的作家，古人里有施耐庵、曹雪芹，外国人里有巴尔扎克、托尔斯泰，活在当下的有我们河南籍的李佩甫、阎连科、周大新、刘震云、李洱等，一张文学版图，如若没有这些高山峻岭，难以显现宏伟气象。

鸿篇巨制沟壑纵横、山高林密固然风光满满，短篇佳作其实也难能可贵。契诃夫、茨威格、卡尔维诺、蒲宁是写短篇的名家，《小石潭记》《记承天寺夜游》乃千古绝唱，鲁迅最好的文学作品是《野草》《朝花夕拾》《彷徨》。

汪曾祺，还有冯杰的那些精彩短篇，该是山川中遗落的翡翠，未凿之璞一样晶莹生辉、温润而泽，清越绵长。"君子比德于玉"，玉石还是人品的象征。在中国古代医学经典《黄帝内经》《本草纲目》中，玉可以滋阴气、壮肾阳、除中热、解烦懑、润心肺、助声喉、滋毛发、养五脏、安魂魄、疏血脉、明耳目，成了济世良方！

我曾经斗胆品藻过当代文坛的小说家：能写小说，却写不好散文的，只能叫小说家；能写小说，又能写一手好散文的，方算得上真正的文学家。

"山蕴玉而生辉"，大山蕴含了美玉便会显现出更多的光彩。而玉石累积多了也会显现出大山的气象。可以举出的古人例子，那就是志怪志异、另有俚曲、唱本、杂书、俗字百万的蒲松龄。

写到这里，需要赶紧声明一下：冯杰可没有说过自己是、翡翠；他说他连文坛上的"主粮"都算不上，与其他作家相比，他写下的那些篇什只能算是"小杂粮"，文学的豌豆、黑豆、绿豆、荞麦、燕麦、莜麦，以前多用来喂牲口，殊不料如今竟成了大都市饭桌上的稀罕物。

我喜欢吃小杂粮，我承认我对冯杰这位作家有偏爱。我的偏爱是有来由的。

冯杰津津乐道的"北中原"，我猜想就是河南境内黄河以北长垣、滑县、封丘、延津不大的一块地域。我祖母的娘家在封丘北关杜庄，小时候总听到"河北来客了"，并不是河北省来客人了，而是我的舅爷爷、姨姥姥们从黄河北边过来了。

他新近出版的《北中原》开首第一篇，谈的是猞猁，这是大多数人都不熟悉的一种动物，然而我与冯杰无意中却在这里有了交集。冯杰说他是在上小学时知道有一种动物叫猞猁，直到2017年才见到实物，是在大兴安岭林区漠河市的陈列馆里。尽管不过是一只填了糠的标本，散文家仍然对其挥洒了一大篇天马行空的议论。

我也没见过活的猞猁，只是看过猞猁标本，但比冯杰要早些。第一次是1987年秋天在意大利，最早的国际生态保护组织"罗马俱乐部"的总部就设立在一座名为"猞猁学院"的古老建筑里，当年伽利略的研究室也在这里。大厅的显著位置供奉着一只猞猁标本，接待我们的加博里叶里教授说猞猁是他们学院的图腾，这是一种富有灵性的动物，它有着锐利的目光、敏捷的四肢，既能够及时觉察到环境的细微变化，又能够迅速付诸行动。第二次见到猞猁，是 2012 年，也是在漠河，也是一只填了糠的猞猁标本，我想这与冯杰看到的该是同一只猞猁，这岂不是缘分！

冯杰不久前出版了一部《非尔雅》，其中搜集了他的"北中原"大量日常用语，如：突碌、栽嘴、徐顾、结记、暮忽灯、苦楚皮、狗挠蛋、老鳖一，如果说给别人，可能一脸惊愕加狐疑，而我全能会心一笑。这也是当年我奶奶、我老爹的口头语。冯杰将其转换成文字，甚至还从《金瓶梅词典》里找出依据，证实明代北中原人就是这样说的。冯杰有些解说很贴切，如"结记"，解释为惦记、记挂、操心，可能是从"结绳记事"传留下来的。这话我信，我祖籍的村子叫"绳庄"，旁边的村子叫"盆窑"，都是仰韶文化遗存。有些口语并没有汉字的发音，《非尔雅》留下了漏洞，别人不知道，我知道。还有些解释，我暂时存疑，如"梦僧雨"，太过浪漫了，我觉得是"蒙丝雨""蒙星雨"，或许不过说"转"了音。或许是我"过于执"了，冯杰的用心仍不过在张扬他的梦中思绪。

冯杰在他的书中还曾写到"瓦松"，称其为"瓦精"，而且是"蓝色"的："瓦松是老屋的羽毛"，"颜色幽暗、明澈，像蓝精灵一样"。天啊，"蓝瓦松"那可是我的图腾，20 年前我写过一本追忆童年的书，书名就叫《蓝瓦松》。在书中我写道："我的那些蓝瓦松，高高地蹲踞在蓝天下的瓦垄上，荧荧惑惑，默默地俯视着我的那个小院、那座古城，仿若上苍对于尘世的某种见证。"心有灵犀一点通，我与冯杰的心是相通的。

还有，冯杰对来访的记者说："我最羡慕的文人是陶渊明，他是我的偶像"。冯杰应该知道我曾诚心诚意地写过一本关于陶渊明的书，如今在国内外已经出版了三个不同的版本。

以上啰里啰唆说了这么多，都是为了和冯杰套近乎。

汪曾祺、冯杰相差不止一代人，都是我偏爱的作家，因此下意识里总是将他们二人做比较。汪曾祺也应当是冯杰心仪的前辈作家。早年，当冯杰还在一心扑在诗歌创作时，曾为他的一本《诗集》向汪老求序，汪老给他写了一封非常认真的回信，说自己已经三四十年不读诗了，偶尔看到报刊上的时下新诗，"瞠目不能别其高下"，故而也难以判断冯杰诗歌的"段位"。序没有写，可能是怕青年诗人伤心，汪老特别给他一横一竖题写了两幅字："乡土原色"，也应是暖心暖肺的寄语。

前边说了冯杰与汪曾祺的许多共同处，以及他们二人之间的一点交集。最后，该说一说他们之间的差异了。或者说，冯杰比起汪曾祺缺少了些什么。

首先是家庭出身。

汪曾祺的祖父汪公铭圃是清朝末科"拔贡"，一位"德艺双馨"的眼科名医，靠自己的本事与人望挣下一份殷实的家业。汪曾祺出生的时候，家里还拥有两千多亩地、两百多间房、两家中药店、一家布店。家藏古董字画无算，商代的青铜彝鼎、唐代的碑帖拓本、明代御制的浑天仪、清代郑板桥的六尺兰花横批。父亲汪淡如多才多艺，音乐绘画、金石书法均有一定的造诣，种花养鸟、弹琴下棋无所不精，甚至还是一位擅长游泳、体操、篮球、足球的体育健将。汪曾祺的家在高邮城即使不说是望族，也是名门。按照后来的阶级划分，当属"地主兼资本家"，自己则是大宅门里的大少爷。

冯杰家大约属于贫下中农，父亲虽然进县城做了银行的职员，但很多时候还要靠母亲做裁缝补贴家用。不曾听他谈过自己家族的历史，唯一可以拿来炫耀的，是姥姥、姥爷的贫穷、朴实、勤劳、善良，还有农民的智慧。

出身之外，不同的还有地域上的差异，生态学上叫生态序位不同，如《晏子春秋》说的：橘生淮南则为橘，生于淮北则为枳，水土不同。这里并不存在地域歧视，就功用而言，枳可以入药：舒肝止痛，破气散郁，消食化滞，除痰镇咳。汪曾祺先生的龙脉在南方水乡；冯杰的根须扎在中原沃土，文化色彩远不相同。

至于人生阅历，冯杰与汪曾祺是两代人，时代不同，悬殊甚大。

汪曾祺出生在五四运动的第二年，青少年遇上国土板荡、生灵涂炭，中小学接连迁徙在高邮、淮安、扬州、盐城间。后从上海经香港、越南流落昆明，考进西南联大中国文学系。毕业后曾在昆明、上海的中学任教，在北京历史博物馆打工，北平解放后随南下工作团到过广州、武汉，最后又回到北京市文联编刊物，在老舍、赵树理手下做编辑。1958 年被补划为右派，下放到张家口沙岭子种土豆，1962 年调到北京京剧团。文革中参与革命样板戏创作有功曾登上天安门，文革后因被江青赏识而沦为"阶下囚"。此前发表过一些小说，还出版过集子，均无太大反响。1980 年，短篇小说《受戒》被主编李清泉奋不顾身地发表在《北京文艺》上，一炮走红，一发不可收，开创了春风得意的新时期。

比起汪曾祺纵横江湖、跌宕翻滚的阅历，冯杰的人生是足够平静的。他出生在 20 世纪 60 年代中期。青年时代赶上改革开放的好年头。俗谓"宁做太平犬，不做离乱人"，两人则都是逆流而上，汪曾祺修炼成"乱世佳人"，冯杰在"太平盛世"努力不做仰人鼻息的动物。

冯杰从小和姥爷、姥姥生活在滑县的一个村子里，上学、逃课、喂鸡、放羊、割草、拾粪、种地、卖菜，月亮地儿里唱儿歌，豆油灯下听故事。毕业后在县城银行做一名信贷员，或许是数学成绩太差，最终跳出金融圈反倒在文坛干得风生水起。他16岁开始发表作品，恰恰是汪曾祺蛰伏后开始腾云驾雾的那一年。

冯杰却没有遇上李清泉那样的伯乐。直到著作出版，一项接一项获奖，方才由豫北小县挪窝到省会郑州。

汪曾祺在西南联大读书遇到许多学界大师：朱自清、闻一多、冯友兰、金岳霖，尤其是让他一生感戴不尽的沈从文。西南联大的作文满分100分，汪曾祺的一篇课堂习作，沈老师看了满心欢喜竟打了120分。离开昆明，汪曾祺在香港、上海那几年，战火纷飞、亲友离散、工作无着，人生处于至暗时期，曾一度想要自杀。沈老师去信大骂他没出息："你手中有一支笔，怕什么？"毕竟恩师了解他，最终还是这支笔给他带来享受不尽的"荣华富贵"！

冯杰在文坛发迹主要靠的是自学。据他说也还是有所师承的，即他的"文学姥爷""文学姥姥"。或许还有牛屋里的"先生"、瓜棚里的"师傅"。姥姥、姥爷们输送的文学营养固然珍贵，牛屋瓜棚的功课固然别致，但毕竟不如沈从文、闻一多们来得直接，来得宏阔。汪曾祺算得上文学队伍中的王牌军，冯杰则出身于游击队。

再者，起跑线上的阅读也大为不同，在汪曾祺是《论语》《孟子》《淮南子》《日知录》《夜行船》《红楼梦》《镜花缘》《南无妙法莲华经》，在冯杰这里则是《太行志》《大刀记》《金光大道》《西沙儿女》《敌后武工队》《少女的心》《一只绣花鞋》，还有《钢铁是怎样炼成的》。

外部生活的贫瘠，反而激发出冯杰对于内心丰蕴的渴求，在后来的日子里，经史子集、希腊罗马，广收博取，夜以继日。

汪曾祺老先生已经去世多年，在国内外读书界的影响有增无减，被誉为"抒情的人道主义者，中国最后一个士大夫"，他的文学艺术成就已经足以将他请进中国文学的先贤祠、万神殿。

冯杰刚刚攀爬上文学圣殿的数级台阶，而他赖以栖身的"北中原"已经令人担忧。在工业化、市场化、城市化浪潮的冲击下，传统的中国农村正在迅速沦陷，冯杰说他并不打算紧随现代化的战车一往直前。那么，当记忆中的乡土已经渐行渐远，牧童短笛、乡居小唱也都已经随风飘散，姥姥的脚印也已经消失在黄昏的沙滩上，冯杰的乡间小路还能走多远？

不朽的文学需要作家的定力，需要作家跨越时代的慧心与感悟。以我的期待，那位从"北中原"留香寨走出来的文学青年，最终将成为一位中国文化精神杰出的守望者，中国当代文坛难得的一位乡土赤子。

原载《文艺争鸣》2021 年第 1 期

黄亚洲

陶医生的豁达

发现这位小帅哥真的豁达，豁达里不乏幽默。他一边吃饭，一边就达尔文的进化论观点发表一些佐证意见，说其实人啊都有返祖现象，你看我的耳朵就是，我的耳朵会动。

我仔细看，发现他的眉毛在动，他说我的眉毛动是因为耳朵带动的。我再仔细看，说，你右耳朵确实能动。他说，我左耳朵也能动啊。我再转过脸看，果真，左耳朵也一跳一跳的。

说陶医生是小帅哥，那当然是帅，五官特端正，电视剧男一号似的，但说他小，却也不算，也是四十挂零的人了。

陶医生在饭桌上所表现出的幽默，一下子让我信了一年前网络上的那些报道，所以他被砍伤之后，在医院的第一时间就说了那些叫人特感动又特感叹的话。他那一刻没有哀怨，没有愁苦，没有咬牙切齿，只说了一句"幸好被砍的是我，我年轻，跑得快，如果砍的是另一个医生，后果更可怕"。

这种豁达与幽默，是一种底气。

我问他，一年了，左手恢复得怎么样？因为此刻他就坐我右侧。他受我女儿之邀，来我女儿家吃晚饭，恰好挨着我坐。我要是动作幅度大一点，还真会触碰到他被刀伤过的左臂。所以我无论是挟鱼块还是舀水饺，都会留神着点。陶医生动动左臂，说现在好多了，那时候，很长时间不行，自己摸上去都像是摸着一块冰，因为手臂神经断了，就没触觉，摸上去像摸着一块冰一样。

那么，将来还能不能再上手术台为病人做手术呢？他想一想说，可能会，会做一些简单的手术，但太复杂的手术可能有困难。

这话题显然沉重了，所以我也想来点小幽默，我就说，兴许，手臂神经完全恢复以后，接合的部位还会格外粗壮，这样一来，神经反应或许会更灵敏，往后，更复杂的手术也能做了。

一饭桌的人都没笑。我自己暗骂自己一声。

是的，这一点都不好笑。

现在想来，那是多么惨烈的一幕。一年前，1月20日，手持菜刀的那个姓崔的医闹，其实不该叫医闹，应该叫歹徒了，就那么恶狠狠地冲进诊室，竟以"疗效不彰"的荒诞理由行凶报复，没找到自己要寻的那个已经治了一年之久的眼科医生，就朝着最后一次为自己做手术的陶医生狠狠砍了过来，致使陶医生左手和前臂肌腱断裂，失血1500毫升。要不是一旁的医生与患者奋起出手相救，倒在血泊中的陶医生是难逃厄运了。

让我扼腕的是，一个理性社会怎么会出现这样丧心病狂的偏执狂。其实，任何社会都会产生如此不可理喻的报复全社会者。人性里无法消亡的恶的部分，总会推出自己的作恶帮凶，尽管少之又少。一年前在网络上突然读到这则社会新闻的时候，我一颗心都抽了起来，一方面为任劳任怨的医护人员鸣不平，另一方面想，人性恶真是防不胜防，遇谁谁倒霉啊。

真不是每个人都能很好处理这一场飞来横祸的。

陶勇医生，正直、儒雅、豁达、幽默，我今天在饭桌上当然是亲见了，其实在网络上已经读过他的很多事迹。网络上对他的一句评价是：中国未来眼科重要的中流砥柱人物。指他毕业于北大医学院，留德的博士，2015年被评为首都十大杰出青年医生，他还是中国医师协会眼科分会葡萄膜炎与免疫专业委员会的副主任；关键是，他的专业水准太棒了。他曾在眼科SCI杂志发表论文98篇，中文期刊发表论文51篇，主持国际科研基金4项与国家级科研基金两项，获国家专利3项，参编书籍3部。

要有多不容易，就有多不容易。

还有一个事实是，我国需要30万名眼科医生，但目前我国合格的眼科医生仅有3万名，能做白内障手术的仅几千人，能做眼底手术的更少，而陶勇就是这"更少"中的一位，出类拔萃的一位，被寄予厚望的一位。

陶医生成为一个医术高超的眼科医生，与他自小的刻苦好学是分不开的。他在1997年考入北京大学医学部临床医学专业，当时整个江西只有两名学生被该专业录取。本科期间，他的学习和实习成绩也是最优秀的。他曾经这样描述自己的大学生活：手术室一待就是一天，没有时间吃饭喝水，一天下来疲惫得不行；为了完成毕业论文，发表SCI，还要挑灯夜战查资料、写论文；查资料的时候，为了省下车票钱，骑自行车顶着烈日跑遍北京城的图书馆，就为了在一本泛黄的书籍上找那么一小段文字；甚至就连实验室的猪饲料没了，都是自己去食堂的泔水桶里扒泔水，回来时一路顶着他人奇怪的眼神。

后来，他师从全国顶尖眼科专家姜燕荣和黎晓新，这两位前辈都对他的专业技术赞不绝口，称他是那一届最优秀的眼科传人。毕业后，他选择进入公立医院，2011 年成为北京大学人民医院眼科副教授、副主任医师、硕士生导师；4 年后，担任朝阳医院主任医师；2016 年又成为博士生导师和教授。

如此优秀的人才，不能不被渴求人才的单位盯上。不少私立医院找上门来，提出百万年薪的待遇，甚至准备好了合约，只等陶医生点头。但他没有动心，他的志向里缺乏一个钱字。他也曾被公派到德国做一年的访问学者，访问结束后，也有教授挽留他留德继续做研究，可他当即就谢绝了。他打青少年时起，就有一个从不移位的愿望，那就是全心全意为中国人医治眼睛！

他知道光明对于每个人的重要。

因此，为解决病人看病难、难看病的问题，他将每天的出诊任务排得很满，甚至没有吃饭、上厕所的时间。早上刚开诊，桌面就被病历本铺满。手术室的排期，也是从天亮排到天黑。他最多的手术纪录是一天 86 台。

真不是一个常人。偏偏还是一个众所周知的好人。

举几个实例。4 年前有位患者因患视网膜脱落和白内障，急需手术，但患者经济困难，拿不出那么多钱，陶勇说："不够的钱我先贴上，总不能眼睁睁看着他瞎。"甚至，不少人避之不及的艾滋病人的眼科手术，他也尽心尽力去做。他说他们也是患者啊，也渴望光明啊。

有一次随"健康快车行动"去深山里为贫困患者实施免费白内障复明手术，遇到了一位 80 多岁无儿无女的老太太。老太太的白内障非常严重，眼睛眯成了一道缝。当地医院不给老太太做手术，身边也没人陪她去大医院做手术。陶医生当然也可以选择不做这台手术，万一出事，会惹麻烦。可是不冒这个险，不帮老人家实现有生之年重见光明的愿望，他说他心里会愧疚，"这就如同路边见到别人跌倒却不扶起来一样"。结果，手术很成功，老太太的一只眼睛恢复了视力。老太太高兴地纳了很多双鞋垫送给乡里乡亲，也托他人把鞋垫带出山外，带给陶勇，一同带来的还有一封信。信里的内容让陶医生感动：医生担心像我这样的病人会闹腾，我不会埋怨大夫，即使做坏了，也不会怪你。因为让你顶着风险去治了。陶医生说："很多时候，人都把对方想坏了，别人不见得都像你想得那么坏，即使帮坏了，也不一定埋怨你。"也因此，他更加为贫困地区的患者着想，前后实施免费的白内障复明手术逾2000例。

但是，能料到吗，良善社会里的邪恶之人，竟拿着菜刀就冲过来了。

然而他是豁达的人。他在送给我女儿的那本长篇自述《目光》中，这样说："慢慢地，我开始不再想这个人为什么要杀我，我为什么要遭此厄运。砍伤我的人，我相信法律会有公正的裁决，我没有必要因为他的扭曲而扭曲自己，我选择客观面对；碰伤我的石头，我没有必要对它拳打脚踢，而是要搬开它，继续前行。奥地利著名心理学家弗兰克尔用其一生证明绝处再生的意义：人永远都有选择的权利，在外界事物与你的反应之间，你可以做出不同的选择。我想如今我有此遭遇，也许就是生死边界的一次考验——把这件事当作我的一段独特经历，让我从医生变成患者，真正体会一下在死亡边缘的感受，对患者的心态更加理解，对医患之间的关系更加明确，对从医的使命更加坚定。爱因斯坦曾说：'一个人的真正价值，首先决定于他在什么程度上和在什么意义上把自我解放出来。'上天为我关上了一扇门，必定会为我开一扇窗。"

他的这种豁达是常人做不到的。他思考问题的站点很高，他甚至把弗兰克尔与爱因斯坦的言论，都垫在了自己的脚下。

确实，一个真正的智者，是不屑于对碰伤自己的石头拳打脚踢的，而只能是冷静地想办法搬开它。陶医生所使用的工具里，甚至还有诗歌。他躺在病床上的时候，还写诗鼓励千万个被病痛折磨的人。我当时是在网络上读到那些诗句的。他说"我把光明捧在手中，照亮每一个人的脸庞"，他还这样解释说："我们的世界充满形形色色的苦难，病痛也是其中的一种，它构成了我们生活中重要的一部分。上天从来不吝惜雪上加霜，可是没有苦难，便没有诗歌。"

饭桌上谈及诗歌，我问他说，你是抄录别人的诗句读给他人听，还是你自己写的？陶医生说，是我自己写的啊，又大笑起来，说你不知道呢，我小学三年级的时候，就有一篇作文，被评为我们江西省抚州市的一等奖呢。

这就明白了，陶医生是一位标准的文学青年。

文学叫人豁达，也叫人幽默。后来，我们的话题就无所不包了，国际局势、两岸和战、重大运动、医生天职、家族回忆，说得不亦乐乎，但陶医生始终保持着他的年轻的儒雅与豁达，谈吐幽默，不温不火，如他的手术刀那样稳健。

陶医生已经是我的微信朋友了，估计他在读到我写下的这些文字，或许会笑一笑说，不过吃顿饭嘛，写那么多字干吗呀。或许也会说，那就托这篇文字的吉言，让我的左臂神经真能恢复如初甚至更加结实灵敏，以便完全胜任我的为人带来光明的本职岗位吧。

当然，他是个豁达而幽默的人，他会这么说。

但我写到这里，却又有些心酸。

不写了。

原载 2021 年 3 月 12 日《文艺报》

冯艺

相思红了，他永远回了瑶山

我和林万里兄从老蓝家出来，默默走在建政路上，这条我们仨常常散步的道上落满了红豆。相思红了，可是怀昌兄永远不能和我们边走边聊了。我们去蓝家，是和蓝嫂荣贞老师一起商量我们的文学兄长蓝怀昌后事的，老蓝走了……

那天，晴朗多日的天色突然黯然，晨露阴冷。临近 9 时，接到我家张老师在班上打来的电话"蓝头刚刚走了，没人叫我'独秀'了……"啊？怀昌去了？

前年老干部体检时，我巧遇老蓝，他一见我，马上笑呵呵走过来。我问他是怎么来的，他说女儿送的。然后，他就一科一科跟着我，每到一处，我都让他先检。他检完，我让他到隔壁下一科，他笑笑，不吭声也不走，总是站在旁边等着我。我知道他想跟我说说话，退休多年，难得一见。就这样，我们老哥俩从一个门，转到另一扇门，从一个机器下来，又上另一台机器。最后，我们一同去服务台交表。医生看了看他的体检表，当即说："老领导，你必须马上住院。"他又是乐呵呵地说："好，好，好，谢谢您！"他捏捏我的手，悄声说："不要听他的，快走。"转身出了大门，跟我挥挥手，若无其事离开医院。

看着他倔强的背影，我知道老蓝的顽童性又起了。

便想起和他相处 40 年的日子，想起与他深入山区采访、写作、喝酒的情形。每每听人说他太好酒了，他就慢条斯理地边"吧哒"嘴边玩笑着说："我是铁匠的儿子，铁匠每晚必有酒，我自然少不了；我是作家，酒也不能没有啊；我下乡，群众敬的酒，当然得喝，这酒要是不喝了，那还能深入群众、深入生活？"他有意把"酒"字说得又长又重。接下来，他又"吧叽"几下嘴，意犹未尽地接着说："但酒啊也不能白喝，这酒要是白喝了，不喝出点儿感情和感觉来，你又怎能在作品中写出真情实感？"他把玩笑说得认真，就像他写作一样。其实老蓝饮酒不至狂，只是盛情之下时有喝大之态，喝高了的老蓝一脸顽童的憨笑，豪迈飞扬，又情意绵绵，留下不少美文好字，也留下人间美好的顽童般的经典画面。我喜欢他的赤子童心，不禁想起十几年前我与他一起回瑶山的情景和留下的文字。

那天我和老蓝一道去瑶山的县城开会，老蓝说有些时间没回家了，母亲不知现在怎么样？那是在饭桌上说的。我说，这里已快到你家门了，就回去一趟吧。老蓝说，那明天中午就走，你陪我？

常听老蓝说起他家乡那条波努河，说起他家门口的三棵树，说到了秋天的时候，他常用一根竹竿打上去，掉下许多甜甜的果子。我问老蓝，这是什么果，他说不来。他还说，乡亲们就因为这三棵树，才让这瑶山出了这一个大学生，成了作家。这个老蓝，平时不说这些，到了挚朋好友在一起，才漏了嘴。后来他又说，嘿，不信这些。

我想，这一次能和他回去看看，他高兴，我也见识。

我们是一道道弯、一个个坡，慢慢地上瑶山的。瑶山对我而言，既神秘又野性。总觉得是个山多林密的地方，就连老蓝笔下那条波努河的涛声我也觉得很特别。

我从小至今在不少的河边走过无数次，那些声音或软得如琴，或强似长啸，我对涛声的感受全然超过了领略河岸的秀丽或壮观。而这条波努河与其它河流就不一样，山泉涓涓，蜿蜒跌宕，浪花朵朵，涛声叽喳，像是报春；波努河在山里转来转去，河水如带，绿岸如畴，波推浪涌，哗哗啦啦，像是喜庆。波努河确实很美，美得独特，美得神秘，美得充满生息，难怪老蓝对这条河的感情那么深沉和绵长，竟洋洋洒洒地写下了几十万字的长篇小说，成了瑶族文学长篇小说的开山之作，这个老蓝！

老蓝要回瑶山了，就领着我穿过波努河，走上那弯弯绕绕的小路，走那颠颠摇摇的山路。黄昏的时候，太阳就要落山，老蓝才说，快到了。这时，炊烟已经升起，树林与山峦混成一色。

不知是谁在昨天饭桌上听到老蓝要回家，竟打了电话到老蓝的乡里，乡里派人上了瑶山，提前告诉了老蓝的母亲。

一个上了年纪的老人，穿着最新的衣服，已经早早站在了寨口。

"我母亲。"老蓝说。

走近了。母亲微微地笑着，很平静，憨憨的。

老蓝下了车，没说话。走过去，用那只常常拿笔的厚厚的手，摸了摸母亲的头。没说话。

然后，呵护着，扶着母亲慢慢地进寨，慢慢地进家。

"母亲已八十四了。"老蓝说。"你真有福气，活得那么高寿，那么平静。"我说。总是笑着的母亲，是一个让人尊爱的老人。招呼我坐下，招呼我喝水，我说没关系，好好看看你儿子，你儿子当了个文官，身子里还是流着你的血。她没有文化，听不懂我讲这些话。只是对我笑着，又对老蓝笑着，看得出，对老蓝的笑是一种慈祥的母爱，恨不得把老蓝变回她襁褓里的那个小蓝，紧紧地拥着，为他歌唱，我的蓝宝宝……

"母亲是个非常纯朴的妇人，一生为这个家操劳，想到的是她的子孙。"老蓝说这话时也是情意重重的。他说，母亲身体很好，每天都要劳动，每天要到山上放牛，老蓝兄弟几个看到她年纪大了，不放心，便商量把牛卖了。谁知她把老蓝寄给她的钱偷偷地到镇上又买回来一头。她说，她有事做了，不白吃饭。"母亲从没有骂过我，不管是多舛的生还是命，她也只是一个人，叹口轻声的气。即使是最小不过的事情，我惹了错，母亲也只是轻轻拍拍我的头。"老蓝得意地说。

老蓝回来了，寨里的瑶兄弟要来与老蓝喝酒，老蓝对寨里知根知底，他不愿增加寨里人的麻烦，在县城自己掏钱买了两只杀好的羊。这两只羊加上母亲为他准备的豆腐青菜，老蓝的家便把山寨闹得如过节一样，把门前山下波努河的涛声也淹没了。

老蓝喝多了，寨里几十人每人敬一杯，能不多吗？但老蓝很清醒，他说，你们知道我回来，都来了。你们来一看在我高龄母亲的面上，二看我是寨里第一个出去读书的大学生，有了文化在城里做事，生活过得好。所以你们要让孩子们都读书，你们的生活就好了。母亲满足地笑着一动不动地盯着老蓝，静静地听着老蓝说话。

乡亲们似乎都听懂了老蓝这番话，连连又给老蓝敬酒。母亲在一边眯眯着眼，还是柔柔地笑着。她一定是想，儿子有文化，说起话来就不一样。

母亲没有制止老蓝喝酒，也没有阻拦乡亲们向老蓝敬酒。她走过来与我说话，我听不懂。她大概劝我多吃些菜，我便揣测着回答，好的好的。她大概又问我菜能不能吃啊，我继续回答，能啊能啊。

老蓝一下笑出了声，岔过话来，问我，你没有听懂吧。

我说，大概，大概。

老蓝说，我妈问你，能不能多住上几天？

我红着脸对她笑着回答：好啊好啊。

一直笑着说话，差不多，老蓝母亲的话，我都听不懂。我知道，这些话语，也都是从山里长出来的。

从掌灯时分到凌晨三更，笑声和酒香穿透瑶山峡谷。母亲依旧不倦，用微笑鼓舞老蓝，用抚爱支撑老蓝，这位笑不够的母亲。

这就是老蓝的母亲。作为一个民族的象征，一种古老文化的载体，瑶山与波努河象征着神圣与宽容，母亲就是这座山，这条河。

老蓝累了，乡亲们回去了。瑶山的寨子又恢复了宁静。

老蓝睡了，老母亲为儿子摇扇，驱赶山里的蚊子。看着睡相可掬的儿子那般不改的顽童样，母亲一夜未眠，她看不够自己曾经含辛茹苦养育的孩子。

山里的鸟鸣叫醒了老蓝。老蓝对母亲说，城里还有事要做，要走了。母亲不语，笑笑。她知道老蓝忙，是做事的人。走吧。老人们常说，儿孙自有儿孙福，莫与儿孙作远忧。我想，这是一种心情，超越了大山，超越了波努河里的波浪。她早早地准备了些玉米，放在我们的车前。

吃完一碗玉米粥，老蓝真的要走了。他一语不发地，心里想着没有一个人读得懂的心事。他还是走过去摸摸母亲的头，我看到老蓝的眼眶已闪着泪花，而母亲却依然淡淡地笑着，望着大山，溢满温暖。

平静，善良，也很动人，久久地留在我的记忆里……

退休了，只要见面，他常跟我说，很想回瑶山走走，看看瑶胞们是不是"挑着好日子山过山"了，这首获全国"五个一工程"奖的歌曲，是他与音乐家傅磬合作的。如今，瑶山正如怀昌描写那样《相思红》了，这一次，老蓝驾鹤回了瑶山，永远陪他母亲过好日子了……

原载 2021 年 11 月 2 日《广西日报》

邱华栋

长白山的精魂

胡冬林的《山林笔记》三卷本，注定会成为一部留得下来的生态文学和自然文学作品。那一年，我听说了胡冬林突然去世的消息，觉得死亡有时候那么强横，那么没有道理，把冬林这么早就带走了，因为我和他聊过，他还雄心勃勃地要再写十多本书，还有很多计划没有完成。

我最早是从周晓枫那里听到胡冬林这个名字的。在周晓枫的描述中，作家胡冬林简直就是长白山的精灵，他像是一棵松树成精了一样地神奇：他能够在长白山中根据各种别人看不到的细节，说出动物的踪迹、状态和植物的形态以及生长周期。然后，晓枫就拿出胡冬林刚刚给她发过来的一篇稿子。

我拿过来一看，是胡冬林写的一篇非虚构文学作品，写的是长白山里的大自然的故事。我一读，就放不下，他能把长白山里的动物、植物、时间和空间写得这么有趣，唤起了我当年读一些北美洲的作家写的生态文学的阅读快感。

见到胡冬林那次，他穿着一件褪色的迷彩服，有些旧了，走路也不快，脸上有些岁月留下的沟沟坎坎，50多岁的样子，不老也不年轻了，口音是东北人，手里老是拿着根烟，笑呵呵地和我聊了起来。

我才知道，他也上过鲁院的中青年作家高级研讨班。而且，他还是一个满族作家。有人叫他生态文学作家、自然文学作家、儿童文学作家、长白山地域文化作家等。他曾经自称是野生动物作家。他是吉林人，所以，他说起长白山的一草一木、动物植物、气象气候、离奇传说来，都是如数家珍，非常会讲故事。他说起话来，也是滔滔不绝。他最动人的举动，是一个人在长白山的林场小镇上住了5年多，跟各种林场工人、偷猎者、挖参人打交道，可以说经历非常丰富，也历尽千辛万苦。

因此，他就是长白山的一个守望者，他爱着这片山林，也对破坏山林的人、不作为的管理者和一些偷猎者十分愤恨。前些年，他创作出《野猪王》《青羊消息》《约会星鸦》《蘑菇课》《狐狸的微笑》等多部有影响的生态文学作品，引起很大关注。

不过，冬林对自然文学和生态文学有着不同的理解，他说："自然文学多为歌颂自然，讴歌花鸟树木的文学，而生态文学，则带有更多的批评和批判意味。生态作家必须站在野生动物的立场上写作，更要以身作则，一方面是作家，一方面是战士，不仅仅依靠文字，也要身体力行去守护一方水土，守护生态环境。在长白山的这5年多是我人生的大转折，也是我创作的大转折。这段时光是我的创作高峰，同时也是我人生的高峰。这段时间将写作和我的生命融合在一起。我后来写的散文都来自我在长白山上鲜活的体验。生态文学写作是我人生的支撑，它让我的生活充实有分量。只要活着，我就会一直写下去。"

胡冬林曾和我聊了很多关于长白山的故事。关于熊的，关于马鹿、野猪的，关于偷猎者、盗伐者的，关于植物的故事等。我从文学写作的角度，逐一分析这些题材如何写、怎么写，结构以及读者感受等。我鼓励他多多写，尽快写。因为我听说他每天只能写几百字。听了我的鼓劲儿，他立即就摩拳擦掌，说是要大干一场。我还告诉他，有的题材可以写成系列儿童文学作品。胡冬林听了，有点小振奋，但我感觉他似乎对挣钱也不是太热心。

早在 2008 年的秋天，胡冬林就跟随长白山林业科学研究所的专家王柏，进入长白山的深山老林里，专门研究、搜寻、考察当地的野生蘑菇。那一次，是胡冬林在长白山里专门上的一堂蘑菇课，现场教学，实地勘探，样品都是真的，现发现、现研究、现指认、现熟悉。在那个秋天里，胡冬林认识了 100 多种长白山里的蘑菇，还认识了长白山里的 180 多种鸟以及几百种草本、灌木、乔木植物，收获巨大。

胡冬林算是"文二代"，他的父亲是诗人胡昭，所以他的文学才华有遗传的因素。他敏感，正直，热情，相信文学的力量，相信心灵世界的广大和精神生活的纯美。

诗人邰筐告诉我，每一回胡冬林上长白山，"都要套上一身旧迷彩服，背一个帆布兜子。兜子里装有必带的几样东西：帐篷和高瓦数的手提矿灯是必需的，因为碰上大雨天或者黑夜回不去，随时可能要在野外安营扎寨。相机是必需的，每次出去，他都能新拍到一些没见过的植物、蘑菇、昆虫的图片，七八年下来，他已积攒了几万张。望远镜也是必需的。笔和本是必需的。随身带的还有一个不锈钢杯，用它来装山泉水喝。当然还会带适量的咖啡、干粮、水果、香肠以随时充饥和补充体力。枪和刀，胡冬林是决不会带的，他不仅仅是一个环保主义者，而是一直把森林里的所有动物、把大自然的一草一木都当成朋友看待，决不会去伤害它们。"

胡冬林长期追踪和保护黑熊、马鹿等野生动物。据他告诉我，目前长白山北坡仅存黑熊 30 头左右，即使这样，也曾有人偷猎黑熊。

长白山是胡冬林的心灵之家。他说，在长白山里的一条潺潺流动的河边上，有一棵直径一米多的圆盘形的树根，就像一张天然的桌子那样等待着他坐下来写作。他又找了一个原木轱辘当凳子，每次进山，他就找到这里，以天为屋顶，大地为客厅，在这个天然的圆形写字桌上，他挥笔写下了很多作品。有一阵子他几乎每天都要走 40 分钟山路，来这里当专业作家写作。他在这里静静写作的时候，鸟鸣、山岚雾气、阳光包围着他，还有高山鼠兔、褐河乌、棕黑绵蛇、鸳鸯、麝鼠、花尾榛鸡和狍子，会不时地从他身边走过，好奇地看着这个陌生的访客，而他也真的变成了这里的主人。

现在，时代文艺出版社推出他的三卷本《山林笔记》，让我们看到了他那些年守护、深入、书写长白山的日日夜夜的记录，注定会成为一部留得下来的书。胡冬林曾告诉邰筐和我说，他多年以来写下的很多森林笔记，将是他留给后人的最珍贵的财富。他多年来保存下来的各种剪报和随手记在纸片上的各种资料和笔记，已经装满了两个大皮箱，这些还有待整理。他有很多笔记本，他曾经拿出一本让我翻看，里面似乎比较没有章法，但是却像一片森林的生态系统那样，生机盎然。另外，胡冬林还有别的宝贝：30 多年以来，他收藏了长白山一带的自然生态以及东北民俗、地方志等地域文化、地理历史类书籍 2000 多册，希望能够继续发挥作用。

冬林已经魂归山林，他是长白山的精灵，已经与山同在。而我们通过他的文字，仍然能够感受到他的生命体温和热情的话语，还有他的音容笑貌。他未竟的事业，也会有人继续去完成。而他留下来的丰沛而多样的文学作品，是当代生态文学和环保文学的重要收获和巨大财富，我们还要不断地解读。

原载《作家》2021 年第 3 期

李舫

明眸
——长白山和它的守山人

世界一下子静下来，日子一下子静下来。

于德江走在山林里。

天地寂静，山野寂静，四周只有他的脚步声。

东经 127° ～ 128°，北纬 41° ～ 42°。

中国，吉林，长白山。

"吉林"，得名于满语旧名"吉林乌拉"，意为"沿江"。如果说中国的地图像一只昂首高歌的雄鸡，毫无疑问，吉林是这只雄鸡高昂的鸡头，长白山便是它明亮的眼眸。

远处传来一声嘶鸣，是马鹿还是黑熊，抑或是东北虎？路边，一只狍子横穿而过，看见他，猛地站住，立起胖胖的身子，竖起弯弯的犄角，瞪着他同他对峙，冰天雪地里格外醒目。于德江笑了，傻狍子果然是只傻狍子，真的是傻透了。他常常在路边捡到被车撞伤的狍子，它们不怕人，见到人就这样傻傻地站住，呆呆地与人对峙，可是，这小傻瓜的血肉之躯能挡得住大汽车的钢铁骨架吗？

小年过了，山里愈发冷清。还有六天就要到除夕了，于德江掰着手指数着。不，不能掰手指，零下三十度的气温，滴水成冰，裸露的皮肤转瞬间被冻伤。他穿着厚厚的棉衣，可还是挡不住山里刺骨的冷风，雪花落在他的脸上、肩上、身上，越积越厚。他用厚厚的围脖裹住了面孔，他呼出的气息在眉毛、睫毛上结出厚厚的冰霜，他想象着自己的模样，就像一个会走路的雪人。小时候，他一看到下雪就欢呼雀跃，跑出去打雪仗、滚雪球、堆雪人，在雪人的头上插着一根胡萝卜，每到这时，雪工程就完工了。现在，他和雪人之间，只差一根胡萝卜。

于德江在心里数着——

一、二、三、四、五、六,六、五、四、三、二、一

......

数着数着，年，就这样来了。

每一年的这个时候，他都会这样数着天数，就像牙牙学语的孩子在学数数。

一个人的年，一个人的家。

除夕终于到了，像往年一样，于德江给自己包了三十个酸菜馅饺子。他小心翼翼地将饺子倒进沸腾的大铁锅，等锅里的水沸腾后加进冷水，再次沸腾再次加进冷水，第三次沸腾，饺子便可以捞出来了。一个饺子皮儿都没破，好兆头！于德江得意地看着自己的杰作，倒了一杯老白干奖励自己，对着镜子，祝福里面的那个自己："德江，新年快乐！"

一个人的家，一个人的年。

长白山维东保护管理站站长于德江不是没有家。他的家，在大山外，而他的岗位，在深山里。某年的除夕，于德江在日记里写道："过年了，我也想家，此时家里正在热热闹闹地准备着年夜饭吧？烟花有

多绚烂，我的心里就有多牵挂，想念着母亲的一手好菜，想念着父亲理解的微笑，想念着当兵的儿子也在岗位坚守，也想念着妻子温暖的拥抱。"

不，准确地说，于德江的家，在大山里。他是守山人，长白山林海中的九座保护管理站，就是守山人的家。起伏的群山、茂密的林海是大山的繁华，挺拔的白桦、油绿的松林是大山的热闹，神秘的野兽、翱翔的飞鸟是大山的喧嚣，曼妙的青苔、淙淙的林泉是大山的荣耀。可是，于德江的生活与繁华无关，与热闹、喧嚣、荣耀都无关。

他只有寂寞，寂寞是他每日的工作，寂寞是他的一切。

于德江还有许多好听的绰号——森林卫士，林海哨兵。士也好，兵也罢，于德江却没有军装、没有工装，更没有职称。他有的，是对大山无尽的爱。

没有到过长白山的人，或许以为它只有白山黑水的黑白两色。熟悉长白山的人知道，缤纷多彩、丰赡多姿才是吉林的本色——

吉林地貌形态差异明显，东南高、西北低，东部群山环抱，中部江河相济，西部草原广袤。大黑山自北向南将吉林分割为东部山地和中西部平原。数万年来，冰川、流水、季风，在这里侵腐、剥蚀、堆积、冲积，雕刻出山地、丘陵、台地、平原、盆地、漫滩、谷地、冲沟等丰富多样的流水地貌。远古时期，已有人类在这片辽阔肥沃的土地上繁衍生息。悠长而深情的岁月，在白山、松水、黑土留下了鲜明的印记。

没有到过吉林的人，或许以为吉林只是东北三省最低调的那个。熟悉吉林的人懂得，吉林担着国家边疆安全、粮食安全、生态安全、生物安全的重任——

朝鲜半岛、日本列岛、俄罗斯远东地区与中国东北构成的广大地理区域，便是大国力量交汇、为世界瞩目的东北亚，辐射中国、俄罗斯、日本、朝鲜、韩国、蒙古等亚洲重要国家。吉林，恰在东北亚地里几何中心，边境线总长 1384.6 公里，是国家"一带一路"建设向北开放的重要窗口，是近海、靠俄、临朝的"金三角"。

长白山，地跨安图、抚松、长白三个县，是大自然留给吉林的永世财富。

1960 年，经国家批准建立长白山自然保护区。以天池为中心，南、西、北三面围成长白山自然保护区，总面积 196465 公顷，有野生动物 1588 种，野生植物 2806 种，树木蓄积量 4400 万立方米。

随着海拔的升高，长白山从山麓到山顶，呈现出针阔叶混交林带、针叶林带、岳桦林带和高山苔原带四个植物垂直分布带，呈现出"一山有四季，十里不同天"的景色。万顷原始森林里草木森森，鹿鸣鸟啭，瑞气氤氲，这是地球上保存完好的庞大的原始森林系统，森林覆盖率高达 85%，被誉为中国东北"生态绿肺"。

这片广袤的原始森林，这个数千种野生动植物生存的天堂，20 世纪 80 年代被联合国教科文组织批准加入"人与生物圈"保护区网，成为世界自然保留地。长白山还是松花江、图们江、鸭绿江的三江之源。生态环境优越，天然水系丰富，让长白山之水天下闻名，与阿尔卑斯山和高加索山一并被公认为"世界三大黄金水源地"。

天地有大美，奇绝长白山。

百兽栖息地，千鸟竞飞林。

这是来到长白山上的文人墨客为长白山吟咏的诗歌，写得真好。

于德江将它们牢牢记在心里，以后在山里遇到游客可以这样对他们夸耀。

于德江对长白山的每一棵树、每一座峰、每一条河、每一个故事都如数家珍。老一辈守山人告诉他，远古时期水神共工与火神祝融争战，共工兵败，气急之下用头怒撞不周山的撑天之柱。天柱崩溃导致天庭塌陷，天河水从天豁峰处灌入人间导致洪水泛滥，女娲娘娘为民福祉，在大荒之中那不咸山无稽崖下烈焰冲天、岩浆翻滚的巨大火山口中，炼出高经12丈、方经24丈的顽石36501块。女娲用了36500块五色石，堵住了缺口，只单单剩了一块未用，留了个小小的豁口，叫天庭之水缓缓地流下，沃灌人间，形成了通天乘槎河，又斩下龟足把倒塌的天边支撑起来。那无用之石便遗弃在青埂峰下，就是今天的长白山，那水便是长白山天池。这块补天石后来还演绎了一场悲金悼玉的"红楼梦"，这些都是后话。

传说天庭之水沃灌的长白山天池里还住着上古神兽，清代《长白山江岗志略》这样记述："自天池中有一怪物浮出水面，金黄色，头大如盆，方顶有角，长项多须，猎人以为是龙。"这些年来，长白山越来越名播遐迩，各个国家的科学家争先恐后来到长白山，开展研究。他们发现，天池是火山喷发形成的高山湖泊，四周被十六座群峰拱护，这里草木不生，自然环境险恶。奇怪的是，一般高山湖水中极少有机质及浮游生物，科学家在乘槎河里却不断发现生命体的存在。这些生命是如何在高寒险恶的环境生存下来，又进化到生物链的顶端的？这真令人百思不得其解，连科学家也没有答案。

于德江将他对长白山的爱融入了每一天。

长白山无限风光的背后，是无数个于德江这样的守山人的无私奉献。防火、防盗、防风、防沙、防虫、防病、妨害、防止游人走失……守护长白山没有捷径，多巡查，多防范，才是硬道理。一座山、一条路、一段坡，于德江对这里比对山外的家里都熟悉。每一寸土地都需要他用脚步丈量。守山人有多苦？于德江说不出来，他只知道，自己每天要在烈日暴晒或者风暴肆虐中穿越数十公里的泥泞丛林，一路上还要防范蚊虫叮咬、野兽袭击。有一种害虫叫草爬子，每年春夏都在偷偷"骚扰"守山人。巡山时，草爬子悄悄落到人的身上，潜伏下来。于德江被草爬子叮咬不是一次两次、一天两天的事了，有时候满身红肿，随之高烧不止。曾经有同伴因此得了森林脑炎，差一点丢了性命。这些年好了，有了预防草爬子叮咬的疫苗，于德江的心里踏实了许多。

长白山自然保护管理中心现有五百余名守山人，他们是奔波深山林海的于德江的同伴。他们都有一个朴素的名字——管护员。他们还有许多骄傲的称谓——千里眼、铁脚板、活地图。这是对他们的最高赞誉："千里眼"是对瞭望塔上的瞭望员，十五座瞭望塔，辐射全区80%的区域；"铁脚板"是每一位守山人的称呼，每年他们巡护里程高达12万公里以上；"活地图"是在夸他们对山里地形了如指掌，即使没有全球定位系统，他们也不会迷失在深山林海。

守山人的岗位在山里，每次巡山，所有的衣食住行都要自给自足，上山前，必须备好半个月的给养，而且要自己背到山上来。春季进山时，山路上厚厚的积雪还未融化，从山下走到山上，衣裤已被积雪和汗水填满。到了山上，凛冽的风瞬间便将人牢牢地冻住。瞭望台海拔高，温度低，瞭望员大都患有高血压，治疗的前提就是远离高海拔低温区的生活，可是岗位上怎么能没有人呢？

最艰难的是遭遇风暴，气温陡降。于德江记得有一次，他和同伴在巡山路上遇到天气突变，所带粮食不足，只好每天减少一顿饭。大雪封山，积雪半人深，上下山都只能爬行，短短几公里路，于德江和伙伴们要爬上十几个小时，他们的手上开出了"血花"。突来的困难延缓了行程，背囊的食物已尽，寒冷加上饥饿，他们靠积雪充饥，最终完成了任务。

于德江走在山林里，四野寂寞，天地寂寞。

他就这样走啊，走啊，走啊。

长白山的绿水青山，正是于德江这样的守山人一步步走出来的。

2020 年，长白山自然保护区建区六十周年，一代代守山人成为庆典的主角。六十年来，他们顶风冒雨、爬冰卧雪、风餐露宿，在茫茫林海中昼夜巡护，走遍了长白山的山山水水、沟沟岔岔，累积巡护里程 4000 多万公里，可绕地球 1000 圈。他们用双足换得"铁脚板"，用坚守练就"千里眼"，用经验绘成"活地图"。一家三代人、一门三兄弟护山、守山的故事薪火相传，淬炼出"天然天成、尚德尚美、创业创新、自立自强"的长白山精神。

这是一座有着神祇守护的神圣山峰。其实，无数个于德江才是守护着这神山圣水的神祇，正是因为有了他们的守护，才有这长白山的眼波流转、明眸善睐。是的，在这里，每一棵大树都有记忆，每一条河流都有历史，每一座山峰都有故事，它们绵密而悠长，汇成了长白山的传说。

松涛阵阵，流水潺潺，峰峦叠嶂，如果你俯身倾听，你会听到——

岁月，正在低声讲述着守护者的不老传奇。

原载《作家》2022 年第 8 期

江子

种树的女人

1

老实说，她们不过是一群普通的人。

我说的是海南昌化一群种树的女人。她们中领头的名叫陶凤交，其他的还有文敬春、钟应尾、文英娥……

一看就知道都是普通人的名字。

如果没有1992年发生在家门口的那场事故，这一群普通女人的人生，或许就会改写。

1992年陶凤交才33岁。她的丈夫六年前去世了。虽然她一个人带着两个幼年的儿子生活，可是她的日子并不算难。她接手了丈夫的生意，每个月的利润有千元之多。那是20世纪80年代末90年代初，公职人员才只有一两百元的工资。

毫无疑问，陶凤交的日子继续下去，日子肯定不会差到哪里去。凭后来陶凤交显现出来的狠劲儿，陶凤交干啥都会是一把好手。

可是1992年，陶凤交所在的海港出事了。一场台风，将泊在港外的渔船掀翻，陶凤交所属的昌化镇昌化居委会，二十多名女人一夜间成了寡妇。

——是台风与沙子合谋作的案。昌化至南罗总长 43 公里总面积为五万多亩的沿海岸线 60% 为沙化土地，日积月累，原本可以停泊 100 万吨船舶的昌化港被风沙侵蚀，连 20 吨的渔船都入不了港湾。

昌化的天塌了。接下来的日子，该怎么办？如果对门口的沙化土地听之任之，昌化港被堵塞的程度将会加大，那二十户人家出事儿也许仅仅是个开始。台风还会继续刮来，谁会是下一个倒霉者？谁和谁，又会是下下一个？

昌化的女人们二话没说，走向了沙漠。她们是女人，捍卫家园是她们的天职。她们是母亲，为子孙们冲锋陷阵，她们没有退路。

那些新寡的妇人们是当仁不让的主力军。因为她们报仇心切。沙漠是夺取她们丈夫性命的凶手，她们要向沙漠讨还公道。

陶凤交是走在前面的一个。按理，她手上有着生意呢。可是，家园是比钱财更为重要的财产。生意生意，有生才有意。人没了，家毁了，活路断了，再多的生意又有何用？

陶凤交六年前就失去了丈夫。陶凤交是有本事的人，每月能挣一千多块钱。陶凤交当仁不让地成了这群人的主心骨。

她们挑着担儿走上了沙漠，用铁锹挖开了沙漠，在一个个树窝里种下了一棵棵小树。然后浇水，填沙子。这是全世界屡试不爽的种树方法。昌化的海湾又不是火星，她们认为，只要照着这个方法去种树，过不了多久她们的愿望就会变成现实。

可是仅仅在第二天，她们就发现，她们种下的 1000 多棵小树被吹起的沙子淹没。死亡率差不多 100%。

怎么办？德国环保专家早就受邀来考察过这块沙漠。他们得出结论，说这块沙漠根本治不了。他们的理由是，昌化渔港周边，不仅日照强气温高，连续 8 个月的旱季，蒸发量是降水量的两倍，流动的沙地上人都站不住，怎么种树？

没有任何意外，陶凤交们也失败了。

2

望着这些死去的生命，陶凤交们哭得稀里哗啦的。哭完之后，陶凤交们依然挑起担子走向了沙漠。

她们有什么办法呢？这是她们的家园，她们不把这片沙漠治好，她们的子孙后代就没有生存之地。

在县林业局的专业指导下，她们开始摸索种树的道道。要让树活下来，必须先固沙。她们先给沙地种上大片的野菠萝。然后第二年，在野菠萝之间的沙地上，再种上沿海防风固沙最有效的常绿乔木木麻黄。

为了省下购买木麻黄幼苗的钱，她们从木麻黄树上采下种子培育成苗。为了防止苗直接栽入沙地因干旱而死，她们从外面拉回红土做成一个个营养袋，把小树苗栽种其中，再把带着营养袋的小树苗种到沙地上。营养袋里的营养和水分，可以让小树苗在干旱与贫瘠的沙地里活过最初的十多天。

如此一来，种树就成了一个复杂而精密的系统工程，种树成了必须全力以赴贯穿年头到年尾的主业。她们要在每年的一二月开始育苗，四五月时将幼苗分床到用红土做的营养袋里，七月到九月这三个月，她们要把装在营养袋里的幼苗一棵棵种进沙地里。

种一棵树需要时间近九个月，这几乎等同于女人怀一个孩子的时间。

采种，育苗，做成营养袋，把树苗移栽到营养袋，在沙地上种树……这一整套程序，多像母亲哺育、照料自己的孩子！

一棵树苗长出了绿芽，长出了新叶。两棵树苗抽出了枝条，相互间牵起了小手。一丛小树林踮起了脚尖，相互比着身高……她们种的树成活了。1997年，她们种下的1000亩木麻黄在叫棋子湾的海岸边长大成林。

这1000亩木麻黄成活的事实鼓舞着她们。接下来她们停下了所有的生计。她们的工作只有一件：种树。

至今29年，陶凤交们种活了588万株树，共计3.38万亩海防林。曾经坟场一般沉寂的一望无际的沙地上，几百万棵二三十米高、五十厘米粗的木麻黄像旗帜一样高高飘扬。

这么大面积的海防林，终于囚住了流沙。流沙这个仇敌，被陶凤交们狠狠地按在了地上，从此永无翻身之日。——这么多年来，昌化海港恢复了通航，再大的台风，也没有让海港出过事。

而且，昔日沙漠占据的昌化海岸线，因为这一片防护林，成了风景优美的旅游度假区。死之坟场成了生之美地。

3

29年来，为了种树，陶凤交们吃过的苦难以想象。

她们是女人，却善于爬树，因为她们需要培育的种子在二三十米高的木麻黄树上。她们要去很远的地方拉回红土，要制作营养袋，要照看好种子的生长情况。要把苗移栽到营养袋中……

每年七月到九月，是她们最为忙碌的时候。

她们必须在早上四五点钟开始起床，戴上斗笠，蒙着面纱，挑着

40 棵每棵 3 斤多重营养袋的树苗共 130 斤左右的担子，再带上 10 多斤的淡水和白天的口粮走向沙地。从育苗地到种植地要五六里路，她们一天要走九至十个来回。也就是说，她们一天要挑着 130 斤重的担子走五十多公里的路。她们每个人的肩膀，因此都结了又黑又粗的一片老茧。

沙地上行走，要保护脚，就必须穿鞋子。可是穿鞋在沙地上行走，脚就使不上劲。她们常常脱下胶鞋打着赤脚。那是炎炎夏日，太阳毒辣，沙地滚烫，她们的脚底，就经常烫起一个个水泡，每走一步都像针扎一样疼。

她们的仇敌是沙子。她们要制服这个敌人。可是敌人哪有那么容易束手就擒的？趁着她们不停地在沙地上行走，沙子就会与她们的汗水混在一起，进入她们的衣服内，攻击皮肤。要不了多久，她们的身体就会因沙子的摩擦破皮，继而引起红肿、发炎……为了对付沙子，她们经常在无人的地方集体赤身裸体，直到快近人烟处才再把衣服穿上。

不是她们不晓得害臊，而是面对这个狡猾的敌人，她们必须豁得出去。

带去的水不够喝，天上的太阳毒热异常，怎么办？她们就从沙地上挖一个一个洞来找水喝。水不卫生，可是她们没得选。

刮风下雨，还有了隐藏在沙地里的沙蛇，对她们都是严峻的考验。

——这是近乎惩罚的劳作。她们的身体因为长年累月的种树都有不同程度的受损，有的人脊柱弯了，有的人腿坏了，患了静脉曲张，有的膝盖坏了。她们的体态，比起那些不种树的人来，就显得有些变形。她们的脸，要比其他不种树的女人黑得多。同样年龄的女人，种树的比不种树的，就要苍老得多，苦得多。

陶凤交两只小指不能伸直。这当然是永无休止的沉重的劳作惹的
祸。她的腿上有一条深深的疤痕。那是一次台风时，为了防止台风海
浪破坏种下的树苗，她们在水中装了七个小时的沙袋。有一根树枝插
进了陶凤交的腿中，流血的伤口缝了15针。

那一定不是陶凤交们栽下的树的枝条。不然，它不会不认识陶凤
交，不会对陶凤交发起如此猛烈的攻击。

老实说，听了她们的故事，我的第一印象是，她们太苦了。

4

陶凤交们出名了。陶凤交获得了"全国三八红旗手"荣誉称号和
全国"三八绿色奖章"。2018年2月9日，央视以《陶凤交和她的绿
色娘子军》为题进行了报道。网上搜索，有很多重要媒体都报道了她
们的事迹。

按理，陶凤交们应该高兴，应该志得意满春风荡漾，应该喜笑颜
开，眉飞色舞。

成名是一件多么好的事儿呀。我们知道，在世俗的世界里，名气
是可以兑换很多东西的。

可是在昌化"植树娘子军纪念馆"陈列的照片里，在网上关于陶
凤交的视频资料中，我们很难看到陶凤交及她的同伴们高兴的时候。
相反，她们大多数时候是忧郁的，心事重重的——那是普通的人们对
生活不如意才有的表情。

陶凤交除了犹豫与忧心忡忡，还似乎有点木讷。在2018年感动
海南颁奖典礼上，她作为"致敬群体"奖的获奖群体一员站在领奖台
上，老式的发型，老式的衣着，过于瘦削的身体，因过度劳动显得不

平衡的站姿，手足无措的样子，与整个光芒四射的舞台格格不入。

她曾经是生意人，可现在的她一点也没有生意人该有的活泛。

她要指挥最多时有近百人的植树娘子军，安排每一天的工作。如此的木讷，她怎么调动得了这些人？

陶凤交不仅没有因为成名而志得意满、春风荡漾，相反，她总是满腹怨气——那怨气，当然跟种树有关。

因为种树，她没有时间照料家庭。她的两个孩子因此早早辍学回家，最后走上了和她一起种树的路。

因为种树，她的人生变得单调而贫乏。她不会穿衣打扮，也不会交际娱乐。她一直单着，这么多年都没时间再找一个人。她家的生活条件也不好，常常捉襟见肘。电视镜头里，她的家简陋至极，几乎没有任何装饰。

种树辛让她经常遭到乡亲的误解。防护林种下后，县里规定不允许到苗地放牛，有养牛户二话没说就操起板凳跑到陶凤交家里，骂了陶凤交整整三天，说尽了全世界最恶毒的话。村里有养鲍鱼的因为砍树造窝棚被抓，他的家人认为是陶凤交举报，又不分青红皂白跑到陶凤交家里骂。更过分的，有人因为利益受到损害，把粪水泼到了陶凤交的家里。

每当这时候，陶凤交是隐忍的。可是，陶凤交也有忍不住的时候。优质的海滩和成片的树林，让棋子湾成了旅游风景区。为了吸引游客观光，有人打起了树的主意，因为只有砍树才能辟出一块地来建度假区。

陶凤交知道消息后疯了。她二话没说操起家伙冲向砍树的人。她叫道：谁上来谁死！我把你们打死了，然后我也死！

——按理，这树是政府的，犯不着她来操心。可是她忍不住。

这树已经不是树了，而是她辛辛苦苦养大的孩子。唯有保护孩子，一个母亲才会豁出命来。

陶凤交带着姐妹们战胜了沙子，让沙漠变成了绿洲，让淤塞的海港恢复了通航，可是那些沙子并没有消失。它们挤进了她们的命运里，让她们的生活，呈现出程度不一的淤塞，让她们的日子硌得慌。

陶凤交并不愿意面对她们创造出来的这块绿洲。有时有记者采访她，请她带去看那片树林，她往往拒绝。她不愿意回忆起当年的非人的苦。同时，在她眼里，它们或许都是不孝顺的孩子。

我在媒体上看到了一篇报道：2018 年，陶凤交团队荣获"感动海南"2017 年度特别致敬群体。去海口领奖的前一天，陶凤交一个人默默地来到当初种树的地方，坐了很久。

她想了什么呢？

5

是在昌化"植树娘子军纪念馆"，我听到了陶凤交们的故事。

无须讳言，相比张桂梅、杨善洲，陶凤交不算太有名。至少，我这个江西人的周围，没有几个人知道她。我在去昌化以前，也不知道她。

同样是基层女性，可人们通过网络都知道了张桂梅，那个疾病缠身却创办了全国第一所全免费的女子高级中学、10 年来让 1645 名贫困女孩从这里走进大学的女校长。她的名言"我生来就是高山而非溪流，我欲于群峰之巅俯视平庸的沟壑。我生来就是人杰而非草芥，我站在伟人之肩藐视卑微的懦夫"，与她的传奇人生一起，让很多人为之击节赞叹。

同样是种树，可人们通过电影、媒体也知道杨善洲，这个当过地委书记的老人，退休后回到他的家乡云南大亮山，带领乡亲用20年时间种植林木5.6万亩。

人们乐意传播张桂梅杨善洲的故事，却忽略了海南陶凤交的绿色娘子军种树的故事。

我想，那肯定有这个故事发生在海南的原因。

人们会想：什么？不会吧？在海南种树？海南，那不是植物像动物一样疯长、到处都是热带雨林的地方吗？

作为江西人，一个植被覆盖率很高的省份、每天习惯看到绿色葱茏的人，到了海南，就会因为满目都是高大、密集、无所不在的植物而喘不过气来。这样的地方，怎么可能还有沙漠，怎么还需要有人辛苦种树？而且，还那么多人种那么多年？

而更深层的原因，我以为，比起张桂梅杨善洲，陶凤交们不过是普通人。比起张桂梅和杨善洲的故事，作为普通人的陶凤交们的故事，并不具备更大的解读空间，并没有让大众们普遍围观的价值。

张桂梅容易让人联想起传统的"士"。她继承的是中国传统知识分子人的道统。她的"我生来就是高山而非溪流，我欲于群峰之巅俯视平庸的沟壑。我生来就是人杰而非草芥，我站在伟人之肩藐视卑微的懦夫"的表达，正是"士"的精神的表达。她的为人所知，其实是"士"之"虽千万人吾往矣"的精神的回响。

杨善洲的植树故事，是领导干部践行人民公仆宗旨的完美体现。杨善洲退休前，是云南省保山地委书记。一个地位这么高的人，退休后不好好安享晚年，反而不辞劳苦为民造福。这样境界的人，适合做全体公仆的镜子。传播他的故事，有利于强调人民公仆宗旨意识，有利于对万千公仆进行提醒和告诫。

可是陶凤交们不过是一群普通的女人。是无数沉默的大多数的一小部分。

就像我的许多乡亲，朴素、隐忍、自尊、习惯劳作，舍得下力气，却又有许多小缺点，比如拘谨、小心眼、好面子、爱贪小便宜，喜欢埋怨，万事不满意。在这世上，他们活得努力而又漏洞百出，活得坦荡真诚而又笨拙、矛盾、小心翼翼。他们构成了广阔的坚实的"民间"。

可是她们的故事比起张桂梅杨善洲们更加让我动容。——在我看来，她们作为普通人的两难，普通人的坚守，普通人的牺牲，普通人的明知不可为而为之，更有着广阔的意义。

我在"植树娘子军纪念馆"徜徉。我心疼于陶凤交们20多年肩挑手提超乎常人的辛苦。我不放过纪念馆里的每一段文字，每一幅图片。我看着图片上的这群女人。她们戴着斗笠和袖套，蒙着面纱，穿着胶鞋，挑着一看就十分沉重的担子，满脸都是坚忍与承受。她们的背后是茫茫的荒凉的沙漠。我感觉到一种巨大的力在压迫着我。我无端地想起了鲁迅先生的言辞：

"地火在地下运行，奔突；熔岩一旦喷出，将烧尽一切野草，以及乔木，于是并且无可朽腐。"

"不在沉默中爆发，就在沉默中死亡。"

这样的言辞，带有明显的启蒙气质革命意味，似乎并不适合她们。可是，没有什么语言，比这两句话更适合她们的了。

她们，以及更多的普通人，不就是鲁迅先生所说的隐忍的地火，不就是沉默中爆发的熔岩吗？而这昌化海湾漫山遍野的绿，就是她们爆发出来的巨大能量的见证。

原载《天涯》2021年第6期

刘齐

网上的父亲（节选）

2020 年是我父亲刘黑枷诞辰 100 周年，《沈阳日报》为此征集文章，开展活动，编写纪念文集。作为子女，我很感激，也想尽一份力量，就承担起网上的搜索工作。父亲在 1949 年以后的经历，已有不少文章谈及。我主要搜寻早期，即他青少年时代的有关记载。我的读后感和一些说明性文字，排在每节资料后面。

—

《1931 年（上、下）》

70 万沈阳市民一觉醒来，悲伤地发现青天白日的国旗已经换成了刺眼的太阳旗。那些面熟的日本侨民已经拿起武器，开始帮助关东军维持秩序。

天津出版的《北洋画报》在九一八第二天就派出记者前往沈阳采访，在《记者团出关吊沈阳》一文中这样描述沈阳的情形：沈阳城中着马裤者，日人遇之杀无赦，不知马裤何故结冤于日人！

9 月的沈阳，寒风袭人，车站上挤满了拖家带口的逃难者。以前内战时，东北军在关内留下的口碑不佳，东北难民入关还怕挨白眼。《北洋画报》的文章描述说，当时在皇姑屯的难民看见记者后，有人说，想不到关内还有人来看我们，难民们见车就上，有空便挤，上自车顶，下到车梯，都挤满了人。

难民之在皇姑屯者，曰："想不到关里人还来看我们。"其言之惨如此。西来者则遇车即上，有空便挤，上自车篷，下至车梯，扶老携幼，饮泣露宿。

10 岁的刘黑枷和他的两个妹妹，在拖着病体的母亲带领下加入了逃难的人群。刘黑枷后来回忆说："我的妈妈当时才三十一二岁。带领着两个妹妹和我，妹妹一个 7 岁，一个 3 岁，坐火车四天四夜到了北平。不走不行啊。当时奶奶 60 多岁了，特别喜欢孙子，和我最好，舍不得离开。她抱着我，摸着我的脑袋，说不知道什么时候才回来呀，摸摸我的脚，天冷冻脚呀。"

到了北京后，刘黑枷的母亲因病去世，她再也没能回到故乡。

（2005 年 8 月 11 日央视国际）

这里的文字，应是父亲晚年接受央视采访的部分内容。我当时在国外，没看到这期节目。回国后有一天，接到一个电话，是央视一位陌生编导从火车上打来的，与他同行的一位作家有我的手机号码，不知怎么说到我，该编导就要来号码与我联系，告知说他手头不但有节目的播出带，而且有未经剪辑的素材带，回京后一并寄来。我很高兴，可是直到多年后的今天，我也未收到邮件，不知耽搁在了哪个环节。但我仍然充满期待，在父亲与我天人两隔之后，这位编导将父亲的一些影像音频存放在另一世界，电子世界，如此，父亲随时都有可能以某种方式前来，与他的儿子相见。

这部片子提到的东北军，九一八事变时，人马刀枪足足的，飞机大炮"钢钢的"，却来了个"不抵抗"，转眼工夫，版图中的一大块就被日军撕了去。我的祖父就是这支窝囊队伍中的一员，时任东北军一个营的少校营长，撤到关内后，在北平先农坛驻防，北望失地，常常黯然无语。我的祖母劳苦过度而又缺乏营养，缺乏振作精神的好消息，33 岁便因病去世。我父亲当时才 13 岁，内心凄楚，天天只有一个表情：呆滞，总也不笑。后随学校南迁，越走离祖父越远。祖父随部队开赴前线作战，后因车祸身亡。我的继祖母带着子女返回乡下艰苦度日，言谈举止难寻军人眷属的样子，而只是一个爽直的东北农村老太太，吸烟袋锅子，往鞋底啪啪磕烟灰，高兴和生气时都可能爆粗口。我见过我的这位后奶奶，待我很好，自己舍不得吃的青苞米让我"可劲造"。我哥念小学时淘气，怕被我爸收拾，长途跋涉到乡间，得到老太太的庇护。我弟当知青时回乡探望，到亲友家吃饭，大醉而归，我奶指着两个搀扶者说："再这么灌我孙子，我削死你们！"

这则视频说父亲逃难时是 10 岁，不准确，父亲 1920 年 7 月生人，1931 年 9 月已满 11 岁，比电视说的大了 1 岁。国难当头，大 10 岁 20 岁也躲不过厄运。彼时，希特勒上台不到一年，犹太人离毒气室和焚尸炉尚有一段距离。美国经济复苏的象征——纽约帝国大厦刚刚落成，建筑工人坐在高高的脚手架上吃午餐面包。中国南部一些省份，几年后父亲将要经过并开展抗日宣传的地方，山川美丽，人民漠然，许多人并不认为东北人的屈辱跟自己有关，或者压根不知竟有此事。而我的父亲，和他的万千父老乡亲，却早早开始了悲惨的流亡生活。

大人物做出的错误选择，无论说辞如何，其后果总是由底层百姓承受，成人要承受，孩子也要承受。我父亲离开家乡后，遇见许多痛苦，其中特别难受的一个，是挨当地小孩骂。小孩骂小孩，古今常有，但这个骂不同，这个骂不是普通的"国骂"和"小孩骂"，而是痛心疾首却又无法辩驳的"亡国奴"三个字。其实，那些骂人的孩子也可怜，没过多久，自家城乡相继沦陷，他们用过的骂名也落到自己头上。

二

烽火中的东北中学

在东北中学，我教高、初中两个班的语文。除了给两个班的学生上课之外，我把全部精力和时间，都投入和学生一起搞救亡宣传活动。作抗日救亡宣传的积极分子，今天我能记得起的，有黄德甫、刘黑枞、吕伟功、苗雅丽、于自中、王书画、王的、戴临风等。宣传中，学生们写传单、编墙报，创作快报、小调、大鼓，作街头讲演、演活报剧。鸡公山不断地响起了抗日救亡的歌声。在鸡公山是这样的，在由桃花坪，经贵阳到四川，一路也是这样的。他们艰苦奋斗，废寝忘食，慷慨激昂，出于一片爱国热忱，使城乡人民深受教育，大大鼓舞了人们抗敌的斗志。特别是由桃花坪，水陆并进，经过半年之久的长途跋涉，到达四川。一路在农村、城镇的宣传活动，给人民留下了深刻的印象。在八年抗战的历史上，也应给这一支学生宣传队伍在功劳簿上大书一笔。

（摘自《沈阳文史资料④》、吉林新闻出版局《石光诗文纪念集》）

在中国中学教育史上，东北中学是一所极为特殊的学校。1931年10月18日，亦即"九一八"事变仅仅一个月之后，该校就在北平成立，张学良亲任校长，专门招收东北流亡子弟，伙食公费，实行军事化管理。每个学生都有自己的步枪（辽十三年式韩麟春造），每月逢 18 日都面对东北地图默哀，敲警钟，喝黄连水，吃高粱米饭。几年后诞生的著名抗战歌曲《松花江上》有一句歌词："满山遍野的大豆高粱"，可见那一时期的人们，普遍将高粱等物当成了故国家园的象征。山河破碎，而高粱常红，血一样红。1933 年秋，父亲由北平黎明补公小学考入东北中学，由于年纪小，没发真枪，发的是"教育枪"。后随学校流亡豫湘黔川一些地方，参加了上文所说的抗日宣传活动。

上文提到的人名，除了父亲，此次我查到生平事迹的，只有戴临风和作者石光。戴先生（1920-2009），辽宁新宾人，1935 年考入东中，曾任北京电视台副台长、中央电视台台长等职。

石光前辈（1908-1990），又名张东之，辽宁抚顺人，是父亲在东北中学的老师。资料说他 1928 年考入东北大学文学院哲学系，这在那个年代已经很出众了，更出众的是，他还是校篮球队的主力中锋。东大篮球队不是随便玩玩的一般校队，我在网上看过一张东大篮球队全体球员的合影，胸前标识很骄傲，居然省略了"大学"字样，只留"东北"两个大字灼人眼目。他们担得起这两个字。他们到上海参加比赛，七战六胜，为东北争了光。又受校长张学良委派，到日本比赛，四赛三胜，为中国争了光。

中国积贫积弱，小处赢得三五回固然鼓舞人心，但大处不振，仍受列强欺辱。卢沟桥事变后，前校队主力石光就任流亡的东北中学国文教师，带领我父亲那一拨中学生进行抗日救亡宣传，一心欲使国人不但强体，而且健心，团结一致，从大处，从整体上击败日寇。父亲撰文回忆，东中流亡途中，石光对父亲他们搞宣传尤其是出壁报的学生"支持鼓励很多。出满 10 期时，他花钱买了许多桔子、柚子、凉薯、花生、麦芽糖，领我们开会，总结工作。"

东北中学在河南信阳鸡公山落脚时期，我父亲开始读从北平、上海寄来的《大众生活》《生活日报》等进步报刊，课余到山里学游泳，采猕猴桃。该处峰峦俊秀，松竹苍翠，漂泊少年却很难开怀欢笑，"登高不敢东回首，白云片片故国来"。1936 年初，因校方开除 11 名无辜同学，激起师生愤怒。我父亲他们由老师带领，冒着大雪下山，沿平汉铁路南行，徒步去汉口请愿。经武胜关、广水、花园，一直走到离孝感很近的肖家港，行程约一百公里。雪夜临风，一怒冲冠，终于迫使校方宣布开除学生的决定无效，监督学生的秘密组织解散，教务主任引咎辞职。

父亲少年时得到过石光老师的许多帮助，说起来，我也间接得到过石老前辈的帮助。1970 年代中后期，石先生任辽宁省文化局副局长、辽宁社科院副院长等职。我在辽宁作协工作期间，办公地点是张氏帅府的大青楼。据老作家马加先生回忆，省作协恢复建制初期，偌大的沈城竟找不到一处安身之地。若不是石光先生鼎力相助，压缩自家办公面积，腾出大青楼，省作协不知要流落何处，我也无缘在楼内张学良的办公室编刊，在著名的老虎厅开会。

三

东北大学校史

在三台这座川北小城，东大度过了八年时光，在物力财力两感窘迫的岁月里，师生们直面困苦，笑对艰难，追求学术发展，传播进步文化，那段日子因此而熠熠生辉，三台小城，因而平添万千气象。老校友刘黑枷在文章《歌声琴韵》中曾这样回忆当年的情景："我们那时在学校里最爱唱的歌，是《东北流亡三部曲》《松花江上》等，每次唱歌都心潮激荡，怀念故乡，遥想前线，对真正领导抗战的先进政党激起无限景仰。"

（摘自《高校与高等教育·东北大学》）

史书记载，抗战的艰难岁月，昆明接纳了西南联大，川南李庄接纳了同济大学，留下许多美好感人的故事。这两所流亡大学很有名气，它们的遗址我都参观过。但距李庄不算太远的川北三台，父亲母校东大的所在地，同样有美好，同样感动人，我却没有去过，不应该。东北大学是中国第一所流亡大学，从 1931 年就开始流亡，比中国其他流亡大学提前六七年遭受苦难。东大流亡师生一路向南，向西，三番扎寨扎不成，五次求人人不应。有一种意见甚至想让东大停办解散，或去青海荒凉地带自生自灭。大家几乎都要绝望了，这时，四川三台出现在视野之中。当时，三台自身正遭水旱双灾的祸害，但三台人并未以此推脱，而是冒着政治风险（东大校长张学良已被定罪囚禁），倾一县微弱之力，接纳了东大。

父亲在世时，常念叨三台，对涪江边上那一方土地有很深的感情。一次提到杜甫的名作《闻官军收复河南河北》，父亲说，这首诗就是杜甫在三台写的，为避安史之乱，杜甫在三台住过一段。三台沾了诗圣的悲悯沉郁之气，人们心底就存了一份善良。东大校舍有一部分就设在杜甫草堂，还有一部分，设在旧试院和一所中学，都是当地给东大让出来的。我在网上见过一张都江堰市档案局保存的三台东大旧照，校门上有三组让人肃然起敬的大字——正门上方写的是：国立东北大学；右侧墙柱上写的是：抗战建国；左侧墙柱上写的是：复土还乡。沧桑感透过电脑屏幕，扑面而来。其中"复土还乡"四字格外让人心酸心痛，也让人坚强振作。

父亲 1940 年暑期于东北中学高中毕业，取得东北大学入学资格。祖父远在前方，薪水菲薄，养活一大家子老幼尚感不足，更无余力供父亲读书。父亲只好打工攒钱，推迟于 1941 年秋入学。自此，他结识了许多优秀师生，掀开人生重要一页。

父亲是东大学生，祖父刘清邦则是东北陆军讲武堂学员。一次我跟父亲开玩笑，用时下教育界爱用的"重点"一词恭维说，爸你和我爷不简单，上的都是重点大学，而且都是"东北"字头，比我上的辽宁大学多出一大块。父亲听了大笑。现在看，重点不重点并不重要，关键是父亲和祖父的人生，都跟抗战有不解之缘。父亲是爱祖父的，最近读他一篇早期作品《父亲的剪影》，写抗战初期他和祖父在武汉的短暂相逢，写得很有感情。但从前他很少提及祖父，更不用说提及爷爷的抗日事迹。我小时偷看过父亲的一份登记表，祖父一栏父亲填的是"旧军官"三个字。看后怎么也想不明白，什么是"旧"？"旧"是好还是不好？

父亲早期一些文章，对他求学时代迫害进步学生的特务分子多有揭露和痛斥，这些都是他亲身经历的事实，什么时候看什么时候警醒。但对国民党中坚持抗战反对投降的正义力量，尤其是国民党军队在正面战场的一系列大战，及其对日军的沉重打击，却鲜见父亲有文字提及。为什么？

父亲晚年，陆续给我讲了祖父的一些事迹，并带我到北京先农坛，去祖父部队的原驻地凭吊，还特意到皇帝祭祀更衣用的具服殿盘桓。他告诉我，祖父当年的营部办公室，就设在殿内。应老家地方志编委会邀请，父亲为祖父写了一篇《刘清邦小传》，其中有这样一段："1937 年抗日战争爆发后，东北军被改编，刘清邦被编到四川军队，原在78军，后78军撤销，编入第30集团军总司令部参谋处，任第3课上校课长，直接参加过抗日战争。"

原来我祖父这个"旧军官"，也是一名抗日军人。

原载《天涯》杂志2021年第1期

简
默

老妈的"吉祥三宝"

进入腊月，日子像刹不住的车，凭借惯性溜到了除夕。

像过去每一年一样，我赶在中午十二点之前，来到老妈家，一边听着渐渐稠密起来的鞭炮声，一边点燃悬挂的鞭炮，张贴鲜艳崭新的"福"字和对子，大红"福"字映得每一扇门红光满面喜气洋洋。

吃过午饭，老妈和衣稍做休息，就拴上围裙，戴上帽子，开始准备每年除夕必不可少的"吉祥三宝"。其实准备早在一周甚至十天半月前就开始了，一般的规律是，各种食材越接近除夕越贵，老妈有过日子的缜密心思，总是在它们涨价前，及时出手将它们载回家。她风风火火地骑着那辆天蓝色小三轮车，一趟趟地出入家和市场间，买回五花肉、前腿肉、卤水豆腐、白莲藕、葱、姜等，我们这儿管这个叫"忙年"，一个看似平常的"忙"，像一张饺子皮，包罗了一年到头的深长意味。

现在，老妈一个人在厨房里，包豆腐圆、夹藕合。肉馅是头天准备好的，各种调料放得全，搁了一夜和一上午，进足了味，凑近浓香扑鼻。她不要我们帮忙，我们似乎也帮不上啥忙，厨房太小，多一个人转身都困难，我们已经习惯她一个人在锅碗瓢盆的伴奏下歌唱，为我们端上一桌饭菜，这是她一个人的独唱。她爱干净，拧开水龙头，冲湿双手，打上香皂，慢慢地洗净手，拿过晾干的豆腐，两只手一拧稍稍用力，一块块正方形的豆腐变作黏稠的浆状，滋滋地从指缝间冒了出来，很快覆盖了不锈钢盆底……她抓一把豆腐浆，鸭蛋般大小，在手中团出一个窝，舀一匙肉馅，不多不少，自四下向中央推掩，捏成团，迅速地在两只手之间翻一翻，豆腐浆可塑性强，越塑造越像一个个橘子。她是"左撇子"，当她一气呵成地做这一系列动作时，她基本上是靠左手完成的。

她不歇息，继续切藕夹。这些几乎圆滚滚的白莲藕，在水下埋了一夏一秋，承接了大自然的地气，在最冷的冬季，被藕农探出双脚，哄劝着"踩"出了水。它们生着密密麻麻、大大小小的孔窍，但显然不是重重的心机，一条条至死缠绵不断的情丝，盘旋在它们纯洁的身体内，用情太多太深是纠结它们一生的宿命。在老妈的刀下，它们是如此温顺，她必须恰到好处地控制自己的力道，才能确保刀在起落间，在一片藕和另一片藕之间，形成一个骨筋相连的"夹"。只有这样，它们才能够像上下眼皮一样噙住肉馅，披挂着鸡蛋和成的面糊，纵身跳入沸油游上一遭。

她站在灶台前，头顶的抽油烟机轰鸣不止，滚滚青烟中，她一锅一锅地炸着豆腐圆和藕合，我们一趟一趟地出入厨房拈些来吃。刚出锅的它们实在是好吃，豆腐圆外皮金黄焦酥，内里包裹的肉馅汁液鲜美，回味悠长；藕合有着黄金的肤色，两片藕如胶似漆地拥抱在一起，咬一口脆生喷香。它们躺在竹簸箕上，冒着袅袅热气儿，诱惑着我们。我们吃没吃相，迫不及待地囫囵塞入口中，豆腐圆中滚烫的汁液，烫得我们伸出舌头，幸福地哇哇怪叫。

就在这时，左边的灶被悄悄地打开了，锅里热着盐酸菜蒸扣肉。

它昨夜已经蒸好了，原封不动地坐在锅里，等待着一场天翻地覆。

待老妈准备好年夜饭，已经到傍晚了。我们热闹地放过鞭炮，围在那张浸透了各种滋味的八仙桌前，吃一年之中的最后一餐。作为最后一道菜，盐酸菜蒸扣肉在我们热切的期盼和渴望中，被老妈端出了锅，捧上了桌，就像面对一个几世单传的孩子。沐浴着它热气腾腾的呼吸，我们眼巴巴地盯着老妈将它倾盆翻扣过来，一片片又宽又大的五花肉层层叠叠，晶莹透亮，像鲫鱼背一样排列得错落有序，畅游在盐酸菜的汪洋之中，甜香的气息冲撞在空气中，缭绕在我们的脸上。一道"扣"出的菜，无疑是一个仪式，至此今年的年夜饭画上了圆满的句号。

在我生活的北方，曾经风靡南方的扣肉，已经延伸到了乡村流水席间，辅菜有梅干菜，甚至老豆角等。不久前我到绍兴，早晨起来一个人瞎逛，逛着逛着就进了鲁迅故居那条老街，朝阳在我前面，投石问路似的将我的身影扯得很长，两边所有的商铺都关着门，却锁不住梅干菜浓郁地道的气息，从这头到那头，横冲直撞得一条街都飘浮着这干而咸的气息，我油然想起了老妈的盐酸菜蒸扣肉。说实话，普天下没有比盐酸菜蒸扣肉更好吃的扣肉了，更没有比老妈做得更好吃的盐酸菜蒸扣肉了。

这道扎根于黔南的家常菜，从舌尖上开始，陪伴老妈宠辱不惊地走过了漫漫岁月。盐酸菜与反复燎过煮过炸过的五花肉亲密结合，端的是一对美好伴侣，上火轰轰烈烈地热恋一场，色彩艳丽喜庆，气息香糯恣肆，自不可与干巴巴的梅干菜同日而语。

遗憾的是，老妈三年前一次意外，不依赖别人已经无法自行走路，更无法骑着三轮车风风火火地到处跑了。我们忽地觉得，老妈家的厨房太大了，无论我们怎样进进出出，它都显得冷冷清清。我们都不约而同地后悔老妈一个人在厨房独唱时，我们谁都没跟她学会做"吉祥三宝"。在这个就要到来的除夕，我们只能在记忆里回味老妈的"吉祥三宝"，连同那些属于新年的情景、氛围、气息等等。

原载 2021 年 2 月 11 日《解放日报》

唐
朝
晖

深山处何处钟

　　与曾来德的记忆都停留在晚上。一张张照片，无序地悬浮在黑色的夜里，背景是浓郁的黑，等待我们回忆起过去的某些事情。我的另一个声音在说，如果让照片快速奔跑起来呢！——那就看笔、墨、文字和语言是否得心应手、应和自然。

　　有一张照片：曾来德把屋子里的灯全部打开，光把夜晚推向外面。我站在曾来德左边，他的衣角挨着巨大的书写台，桌面的高度轻轻地触碰着曾来德的左手，像在不断地给他各种提醒。

　　曾来德的笔在这种高度上坚决地表达着他所看见的事物，按艺术的规则和时间正常呼吸。有人说，曾来德打破了很多东西。我想到了突围和本当如此。

　　还是黑色环绕在我和曾来德交往的四周，我们说话到凌晨近两点，房子之外全部沉沦在夜晚里，湿漉漉的时间把城市挂满天空，因为沉重，城市耷拉在地上。

　　曾来德的屋子里，光线充足，窗户泄露出的光，我是看不到的。

　　要离开了，师母把院门打开，客厅里绕过屏风的光以门洞的方式斜铺在院子外面，虽有光，像雪。

后来还有几次，留下来的都是晚上的记忆。

我们约定的都是晚上。

莫非我们是两只夜鸟，只有到了晚上，才能打开各自的翅膀，我随着曾来德飞翔出来的气流，跟随他，感受曾来德笔墨的神采、飞扬的心灵。

在白天，看见的是曾来德的墨和彩色。

白天的欲望，重重地砸在地面上，与房子一起，好像扎根在土地里，下面是空的。是空的，空的心，空的身体，用欲望一次次来豢养，把毒药给自己吃。

读曾来德的字就像读波德莱尔的诗，走在波德莱尔的巴黎，依旧是那般的忧郁，也有兴奋的时候，但那种兴奋的眼神落在每一个物件上，忧郁的雨水还在屋檐上滴落。只是那个可爱的法国老人，满巴黎地找病：病的街角、病的走廊、病的立柱、病的神庙、病的公寓、病在雾中的人。

我读了十多个版本的波德莱尔，一直没弄明白，波德莱尔想要表达的是病了的雾，还是病了的人，还是得病的城市，还是病本身，还是那段得病的时间。

我读的是汉字的波德莱尔，可以想象满大街都是汉字的巴黎会是什么样子？

——无法体味波德莱尔的细微之美。

曾来德作品的一个转角、一个高度，向另一个维度落下来的是曾来德的重要表现。几厘米的细节，我们静静地观看，感受具有节奏性飞翔的永恒形式。

曾来德的作品告诉我，大地深处有大光明。

人一定要经受曲折的受重，探索的蜕变和不断的反思，倾听包括自己在内的一切声音，不同的角和直线、浓淡从各种声音里突然降临，只有经历这些，才能享受到人文的愉悦，不断涌现出观察者与被观察者之间"应"与"和"的波德莱尔那座美的"宫殿"。

很多次的晚上，我一个人，灯光明亮，从第一幅作品开始，尤其是画里的字，一个一个字地去辨认，喜欢曾来德的那种顽劣劲，像西藏高原上群山烘托出来的那一大片草地。

晚上看曾来德的作品，与在晚上与他聊天一样地有动有静，只是面对曾来德，我会更多地观察他这个人。面对作品，我的主动性多一点，但这种主动性是时刻迎着曾来德走过去的。

粗狂是被允许颇有微词的，曾来德的画也是如此。

曾来德细细碎碎地全盘托出一个句：深山处何处钟！

好吧，那我们就出发，去看看这深山处，听听那钟声：

最近处，山掩饰的小庙里，钟声把后山、前山的树都敲得细小悠长，似有似无。钟声伴四季，四季结因缘。

四季的颜色，曾来德精致地展开。

我们顺着山路走进去，有女人，有男人，还有孩子同行——

进村，过小桥，踏青草，没人说话，我们三五个人，像一个个独行者，从被溪水切开的小山头旁进去，有花，有石头，它们早上才听过钟声。

有人说这里以前不是这样的。

以前是多久？他们说是父亲那一辈，自己五六岁的模样。

那时，山上树木粗壮，叶子也是大块大块的，说肥硕也不为过。石头是黄色的。后来，有了钟声，这些树木、山石、花草，都变细了，群青色，绿的白色，从黄色里流出来的白色，各种颜色被晕染、稀疏。

有人说，有些人是看不到黄色的。之后，他们又装出不想卖关子的神情，稍微定定神说，黄色就很明亮地出现在树林的外面，像岛屿外面那圈浅黄色的沙滩，绕岛一周。

山里人还说，等他们成年了，他们就再也看不到任何一种粗壮的东西了，甚至连夜里的风，都变得细细条条的。村里人，把曾经高大的房子，经过十多年不动声色地拆除和维修，房子都藏到了树底下，大的屋顶变成了小的，高大的窗户落了下来。

村里的一个孩子一直跟着我们，曾来德不想顺水而上，他往左边的山坳里走，这是两座山之间的一个接口。

他当过兵，规矩和体能一直在的，他不费力气地翻过了山梁。

孩子希望我们走右边的路，因为那里藏有这座群山的一个秘密，但他又担心我们直接走进那个秘密里。

孩子的羞涩是天然色，孩子跟着我们走到最中间的那座小山下面，这是群山的中心点。

我们听到了钟声，孩子如释重负地说，我说了吧，不能走这边，在那座最大的山的下面，第三座山就是。

我观察到孩子本来想伸手指向右后方的山，但他的手，没有抬起来，只是上下犹豫了两个来回。

曾来德想进山来看看植物下面的石头和土，理解它们的构造和脾性。每次弯腰，他先用很大的力气把手指插进土里，但每次，他的手像遇到了微尘，双手捧起来的已不能叫沙石，连流沙、粉尘都不是，用水来形容都太有棱角了，用云的意象来形容，是贴切的。

这些都是被钟声化掉的，孩子用先知一样的语气对我们说。

曾来德的气味灵气十足，但我总想到一个词：枯静。这个词像一个标签，贴在画框的最外面，像牌铭。枯静，不是没有声音，是云的静，远远的静，在翻涌，势不可挡，是从死亡的草地里开出的繁花。

曾来德牵着孩子的手，往回走，在一座小山上转身。他了解这里的村民，这些树死过很多次，曾来德说，现在树又死了，但另一种树还活在它死去的躯壳里。

那花呢？

花是从死亡里长出来的，我说。

它们漂亮、纯净，我们每个月的初一、十五，都会来山里摘些花草或嫩树叶回去，泡着吃，每天都喝。孩子说。

这座山的下面，就是那座庙，庙很小。

如果不是为了附和孩子，我们是不会赞同钟声是从庙里出来的。

我说，钟声是从那些曾经死过很多次的树里发出来的。

树没有死，活生生的树，曾来德强调。

孩子坚持，钟声是庙里传出来的。

你看到过那口钟吗？

没有，孩子很不服气地回答我。

钟声是那座庙里传出来的，孩子说。

曾来德不会忘记自己曾经目睹过一场大火。

2005 年，我问他，您记得《秋色嶂叠图》吗？在万泉楼，您用扁舟渡樵人，您把字写在画之外，内容也在画外。被您烤焦的墨，被阳光烤焦的石头，站在水的两边，静享水的声音，享受其柔，其美。

我把自己想说的八个字，使劲憋了回去，我想请您写八个字，挂在离这幅画更远的地方。

哪八个字？您问。

我没有说出我的想法啊！您怎么知道？

这需要说吗？我也是位观察者，曾来德说。

您是一位深入人之心、物之情中的观察者。

我喜欢庄子的"方生方死，方死方生。"这八个字。

在炽热中的万物，懂得事物的本质，而我昨天竟然还在您的画中追求这种本质的存在方式。

本质需要追求吗?

曾来德说，多说无用，空谈误国。

他心里喷涌的念头，表达着丰富的人心。快乐也不只这些，所谓的痛苦里存有另一种高尚的美。

在您的小船遇到风浪或礁石，美会带给我们力量，让我们脱离险境，只有虚弱的人才会喋喋不休，才会到处寻找自己的影子。他们站在阳光的影子里，以为就掌握了真理，那也不是他的影子，那是阳光的影子，那是他自己造出来的虚幻。他们说的，自我的不断复制，一切就怯怯地藏在那点影子里，阳光一照、更大的阴影一来，虚幻如泡影……

曾来德让人看见人性的丰富，美好是斑驳的绿色，有苍凉的激情。

曾来德用最大的两种色来表达自己：黑与白。

去西藏之前，我坐在曾来德的时间里，从深夜的十点开始。谈话构成的小船漂流到了很多地方。

后来，我去了西藏。

后来，曾来德狠狠地用纯黑在纸上画出一条黑色的河流，用墨画出长矛一样的树林。根，柔和，因为那里藏着过去。而树干，则不折不扣地茂密成林，如军队。

后来，是敦煌——一条河流、一个消失的渡口、一个遗老古镇、一个新生活的延续符号。

我的时间在不断地倾斜于曾来德，他黑色的墨汁河流，写了一个大大的"人"字。把时间的纸投进一条峡谷，我和老朋友龙格啦，把大把大把的眼泪变成机械的敬礼，从八廓街、布达拉宫、拉萨、山南、那曲，我们像两片树叶同时飘落在峡谷里。

我们等待巨石被爆破，我们走过积雪的泥地。晚上，我们睡在悬崖的下面。白天，又一点点远离悬崖。

在一张纸片上，我写了一短句给曾来德：我走在您那"人"字的河流里，今天的高度，我只能是河流。之后的第七天，我们从峡谷里突围出来，我想起了您的另一幅作品《敦煌之榆林窟》。

如果没有曾来德的这种神示，我是否会从西藏折回、绕向敦煌？

在敦煌，我因为曾来德、龙格啦、毛然、赵建平、小晏、黄山，我们在敦煌看了三十个、四十个窟、五十个窟，一窟一寺，一寺一礼——朝圣。

一点点拉开曾来德作品，感受其中的重压。

过去是如何来到今天的？

今天是如何跟跟跄跄地站在河岸，看着对岸的石头变成土？

把永恒的法典变成四季，从历史流过来的河流剖开一粒粒石子，给我们来看。

《河梁古意图》用了很多种剖的方式，看不到一个人的影子，但总是可以在各个地方找到人的蛛丝马迹，听到人在不断地叩问大自然。

平静的外表掩饰不住曾来德那颗狂野而奔腾的心，他狠狠地用一只小小的笔来表达为何石头炼不成铁，铁炼不成钢的原因。

曾来德给河流的空间很窄，水域的面积很大。

黄河、长江，还有故国他乡的一条条大小水系，曾来德用石头和高山，堆出了宽度的美学。

水在大地一呼一吸之间畅游，只有人，才会有意识地想去拉长或阻止气息，白色的气体虚幻，而真实不虚。

曾来德喜欢用一百年来划分格局。

曾来德的笔墨，在粗枝大叶中时刻可见其精致细微，古意十足，此图而名"古意图"。

用曾来德的几句话作为暂时的告别：

只有回到个人的体会上，思想价值和观念在最合适的时候，才能准确地被表达出来。

黑和白是中国极致的存在。

墨的流失如同水土流失。

原载《散文诗》2021 年第 6 期 1 月

王
兆
胜

酒中的仙气儿

一

最早接触"酒"，我还是个孩子。

那时，我的家乡山东蓬莱产一种地方名酒，叫"醉八仙"。

早就听过"八仙过海"的故事，看到酒瓶上的八仙人物，总感到有一股"仙气儿"能从酒瓶中走出来，特别是当大人打开瓶盖，将酒倒入碗中的时候。

于是，我连"醉八仙"、蓬莱阁、酒是一同喜欢上了。

二

我村有三位称得上"酒仙"级的人物，他们常喝"醉八仙"。

一位是我同学的爸爸。他平时和蔼可亲，笑容可掬，一喝上酒就云里雾罩，向我们这些孩子叙说仙国之事。最精彩的是他鼻子上的一点红，那特别的"亮"点表明，他离成仙不远了。

第二位是一个说书人。不喝酒时，他是怎么也不会张口的，一旦喝了"醉八仙"，特别是喝得恰到好处，就会来到村里的聚场——一个叫大石马的地方说书，像《封神榜》《说岳全传》《聊斋》《桐柏英雄》就会绘声绘色从他那两片薄嘴唇中流出，有时伴着酒气和口水。此时，他仿佛中了魔似的讲着，将一个村子的精、气、神都点醒了。

第三位是我父亲。他一天一瓶"醉八仙"，从早到晚喝的是仰脖子酒，不加菜，连花生米也不吃。不过，父亲很少醉，喝得多了，会往炕上一歪，打起深沉的呼噜，有时，还伴着长吁长叹，从这里我似乎能听出父亲的快乐与伤感。上大学后，假期回家，我总给父亲带瓶好酒，但他总说不如"醉八仙"。此时，我发现父亲喝过的酒瓶子随手扔了一地，有立有卧，看来被喝光酒的空瓶子也会醉倒，透出了仙气儿。

那一年，我登蓬莱阁，在八仙曾喝酒用过的石桌前坐了一回儿，又到悬崖边北望大海，在碧空无云中有清风仙气扑面而来。此时，我才体会到"醉八仙"是与仙岛、大海以及海市蜃楼连在一起的。

我第一次感到，自己虽没喝"醉八仙"，但仿佛已经醉了，有些飘飘然起来，也实实在在感到，周身被一股仙气儿灌注。

三

后来，我品尝过"醉八仙"，但并没感到有多少仙气儿。真正有一种灵气，是我第一次喝醉的时候。

那是第一次到岳父母家，正好赶上过春节。欢乐的气氛让我们青春的心有些荡漾，特别是内弟在欢乐的气氛中有些寂寥。于是，他提出与我一起喝酒。

我一听也有些跃跃欲试，就说："行啊，喝着玩吧！"

在一旁的岳父酒量不行，就劝阻说："你们俩算了，好好说说话不成吗？"

内弟就说："爸，你别管。大哥能喝着呢！喜庆日子，多难得，不喝点酒，多没意思。"

我知道内弟的酒量有限，喝杯红酒脸就红，他要与我对喝，我根本不介意。

我问内弟怎么喝，他说："听大哥——您的。"

我说，那这样喝："你喝红的，我喝白的。"

内弟说："我喝两杯红的，你喝一杯白的？"

我信心满满说："咱俩一人一杯，我决不占你的便宜。"

内弟神秘一笑说："这可是大哥你自己说的，不要后悔啊！"

我补充道："君子一言，驷马难追。"

就这样，我俩开始喝起来。我先喝了四两汾酒，后来内弟建议换酒，于是我就改喝董酒。

喝了二两董酒，我突然发现，内弟不仅没醉，却越战越勇，尽管他面红耳赤。

此时，我感到不适，再喝就醉了，便提出到此为止。

没想到，内弟跟我认真起来："大哥，好汉可是一言九鼎啊！继续发扬革命精神。"

又喝了二两董酒，我就什么都不知道，醉了。

这一醉，我作了个逍遥游，天南海北、上天入地、知与不知。自己似乎变成一缕游丝，还游到蓬莱阁，最后进入"醉八仙"中睡着了，只是感到这个葫芦似的酒瓶子太狭窄了。

经过一天一夜酣睡，醒来时，岳母为我煮好的小米粥，我仿佛变成那个做过黄粱美梦的卢生。

后来，妻子告诉我，内弟是一边喝酒，一边出去呕吐，再回来与我一比高下。

我找内弟讨说法，他跟我嬉皮笑脸道："大过节的，陪不好姐夫，是我失职。"

四

后来，我又醉过一次。

那是大学同学来北京，我们几个人都醉了，呕吐得厉害，还在宾馆住了一宿。第二天一早回家，头痛欲裂。我不得不坐一站地铁，下来缓缓再坐一站，这样反反复复，可谓历尽千辛万苦才回家。这次，我体会的不是酒的仙气儿，是活受罪。

自此后，我有意控制自己，不喝那么多酒，更不贪杯。更多时候，以小酌形式，让自己体会喝酒的乐趣，至多是微醺状态，刚刚好的时候，就坚决不喝了。

我曾一人自斟自饮过一年多时间，喝的是高度酒衡水老白干。微醺时，我能写出意想不到的美妙书法，还会乘兴诵读李白的《将进酒》，于是人生、书法、生活、日子也就被注入新鲜活力，更多了很多的仙气儿。

这是一种灵魂出窍和精神飞升的过程，如一个滑冰健将在冰上轻松滑动、旋转、飞跃，自己好像一下子也变成了一个梦境。

五

这几年基本将酒戒了，最主要的是不想喝，喝了感觉不太舒服。

不喝酒又有什么关系？生活本就没有必须，只要心态好，精神足够强大。

当静下心，我会将年轻时收藏的好看的酒瓶拿出来欣赏，自有一种快乐变成的仙气儿。

我还珍藏了一瓶女儿红，原打算有女儿时作陪嫁用。现在年近六十，不可能有女儿了，于是常拿出来欣赏。有时看着看着，女儿红突然变成了何仙姑。

儿子出国时给我带回一瓶秘制花酒，我为其美妙的形状吸引，一直没喝，置于书案上观瞻。瓶高35厘米，瓶底宽6厘米，瓶口宽3.4厘米，内装栗黄色的酒。这又是另一版本的何仙姑。

那天，我读到张晓风的散文《米泉》，有这样的句子：在一粒米上打个孔，酒就会从中流出。这既是诗，又是一股仙气儿。

我愿从"醉八仙"开始，到自己的沉醉，再到今天的无酒生活，都一直保住这股"仙气儿"。

这也是为什么，我能从林语堂的话中获得生命的真意，这句话是："尘世是唯一的天堂。"其中看似无酒，却有久久不散的酒的仙气儿。

原载 2021 年 12 月 1 日《中华读书报》

兴
安

静宁·彭阳人物记

　　甘肃、宁夏和陕北之行，原以为是一次艰辛之旅。因为组织者告诉我，这次活动是重走长征路，沿着当年红军走过的路线，体验革命先驱的艰难历程和历史壮举；同时又是一次考察"退耕还林"，感受西北革命老区百姓生活现状的实地采访。我做了充分的心理准备，迎接一场灵魂与身体的洗礼和挑战。但是当我走进会宁、静宁、镇原、庆阳、彭阳，我为这里的变化感到意外和惊喜。曾经是偏远、穷困的山区，已经发生了天翻地覆的变化，尤其是改革开放之后，国家实施"退耕还林"工程以来，曾经是年降水量不足 200 毫米，昔日的荒山秃岭，缺水干旱之地，已然变得如桂林山水一般，绿水青山。领队甘肃省林草局退耕办的王立志告诉我，近几年经过大规模的退耕还林还草，这里土质、水质，甚至气候都有了改变，年降水量已经超过 400毫米。老区人民受惠于国家的相关政策，已经逐步摆脱贫困，走上了共同富裕的道路。我们所到之处，当地人的精神面貌给我留下深刻的印象。长征已经过去近八十年，但是长征精神已经在这块土地上扎下了根，鼓舞着他们融入社会主义现代化建设中。

　　孙百百、蔺怀柱就是其中的最普通也是最典型的两个人物。

长相如罗中立"父亲"的孙百百

孙百百是一个有故事的人。可惜我采访的时间太短，他又是一个不善言谈的庄稼汉。第一次见他是在静宁县林草局召集的座谈会上。当其他人在侃侃而谈自己退耕还林的经验时，我看到坐在对面肤色黝黑的孙百百，我发现他的神态和眼睛，酷似油画家罗中立笔下的《父亲》。他显然不大适应这种座谈形式，眼神中流露出茫然和不知所措。但是，在他的脸上，我看到了西北农民的坚毅、朴实、勤劳和聪慧，我直觉地认为他是个有故事的人。于是，我以采访组组长的名义向主办方提出，暂时休会，到这位叫孙百百的家里做现场采访。我的提议得到大家一致赞同。这时外面下起了雨，有人劝我们等雨停了再去，我却坚持马上出发，一定要在天黑前，看看他的家和山上的果园。

孙百百的家位于界石镇孙家沟村，距静宁县城约二十公里。他的家和院子没有想象的那么高门脸，更谈不土豪大户，与周围邻里的门院没有什么差别。他不过是普普通通的农民，靠自己勤劳的双手，受惠于国家的好政策，改变了自己和家人的生活。孙百百站在院子当中，用手指着身后的山坡。那里是他在"退耕还林"后，流转种植的果林，其中有山毛桃、大接杏、早酥梨等树种，都是适合在干旱地区种植的树种。我们抬头望去，不远的山坡上郁郁葱葱地覆盖着一大片果园，在雨后的晚霞里透着勃勃生机。孙百百今年五十二岁，但看上去，他显得比实际年龄年轻。陪同我们的县林草局退耕办刘彩香主任告诉我，夫妻俩就是靠山上近二十亩山地种植的各类果木，供两个孩子读完了大学。儿子毕业于杭州师范大学，现在杭州市某医药公司搞科研，女儿毕业于甘肃医科大学，分配到陇南市人民医院做医生。这又出乎我的意料，一对初中都没毕业的农民夫妇，竟然让两个孩子都考上了大学，还有了不错的工作，背后的艰辛可想而知，而他们获得的幸福感和自豪感也可想而知。聊着聊着，他开始有些自然了，点燃一支烟，不断地回答着我们七嘴八舌的提问。有人还打趣地问起儿子上大学期间，他们两口子去没去过杭州看儿子，穿什么衣服去的。孙百百如实交代：去过一次，在省城给自己买了一件西服，给媳妇买了一条裙子，花了好几百块。又问：游览西湖了吗？答：没有，人太多，还花门票，而且热得很，新买的西服都湿透了——还是我们山里头舒服——两口子没待两天就匆匆打道回府。他说，看到儿子在学校学习安心就知足了。但我知道，他肯定是不放心这二十亩果园呢。这时屋里有老人的咳嗽声，他匆忙转身进屋，给卧床的老母亲端水喝。老太太已经93岁，本来身体很是硬朗，三个月前不慎摔了一跤，从此卧床不起。他说，老母亲能走路时，经常帮助夫妻俩干活儿，收拾院子，烧火做饭，怎么劝她歇着也不行。这回终于不用干活了儿，躺在床上也算是休息吧，让做儿子的尽一下孝心。我走进屋里看望老人，老人侧过身向我微微一笑。只见她一双裹着的小脚，露在被子外面，见我目光看去，她本能地将一只脚收进被里，可另一只脚却一动不能动。我忙拽了一下被角，为她盖上。已经是21世纪了，这种小脚恐怕是国内罕见了。算算时间，她应该是四五岁开始裹脚的，距今已将近九十年，她用这双小脚走过了差不多一个世纪。其实早在1912年国民政府就废除了裹脚习俗，甚至有人考证在清末新政时期就开始禁止裹脚了，但有些偏远落后的地区，直到新中国成立才真正废除了裹脚的旧习。我在想，如果她没有裹脚，可能就不会轻易摔倒，她还能盘腿坐在家里的炕上，与我们谈笑风生，为我们讲述许久以前的往事。孙百百告诉我：老太太年轻时，手脚出奇的麻利，能下田锄地，还能拿着笤帚追打淘气的孩子呢。确实，在老人活跃的眼神中，我能感受到一种生命的力量，虽然她卧床不起，但她的心一定渴望有一天能够站起来，这种力量与渴望无疑也传递到了孙百百及一家人的身上。

院子里有一间上了锁的屋子，我透过窗户，看见里面有床和梳妆台，还有小孩儿的玩具车。孙百百告诉我，这是给儿子儿媳和女儿女婿，还有孙子外孙们准备的房间。可惜他们已经两年没有回来了。一个是因为单位工作忙，另一个原因是孩子还小，要上幼儿园。孙百百说到这里，脸上掠过一丝无奈。但每天晚上我们会与孙子或外孙用手机视频呢。说完这句，孙百百的眼睛好像瞬间放出了光，湿润润地闪亮。这是当下农村的现实与矛盾，年轻人都出去上学或者打工了，只有老人固守着自己的家园。我安慰孙百百，随着"退耕还林"的深入，你把果园再扩大，把它变成花园一样美丽的地方，我不信他们不常回来，因为这里才是他们真正的家。

走出孙百百的家，我们回头与他道别，我看见在他家的大门上，写着"幸福之家"四个大字。我由衷地祝愿他和家人幸福，也祝愿他种植的果木年年有好收成。

相信明年一定会好起来的蔺怀柱

在宁夏固原市彭阳县的一个山村，我见到了"退耕还林"的受益大户蔺怀柱老人。老人今年已经71岁，但身体健朗，腰背笔直。多年前，为了响应国家林草局"退耕还林"的号召，他与老伴一起种植了二十三亩红梅杏树。他不仅靠自己的努力脱贫，而且生活蒸蒸日上。去年红梅杏大丰收，净赚了16万元。红梅杏是彭阳县的特产，是中国国家地理标志产品。彭阳的红梅杏，远近有名，果皮呈红色和黄色，果肉细腻多汁，酸甜可口。批发价格每斤 10 元，市场价格可达到每斤 60 元左右。2016 年 12 月，原国家质检总局批准对"彭阳红梅杏"实施地理标志产品保护。

为了让两个住在县城的儿子也能感受和分享他的艰辛和收益，他两年前分给两个儿子各九亩果园，自己只留五亩，希望他们假期或者农忙的时候回来打理自己的果园。大儿子深感父亲这么多年经营果园不易，提出只要六亩，退回了三亩，小儿子也提出退回一亩，这样老人还剩下九亩果园。大儿子六亩，小儿子八亩。每逢假期，或者收获时节，两个儿子都自觉地带着孙子和孙女回到村里干活儿，养护果树或采摘果实，老人也能见见孙辈们。一大家九口人跟过节似的相聚在一起，欢声笑语，其乐融融。每到这时候，就是老两口儿最快乐的时光，老人甚至还会多喝几杯当地有名的"金糜子"酒。

但生活不总是有阳光和快乐，也会有阴雨和忧伤。今年春天，这里持续低温，各种昆虫不见踪影，花粉没有媒介传递，甚至花骨朵还没绽开就被冻掉。没有花，没有蜜蜂或者蝴蝶之类的昆虫传送花粉，植物就不能结果，不结果实，等于农民种的麦子不结麦穗，玉米不结苞谷，那将是灾难性的后果。老人的脸上掠过一丝阴影：今年肯定是颗粒无收了。我不解地问：一颗杏也结不上么？嗯，二十三亩的果园，我都挨个儿看了，一颗杏也没寻到。我看着老人，不知道如何安慰他。我问：您上了保险没有？上了，但保险只会按几年中的平均收成兑现赔偿，损失大是一定的了。谈话中，我没有在老人的脸上看到焦虑和痛苦，显现的却是无怨与坦然。他说：老天爷要你的命都挡不住，别说是地里的收成。土地上生的东西，得听老天爷的安排。他相信明年一定会好起来。

采访结束，我请老人为我们在"重走长征路，退耕还林还草作家记者行"的横幅上签名，并告诉他，这条横幅将在我们到达陕西吴起县的时候，交给中央红军长征胜利纪念馆永久珍藏。老人有些为难地看着说：我不识字呀。我不相信这样一位达观而饱有智慧的老人不识字。我说您就写上名字就可以。老人接过笔，迟疑了很久，才颤颤巍巍地写下了自己的名字：蔺怀柱。我走过去看他签的名字，竟然写得非常规整熟练。我说您写的字这么好看，怎么能说不识字呢？他不好意思地笑着说：啊呀，是小孙女教给我的，逼着我练了整整一个月嘞。

我们离开的时候，老人一直面带微笑，送我们到大院外，不停地向我们挥着手，老伴一直远远地随在身后，脸上也带着微笑。这是北方偏远乡村常见的场景，丈夫在前，老伴永远在后，而且会拉开一定的距离。新社会已经七十多年了，我不认为这是男人和女人在家庭中的地位高低和尊卑的显现，它不过是一种生活习惯罢了。

回京已经三个月了，我依然与孙百百保持着微信联系。前些日子，他在微信圈里发了一段视频："开始收杏子了！"画面是一大片刚摘下的大接杏，红黄相间，个大肉肥，令人垂涎欲滴。据说，大接杏平均单果重量是 85 克，最大的竟然有 200 克。大接杏肉质柔软，汁多味甜，适应在干旱，关键是它与红梅杏相比抗寒能力强。我给他点了个赞，他迅速回了一个作揖的手势和一张笑脸。看来今年，他比蔺怀柱老人幸运，大接杏喜获丰收，而蔺怀柱老人因为没有微信，无法联系到他，但我一直惦记着这个朴实而又乐观的老人——希望保险公司赔付给他的补偿款及时到位，这样他就可以筹划和期待明年的收成了。

原载 2021 年 9 月 11 日《人民日报》(海外版)